10
18

12, AVENUE D'ITALIE. PARIS XIIIe

Sur l'auteur

Alexander McCall Smith est internationalement connu pour avoir créé le personnage de la première femme détective du Botswana, Mma Precious Ramotswe. Ressortissant britannique né au Zimbabwe, il a été professeur de droit appliqué à la médecine et membre du Comité international de bioéthique à l'Unesco, avant de se consacrer à la littérature. Alexander McCall Smith a reçu de nombreux prix et il a été nommé meilleur auteur de l'année par les British Book Awards en 2004. En 2007, il a reçu le titre de commandeur de l'Empire britannique (CBE) pour services rendus à la littérature. Quand il n'écrit pas, il fait partie de l'« Orchestre épouvantable ». Ses romans sont traduits dans quarante-cinq langues. Il vit aujourd'hui à Édimbourg, en Écosse.

ALEXANDER McCALL SMITH

PRECIOUS ET GRACE

Traduit de l'anglais
par Elisabeth Kern

INÉDIT

10/18

Grands détectives

créé par Jean-Claude Zylberstein

Titre original :
Precious and Grace

ISBN 978-2-264-07120-0

Ce livre est dédié à Linda Kandel.

CHAPITRE PREMIER

Un ami, c'est comme une montagne

Installée au volant de sa très vieille fourgonnette blanche, Mma Ramotswe, fondatrice et propriétaire de l'Agence N° 1 des Dames Détectives, descendait Tlokweng Road pour se rendre à son travail. Et tandis qu'elle longeait les gommiers frémissant sous la brise, elle laissait son esprit vagabonder à sa guise. Les pensées partaient aisément à la dérive lorsqu'on effectuait une action quotidienne, comme rouler dans Tlokweng Road, introduire des feuilles de thé dans la théière pendant que l'eau chauffait ou se poster dans son jardin pour contempler le vaste ciel du Botswana, autant d'activités qui ne réclamaient pas une concentration complète et exclusive. Certes, son époux, le grand *garagiste*[1], Mr. J. L. B. Matekoni, disait et répétait que la conduite exigeait une attention de tous les instants, mais Mma Ramotswe estimait néanmoins possible d'adopter une attitude prudente au volant sans pour autant empêcher l'esprit de divaguer. Et elle doutait qu'il se trouvât dans le pays un seul conducteur capable de rouler sans penser à autre chose, sauf, bien sûr, s'il existait quelque part des gens qui n'avaient besoin de penser à rien.

1. En français dans le texte. (*Toutes les notes sont de la traductrice.*)

Ce matin-là, Mma Ramotswe songeait donc à ce qu'elle préparerait pour le dîner, aux lettres qu'elle recevrait peut-être et aux réponses qu'elle devrait leur donner, au fait qu'elle connaissait si bien cette route qu'au besoin elle pourrait l'emprunter les yeux fermés et arriver à bon port saine et sauve, ou à peu près. Elle se disait qu'au fil des mois, au fil des ans, la circulation devenait de plus en plus difficile, ce qui représentait, semblait-il, l'une de ses caractéristiques. Il n'existait sur cette terre aucun pays où le trafic s'améliorait, où les files de voitures s'amenuisaient et où l'on pouvait, comme autrefois, se garer sans problème à l'endroit précis où on le souhaitait. Enfin, elle réfléchissait à toutes les personnes qui peuplaient sa vie, à celles qu'elle verrait ce jour-là et à celles qu'elle ne verrait pas.

Les personnes qui peuplaient sa vie… Elles étaient de deux sortes. Quelles que fussent les autres classifications susceptibles de se présenter à l'esprit, les gens se divisaient en deux catégories : ceux qui n'étaient plus de ce monde et ceux qui restaient parmi nous. Les rangs des défunts étaient légion, mais chacun d'entre nous en avait un petit nombre qui pour lui signifiait quelque chose de spécial et dont il garderait toujours le souvenir. Mma Ramotswe n'avait pas connu sa mère, disparue lorsqu'elle était bébé, mais son père, son regretté papa, Obed Ramotswe, lui manquait plus que jamais. Elle pensait à lui chaque jour, à sa bonté et à sa sagesse, à son regard sûr pour juger le bétail – et les hommes –, à l'amour qu'il lui avait porté et au jour de sa disparition, où elle avait eu la sensation que le soleil s'éteignait…

Il y avait encore bien d'autres disparus, bien sûr : Seretse Khama, par exemple, premier président du Botswana et grand patriote, et le frère de Mma

Makutsi, Richard, appelé de son lit de souffrances vers des sphères plus élevées, comme le formulait Mma Makutsi, et la tante préférée de Mma Ramotswe, dont les remarques affectueuses ou irrévérencieuses avaient été pour elle sources de beaucoup de joie, et cet infortuné résident de Mochudi qui avait marché sur un cobra, et une multitude d'autres encore…

Tel était le premier groupe. Le second se composait de tous ceux qui n'en faisaient pas partie, des individus parfois trop présents, et qui jouaient un rôle ou un autre dans la vie de Mma Ramotswe : sa famille, ses amis, ses collègues, et ceux qui n'étaient ni des amis ni des collègues.

Côté famille, elle estimait avoir de la chance. Certaines personnes devaient supporter un entourage pesant, qui exigeait trop ou se plaignait de tout. Il arrivait par ailleurs que tel ou tel parent fût un motif d'embarras et qu'il suscitât des commentaires du style : « Oh, nous ne sommes pas vraiment apparentés, c'est un cousin très, très lointain, en fait », ou même : « Nous portons le même nom, mais je ne crois pas que ce soit la même famille… »

Mma Ramotswe n'avait nul besoin de se justifier ainsi. Elle avait un bon mari, Mr. J. L. B. Matekoni, diverses tantes qui vivaient dans des villages proches de Gaborone et des cousins et cousines qu'elle prenait toujours plaisir à voir. Et puis, bien sûr, elle avait ses deux enfants, Motholeli et Puso, que son mari et elle avaient recueillis, mais qui, aux yeux de tous, y compris pour elle et pour Mr. J. L. B. Matekoni, étaient devenus leurs vrais enfants. Elle avait eu jadis un bébé qu'elle avait perdu à la naissance, mais bien des années s'étaient écoulées depuis lors et elle avait surmonté l'épreuve, pour autant que cela fût possible. Elle pouvait désormais songer à cet enfant sans se laisser submerger par le chagrin ; elle revivait alors le bref moment au cours duquel elle avait tenu dans ses bras ce minuscule fragment d'humanité et se remémorait l'amour ineffable et bouleversant qu'elle avait éprouvé. Oui, elle parvenait à y repenser sans que son cœur se transformât en une pierre froide à l'intérieur d'elle-même.

Dans le groupe des amis, la personne la plus importante était sans conteste Mma Sylvia Potokwane, la directrice de la ferme des orphelins, qui défendait ardemment la cause des enfants placés sous son aile. Toutes deux se connaissaient depuis des années et des liens solides les unissaient. Mma Ramotswe eût cependant été incapable de dire à quel moment et dans quelles circonstances leur amitié avait vu le jour.

— Mais tu dois bien te rappeler votre première rencontre ! s'étonnait Mr. J. L. B. Matekoni. Mma Potokwane n'est pas une femme que l'on oublie facilement !

C'était vrai, bien sûr… On n'oubliait pas Mma Potokwane facilement et, pourtant, Mma Ramotswe ne gardait aucun souvenir du moment où quelqu'un lui avait dit : « Mma Ramotswe, je vous présente Mma Potokwane ! »

— Je t'assure que c'est la vérité, Rra. J'ai l'impression que je l'ai toujours connue. Elle a toujours été là, comme le mont Kgale ou le fleuve Limpopo. Est-ce que tu te souviens, toi, de la première fois que tu as vu le mont Kgale ?

— Mais cela n'a rien à voir, Mma ! Comment peux-tu comparer Mma Potokwane au mont Kgale ?

Plus elle y pensait, plus Mma Ramotswe se disait qu'en fait si : on pouvait bel et bien comparer la redoutable directrice à cette haute colline qui s'élevait à Gaborone. Toutes deux étaient solides, toutes deux étaient immuables, et il serait impossible de les déloger, l'une comme l'autre, de la place qu'elles occupaient.

Il y avait aussi d'autres amis, bien sûr. Mma Ramotswe était une figure célèbre de Gaborone et elle sortait rarement faire ses courses sans croiser au moins une connaissance, la plupart du temps des gens qu'elle appréciait. Ce pouvait être un vieil ami, quelqu'un qu'elle avait connu toute sa vie – avec qui elle avait grandi à Mochudi, peut-être –, ou un ami plus récent, avec qui elle avait noué des liens après son installation à Gaborone : un voisin, un ami d'amis, un fidèle de la cathédrale anglicane, un membre du Comité féminin des couvertures pour l'hiver. Ce dernier se réunissait durant les mois précédant l'hiver afin de programmer des événements qui permettraient de recueillir des dons pour son appel annuel.

On avait tendance à oublier que le Botswana avait son hiver et que les plus pauvres souffraient alors du froid. Ce n'était pas parce qu'un pays était baigné de soleil que ses températures ne chutaient pas une fois le soir tombé, en particulier aux abords du Kalahari. Certaines nuits d'hiver, quand le ciel était clair et s'emplissait de champs d'étoiles opalines, le froid pénétrait les os, comme cela arrive par temps sec. Dès lors, les couvertures se révélaient nécessaires : on s'en enveloppait, on s'en faisait un écrin de chaleur afin de tenir jusqu'au matin…

Les dames du Comité des couvertures pour l'hiver étaient toutes de très bonnes amies de Mma Ramotswe, de même que celles qui travaillaient à la boulangerie du supermarché. Ces dernières la soignaient particulièrement, mettant de côté pour elle les miches de pain les plus fraîches. Elle protestait, bien sûr, car elle refusait ce traitement de faveur : elle voulait prendre des risques, comme tout le monde.

Enfin, il y avait le monsieur du Service des immatriculations des véhicules, qui, invariablement, tapait des mains lorsqu'elle entrait dans ses bureaux, venue faire une commission pour Mr. J. L. B. Matekoni.

— Oh, voilà la femme que je préfère au monde ! lançait-il à la cantonade dès qu'il la voyait apparaître. C'est un jour de grand bonheur pour le Service des immatriculations !

Au début, ces manifestations de joie l'embarrassaient, mais elle s'y était habituée et elle les acceptait désormais de bon cœur, s'esclaffant avec les collègues de son admirateur. Elle comprenait bien que l'on ait besoin de moments de légèreté lorsqu'on travaillait au Service des immatriculations et, s'il lui suffisait de pousser la porte du bureau pour en apporter, elle était heureuse de pouvoir le faire.

Un collègue était autre chose qu'un ami, bien sûr, même si l'on pouvait être l'un et l'autre. Travaillant à son compte, Mma Ramotswe en avait peu. Ou plutôt, si l'on désignait par collègue une personne exerçant avec elle à plein temps et de façon permanente, elle n'en avait qu'un. En revanche, elle en avait un à temps partiel en la personne de Mr. Polopetsi et un autre – à condition de prendre la définition dans son acception la plus libérale – sous les traits de Charlie. Fanwell, l'ancien apprenti devenu assistant mécanicien, n'était pas un collègue au sens strict, puisqu'il officiait dans le garage attenant, celui de l'époux de Mma Ramotswe, et il était donc un collègue de ce dernier.

Le collègue à plein temps était, comme chacun sait, Mma Makutsi : Grace Makutsi, ex-secrétaire, diplômée avec mention d'excellence de l'Institut de

Secrétariat du Botswana – où elle avait décroché la note de quatre-vingt-dix-sept sur cent à l'examen final –, née dans la ville lointaine et fort banale de Bobonong, rescapée… Oui, on pouvait considérer Mma Makutsi comme une rescapée. Elle avait survécu à la pauvreté et au combat pour l'éducation, elle avait traversé l'existence affublée d'une peau à problèmes et de grosses lunettes dont elle ne pouvait se passer. Tout ce qu'elle possédait désormais, elle s'était battue pour l'obtenir. Et puis, un beau jour, son navire était rentré au port, sans ambiguïté et de merveilleuse façon : elle avait rencontré et épousé Mr. Phuti Radiphuti, un homme bienveillant, riche de surcroît puisqu'il était propriétaire du Magasin des Meubles Double Confort. Ensemble, ils avaient eu un enfant, Itumelang Clovis Radiphuti, un jeune fils vigoureux, seul bébé ronronnant du Botswana.

Telle était Mma Makutsi et, tandis qu'elle songeait à elle, Mma Ramotswe ne pouvait que sourire de ses façons, qui étaient bien connues et parfaitement tolérables une fois que l'on avait réussi à s'y habituer. Mr. Polopetsi, le collègue à temps partiel, ne cachait d'ailleurs pas son admiration pour elle. Cet homme très doux, chimiste à la carrière en dents de scie, travaillait à l'agence en tant que bénévole pour passer le temps. Il exerçait aussi quelques heures par semaine comme professeur de chimie au lycée de Gaborone, poste qui ne lui rapportait pas grand-chose, mais le salaire importait peu. Son épouse occupait en effet une position élevée dans l'Administration et c'était elle qui faisait bouillir la marmite. Elle souhaitait que son mari ne s'ennuie pas et était heureuse de le voir partager son temps entre son emploi de professeur très peu rémunéré et son travail bénévole à l'agence.

Un arrangement qui convenait aussi à l'agence.

— Mr. Polopetsi n'est sans doute pas un grand détective, disait Mma Makutsi, mais il comprend les méthodes scientifiques et la nécessité de recueillir des preuves. C'est important, Mma Ramotswe !

Charlie, en revanche, comprenait fort peu de choses, du moins de l'avis de Mma Makutsi. Il avait été apprenti au garage, mais avait perdu sa place quand Mr. J. L. B. Matekoni avait dû licencier du personnel. Une mesure à laquelle on avait eu recours seulement après mûre réflexion, une fois toutes les autres possibilités passées en revue. L'argent était rare, et les propriétaires de voitures préféraient désormais les grands garages, qui disposaient d'équipements spécialisés propres à répondre à des besoins complexes.

— On ne fabrique plus les voitures pour les gens, disait Mr. J. L. B. Matekoni. On les fabrique pour les ordinateurs. Au moindre problème, on retire la pièce défectueuse et on la jette. On ne sait plus rien réparer de nos jours !

Charlie avait ses défauts. Il était impétueux, prompt à lancer des remarques incendiaires en présence de Mma Makutsi et préoccupé par une seule et unique chose : les filles. Malgré tous ces mauvais côtés, Mma Ramotswe avait refusé de le voir partir à la dérive et l'avait donc embauché à l'agence, à un poste que Mma Makutsi tenait à intituler « apprenti détective junior en période probatoire ». Ce titre humiliant énervait beaucoup Charlie, qui se montrait malgré tout reconnaissant pour ces fragments de statut conférés par son nouvel emploi. Mma Makutsi elle-même reconnaissait qu'il faisait des efforts. Néanmoins, il avait encore un long chemin à parcourir et elle le gardait à l'œil.

Outre ces deux premières catégories, celle des amis et celle des collègues, il y avait les gens qui n'étaient ni des amis ni des collègues, un groupe qui se divisait lui-même en deux : ceux que l'on ne connaissait pas – qui, manifestement, existaient, mais que l'on n'avait pas encore rencontrés – et ceux que l'on connaissait. Ce tout dernier groupe se révélait le plus délicat et le plus ennuyeux, car il comprenait des personnes que certains qualifieraient d'ennemis. Mma Ramotswe n'aimait pas ce terme et n'envisageait pas les relations humaines de cette façon. Dès son plus jeune âge, on lui avait insufflé un principe fondamental : il fallait aimer ses ennemis. Or, un ennemi que l'on aimait cessait évidemment d'être un ennemi. Ce message d'amour lui avait été inculqué au catéchisme de Mochudi où, au côté d'une trentaine d'autres enfants, la petite Precious Ramotswe avait appris par cœur les préceptes d'une vie saine. On devait respecter son père et sa mère, ainsi qu'une série d'autres personnes, dont les professeurs, les personnes âgées, les membres du gouvernement et les gardiens de l'ordre. Il ne fallait être ni gourmand, ni envieux, ni impatient, même si l'on pouvait se retrouver en proie à ces trois tendances de façon régulière. On ne jetait pas la première pierre et l'on ne regardait pas le brin de paille dans l'œil de son voisin lorsqu'on avait une poutre dans le sien. Et, bien sûr, on pardonnait à ses ennemis.

Mma Ramotswe s'était efforcée de vivre selon ces principes et elle y était parvenue dans une très large mesure. Pourtant, si on lui demandait s'il n'existait pas des gens qui se montraient parfois inamicaux envers elle, elle était contrainte de répondre que si. Oui, il existait une personne dont on pouvait dire cela, bien qu'elle-même n'eût jamais cherché à s'en faire une ennemie ni souhaité perpétuer cet état de fait. Cette personne, Violet Sephotho, était, hélas, une ennemie, mais seulement parce qu'elle avait choisi (elle, et non Mma Ramotswe) cette position. D'ailleurs, si un accord de paix lui était proposé un jour, Mma Ramotswe le signerait sans hésiter. Et puis, il fallait prendre autre chose en compte : certes, cette femme était hostile à Mma Ramotswe, mais sa véritable cible restait Mma Makutsi, et celle-ci n'hésitait pas à déclarer qu'entre Violet Sephotho et elle l'état d'hostilité s'apparentait, à tous égards, à une guerre froide.

Violet Sephotho avait étudié à l'Institut de Secrétariat du Botswana en même temps que Mma Makutsi, mais leurs attitudes respectives vis-à-vis de cet établissement n'auraient pu être plus différentes. Pour Mma Makutsi, l'Institut représentait le parnasse auquel elle avait longtemps aspiré, l'institution qui l'avait délivrée de sa vie misérable et lui avait donné les outils pour faire carrière. Elle lui était donc profondément et inconditionnellement reconnaissante. Dès le premier jour, elle s'était dévouée corps et âme à ses études : elle n'avait jamais manqué un cours et s'était toujours assise au premier rang, elle avait fait tous ses devoirs et les avait tous rendus dans les temps, elle avait absorbé le moindre conseil donné par ses professeurs. Elle avait suivi les cours magistraux dans un silence religieux en notant tout dans des cahiers à reliure bleue bien trop coûteux pour son budget : l'achat de chacun d'entre eux entraînait la privation de déjeuner pendant toute une semaine, l'acquisition d'un manuel scolaire l'obligeait à renoncer à prendre le bus durant au moins un mois. Ainsi, en cette journée inoubliable où elle avait reçu son diplôme au milieu des youyous de ses tantes remplies de fierté, elle s'était juré de ne jamais oublier la dette de gratitude qu'elle avait envers l'Institut et ses enseignants.

Violet Sephotho, elle, n'éprouvait rien de tel. Elle avait accepté d'entrer à l'Institut de Secrétariat du Botswana parce que aucune autre opportunité ne se présentait à elle. Avec ses résultats scolaires insuffisants, sa candidature eût été refusée net si elle avait postulé à l'université du Botswana. Elle aurait pu opter pour une formation qui aurait fait d'elle une aide-soignante dans une clinique ou une hôtesse d'accueil dans un hôtel, mais cela eût exigé un minimum de motivation et une volonté de travailler qu'elle ne possédait absolument pas.

À ses yeux, l'Institut de Secrétariat du Botswana était indigne d'elle, le genre d'établissement réservé aux moins que rien, aux petites provinciales ridicules comme Grace Makutsi, et non destiné aux filles comme elle. Elle considérait les professeurs comme une triste clique, des gens qui n'avaient pas trouvé de véritable emploi dans le commerce ou l'industrie et qui s'estimaient heureux de pouvoir ressasser à longueur de journée des préceptes sans intérêt pour les inculquer à des jeunes femmes qui n'occuperaient jamais que des postes de second rang sans perspectives d'avancement.

La conduite de Violet à l'Institut avait scandalisé Mma Makutsi. Celle-ci ne comprenait pas que l'on pût s'appliquer ostensiblement du vernis sur les ongles pendant un cours et souffler ensuite dessus de façon éhontée pour qu'il séchât plus vite, alors que le professeur exposait les principes de la comptabilité en partie double. Elle ne pouvait concevoir qu'il fût possible d'entretenir une conversation soutenue sur les mérites de tel ou tel garçon avec une camarade de classe tout aussi superficielle, tandis qu'une enseignante – qui n'était autre que *la directrice de l'Institut* en personne – s'évertuait à démontrer comment un système de classement correctement pensé épargnait beaucoup de temps et d'angoisse.

En fin de compte, Violet avait reçu son diplôme le même jour que Mma Makutsi, mais, alors que cette dernière sortait couverte de gloire et félicitée par la directrice elle-même dans son discours, Violet passait de justesse avec cinquante sur cent à peine, la note la plus faible acceptée. Un résultat qui ne lui avait été attribué, de l'avis de tous, que dans la mesure où la direction de l'établissement n'envisageait pas de voir Violet revenir s'asseoir sur les bancs des salles de classe et demeurer inscrite sur ses listes d'élèves six mois supplémentaires.

Au cours des années suivantes, Violet Sephotho n'avait pas perdu une occasion de rabaisser ou de décrier Mma Makutsi et, dès l'instant où celle-ci était entrée comme secrétaire à l'Agence N° 1 des Dames Détectives, elle avait transféré son venin sur Mma Ramotswe, et sur l'agence en général.

— La soi-disant agence soi-disant numéro un de soi-disant dames soi-disant détectives, ricanait-elle en public. Le désastre numéro un, oui ! Avec cette Grace – moi, je dirais plutôt cette « sans grâce » – Makutsi, qui vient d'un trou paumé perdu au milieu de nulle part… Bobonong, je crois… Une ville fantastique ! Et cette grosse bonne femme stupide qui ose s'appeler Precious, Précieuse ! En fait, elle occupe de l'espace pour rien, c'est tout ! Et ça se dit capable de résoudre les problèmes des gens ! Quand on a des problèmes, on a plutôt intérêt à aller voir un sorcier et à lui acheter de la poudre, ce sera de toute façon plus utile que d'aller frapper à la porte de cette baraque pourrie ! Qu'est-ce qu'elles sont rasoir, ces deux-là ! Franchement !

Mma Ramotswe n'ignorait rien de ces commentaires et elle les endurait avec flegme. Elle avait toujours estimé que, si les gens se montraient méchants ou désagréables, cela signifiait que quelque chose clochait dans leur vie. Dès lors, c'était la pitié qu'ils devaient inspirer, et non le mépris ni la haine. Ainsi, même si elle pouvait considérer Violet Sephotho comme une ennemie, Mma Ramotswe n'avait rien fait pour se la mettre à dos et elle ne demandait pas mieux que de voir cesser cette inimitié.

Mma Makutsi, bien sûr, ne partageait pas ce point de vue : à ses yeux, Violet Sephotho était telle qu'elle était parce que la nature l'avait voulu ainsi.

— On ne transformera jamais une hyène en chacal, avait-elle déclaré un jour. Nous sommes ce que nous sommes. C'est comme ça !

— Tout de même, on peut changer, avait objecté Mma Ramotswe. C'est bien connu !

— Non, Mma, je ne crois pas. Et d'ailleurs, quand vous prétendez qu'une chose est bien connue, j'ai l'impression que vous dites juste ce que vous pensez vous-même. Et vous ajoutez que c'est bien connu pour éviter qu'on ne se dispute avec vous !

— Ce n'est pas vrai, Mma ! Mais ne nous disputons pas, voulez-vous, parce qu'il me semble que c'est l'heure du thé et que plus on perd de temps en disputes, moins on en a pour boire le thé.

Mma Makutsi avait souri.

— Alors *ça*, Mma, c'est vraiment bien connu !

CHAPITRE 2

Le chien l'a échappé belle

Penser aux amis et aux collègues pouvait occuper tout un trajet entre Zebra Drive et les locaux de l'Agence N° 1 des Dames Détectives. En garant la petite fourgonnette blanche derrière le bâtiment qu'elle partageait avec le Tlokweng Road Speedy Motors, Mma Ramotswe mit un terme à ces réflexions et entreprit de recenser les tâches qui l'attendaient ce jour-là. Elle avait plusieurs factures complexes à établir et cela, prévoyait-elle, réclamerait toute la matinée. Quelques semaines plus tôt, à l'instigation de Mma Makutsi, l'agence avait introduit un nouveau système de calcul des honoraires. Jusqu'alors, on se contentait de réclamer une somme que l'on estimait raisonnable – et que Mma Makutsi trouvait souvent *trop* raisonnable. Le montant en question était établi selon la complexité de l'enquête et en fonction d'une vague notion – vraiment très vague – du temps qu'on lui avait consacré. Rares étaient les clients qui se plaignaient. Toutefois, Mma Makutsi avait fini par considérer qu'un tel système n'était plus acceptable à l'ère de la transparence, où les gens souhaitaient comprendre sur quels critères exactement se fondait leur facture.

— L'époque où il suffisait de lancer un chiffre est révolue, Mma, avait-elle déclaré. De nos jours, on paye les gens à l'heure de travail, voire, dans certains cas, à la minute. C'est ainsi que le monde fonctionne, Mma. On appelle cela les factures détaillées.

Ce discours n'avait pas inspiré grand enthousiasme à Mma Ramotswe.

— Vos *factures détaillées* ne me plaisent guère, Mma. Pour avoir répondu au téléphone : 50 pula, et ainsi de suite ? Ce n'est pas comme cela que l'on procédait dans le Botswana d'antan…

— Mais le Botswana d'antan n'existe plus, Mma ! Nous sommes dans le Botswana moderne maintenant. Vous ne pouvez pas vivre dans le passé !

Et pourquoi pas ? s'était demandé Mma Ramotswe. Qu'est-ce qui nous empêchait de continuer à vivre dans le passé ? Si un assez grand nombre d'individus le souhaitaient, on pouvait très bien faire subsister le Botswana d'autrefois. On irait chez un coiffeur à l'ancienne qui vous mettrait des bigoudis comme auparavant, on aurait un docteur portant la blouse blanche et le stéthoscope autour du cou, qui répéterait les gestes du médecin de votre enfance, on achèterait chez le boucher des morceaux coupés à l'ancienne et emballés dans du papier brun retenu par une ficelle, comme les bouchers apprenaient à le faire jadis, on mettrait son argent dans une banque dont le directeur vous connaîtrait par votre nom, comme les directeurs de banque d'autrefois…

Mma Ramotswe avait gardé ces considérations pour elle. Si elle s'était hasardée à les exprimer, Mma Makutsi n'aurait pas lâché l'affaire et serait partie dans de grands discours sur les pratiques commerciales modernes et la nécessité d'être compétitif. Sur ce dernier point, Mma Ramotswe avait du mal à se figurer vis-à-vis de qui elles devaient être compétitives.

— Nous n'avons aucun concurrent, Mma, lui avait-elle fait remarquer un jour. Nous sommes la seule agence de détectives du Botswana, en tout cas la seule qui soit tenue par des femmes. Alors avec qui sommes-nous en compétition ? Avec la banque du Botswana ? La compagnie d'aviation nationale ?

Mma Makutsi avait paru peinée face à un tel manque de sérieux.

— Qu'il n'y ait pas de concurrence concrète n'a aucune importance ! avait-elle soupiré. La compétitivité est un état d'esprit, Mma. Elle montre que vous vous souciez de l'intérêt de vos clients. Je parle ici d'efficacité et de rapport qualité-prix.

— Oh, je pense que nous offrons un très bon rapport qualité-prix, avait protesté Mma Ramotswe. Il nous arrive de ne rien demander du tout à nos clients. À plus d'une reprise, j'ai inscrit sur des factures : « Total : 0 pula ». Peut-on trouver un meilleur rapport qualité-prix que cela ?

— Pour une personne sans formation commerciale, peut-être pas… Sans vouloir vous manquer de respect, Mma, quand j'étais à l'Institut de Secrétariat du Botswana, nous avons appris une multitude de concepts extrêmement complexes. Mais certaines personnes n'ont pas eu cette chance… Je ne dis pas que c'est leur faute, Mma. Ah non, je ne dis rien de tel !

Finalement, Mma Ramotswe avait accepté le nouveau système de facturation et Mma Makutsi lui avait appris à tenir le compte des moments passés sur chaque affaire.

— Donc, si vous pensez à une enquête, Mma – même si vous ne faites qu'y penser –, il faut facturer ce temps au client.

Mma Ramotswe n'avait pas caché son étonnement.

— Vous voulez que j'écrive : « Pour avoir pensé à votre affaire pendant 18 minutes » ? Vous voulez que j'écrive des choses comme ça ?

Mma Makutsi avait hoché la tête.

— Oui. Mais peut-être est-il préférable de ne pas employer le verbe « penser ». Certaines personnes se figurent que la pensée est gratuite. Mieux vaut écrire quelque chose comme : « Réflexion approfondie sur votre affaire ». C'est une bonne formule. Ou alors : « Examen de votre affaire ». C'est encore mieux.

Mma Ramotswe était restée sceptique.

— Mais quand je bois du thé, alors ? Disons que je souhaite réfléchir à un cas et que je décide de le faire en buvant une tasse de thé. Puis-je facturer le temps, dans ce cas ? Puis-je écrire : « Bu une tasse de thé : 50 pula » ?

Mma Makutsi se mit à rire.

— Oh, franchement, Mma Ramotswe ! Mais non, ça n'irait pas ! Le client dirait : « Mais je ne vais tout de même pas payer ces dames à boire du thé ! »

— Alors que faut-il écrire ?

— Si vous me parlez d'une affaire en même temps que vous buvez votre thé, vous devez marquer : « Réunion de travail relative à votre affaire ». C'est une bonne façon de décrire la chose.

Elle avait jeté à Mma Ramotswe un regard de défi.

— Je n'invente rien, Mma ! C'est ainsi que l'on procède de nos jours. Je ne fais que vous propulser dans le temps présent, c'est tout !

— Mais qu'y a-t-il à reprocher au passé ?

Mma Ramotswe avait posé cette question le plus sérieusement du monde. Pour elle, trop de gens estimaient le passé mauvais et voulaient en effacer de toute urgence la moindre trace. Ils se trompaient : le passé n'était pas mauvais. Bien sûr, certaines choses étaient loin d'avoir été parfaites (il y avait eu des cruautés dont on avait eu raison de s'affranchir), mais beaucoup d'autres avaient fait leurs preuves. Les manières du Botswana d'autrefois, par exemple, sa courtoisie, sa bienveillance... L'idée qu'il fallait consacrer du temps à autrui, et non se précipiter sans cesse à droite et à gauche comme un forcené. La conviction que l'on devait écouter les autres, leur parler, au lieu de ne penser qu'à jouer avec des gadgets électroniques. Le principe qu'il était bon de s'asseoir sous un arbre, quelquefois, et de regarder le ciel en pensant au bétail, aux potirons ou à diverses choses qui ne consommaient pas d'électricité...

Cependant, une plaidoirie comme celle-là ne prévaudrait jamais face à la marche du progrès et Mma Ramotswe s'était contentée d'y songer en silence. Elle n'avait pas jugé bon non plus de se battre contre le nouveau système de facturation, qui avait toute l'autorité du *moderne* – et, semblait-il, la caution de l'Institut de Secrétariat du Botswana. La journée débuta donc ce matin-là par l'établissement d'une de ces factures d'un nouveau type.

Prise d'instructions...

Rédaction d'une lettre de demande d'informations (2,5 pages)...

Participation à une consultation avec le client (25 minutes)...

C'était là un travail fastidieux et, au moment où les deux femmes furent prêtes pour boire le thé du milieu de matinée, Mma Ramotswe avait grand besoin d'une pause. C'est alors que Fanwell fit son apparition en lançant, à la surprise générale :

— J'ai trouvé un chien, Mma Ramotswe.

Il annonça cela du seuil tout en essuyant ses mains noires de cambouis sur un morceau de ce papier absorbant bleu que Mr. J. L. B. Matekoni avait depuis peu introduit au garage.

Mma Makutsi, qui venait de brancher la bouilloire, disposait les tasses à thé dans l'ordre : celle de Mma Ramotswe d'abord, la sienne ensuite, puis celles de Mr. J. L. B. Matekoni, de Fanwell et, enfin, de Charlie. Mma Ramotswe avait deux tasses au bureau : la première en porcelaine blanche toute simple, la seconde réservée aux grandes occasions, avec un portrait de la reine d'Angleterre Elizabeth II surmonté d'un motif de couronne désormais presque effacé. Mma Makutsi se contentait d'une seule tasse, verte, avec la soucoupe assortie. Elle se tourna vers le nouveau venu pour lui jeter un regard sévère.

— Un chien ? répéta-t-elle. Un chien errant ?

Fanwell lança son morceau de papier sale vers la corbeille, manqua son but et s'avança pour le ramasser.

— Oui, répondit-il. Un chien errant.

Puis il fronça les sourcils et se reprit.

— Enfin, peut-être pas… Comment est-ce qu'on sait ?

— Les chiens errants sont très maigres, expliqua Mma Makutsi. Généralement, ils n'ont pas de collier et n'ont pas l'air en bonne santé.

— Alors je ne crois pas que ce soit un chien errant. Il n'est pas si maigre que ça, on ne voit pas ses côtes. J'ai l'impression qu'il a toujours mangé à sa faim.

Le bruit de l'eau parvenue à ébullition se fit entendre. Saisissant la cuillère, Mma Makutsi commença à introduire les feuilles de thé dans la théière.

— Où l'as-tu trouvé ? s'enquit Mma Ramotswe.

— Sur la route. En fait…

Fanwell hésita.

— En fait, je l'ai renversé. Charlie et moi, on revenait d'une course, on était allés chercher des pièces détachées, et il a traversé brusquement la route. Ce n'était pas ma faute…

— Les chiens font toujours ça, assura Mma Makutsi. Phuti en a écrasé un l'autre jour. Le chien avait débouché d'une allée en courant et on aurait dit qu'il s'était mis en tête de mordre les pneus de la voiture. Phuti n'a pas pu l'éviter, il a fini par lui rouler dessus. Un stupide animal…

— Il y a des chiens qui ne peuvent pas s'empêcher de courir après les voitures, affirma Fanwell. Ceux-là, ils ne vivent pas longtemps.

Mma Ramotswe lui demanda des précisions sur la façon dont les choses s'étaient déroulées.

— J'ai senti comme un choc, expliqua Fanwell. Alors j'ai freiné et je suis descendu du camion pour aller voir. Je croyais que c'était un pneu qui avait éclaté, ou quelque chose comme ça. Mais non, c'était le chien. Je l'avais percuté.

— Et alors ?

— Eh bien, il était sous le camion. Pas écrasé ni aplati ni rien… Il était juste assis sous le camion, l'air un peu sonné. Alors je l'ai fait sortir. J'ai dû le traîner par terre, mais ça n'a pas eu l'air de le déranger. Je crois qu'il avait mal à une patte, parce qu'il a aboyé quand je l'ai touché à cet endroit, mais sinon, il allait bien.

Mma Makutsi entreprit de servir le thé dans les tasses.

— Il doit vivre quelque part par là. Je suppose qu'il était en train de rentrer chez lui quand tu l'as percuté. Il faudrait chercher dans quelle maison il habite, demander aux gens…

Fanwell secoua la tête.

— Non, Mma, il y en a beaucoup trop là-bas. Il peut venir de n'importe où…

Ces mots furent accueillis par un silence. Mma Ramotswe jeta un coup d'œil à Mma Makutsi. Tout en étant considérablement plus mûr que Charlie, Fanwell restait un garçon vulnérable, qui avait tendance à se fourrer dans des situations difficiles, parfois par gentillesse et, plus souvent, par naïveté.

— Et qu'est-ce que tu en as fait, Fanwell ? s'enquit Mma Makutsi. Ne me dis pas que…

Fanwell détourna les yeux.

— Tu l'as ramené ici ? compléta Mma Ramotswe.

Le jeune homme hocha la tête.

— Je ne pouvais pas le laisser comme ça…

— Non, tu as raison, soupira Mma Ramotswe. Quand on renverse quelque chose, on ne peut pas s'en aller comme si de rien n'était.

Elle marqua un temps d'arrêt.

— Alors où est-il maintenant ? Là, dehors ?

Fanwell désigna la porte.

— Il est juste devant le bureau.

— Eh bien, je suppose que nous ferions bien d'y jeter un coup d'œil…

Fanwell fit entrer l'animal. Il avait improvisé pour lui un collier à l'aide d'une vieille chambre à air de bicyclette découpée qu'il lui avait nouée autour du cou et à laquelle il avait attaché une double épaisseur de ficelle. Le chien était de taille moyenne et de race indéterminée, mais le poil ébouriffé le long de la crête dorsale indiquait la présence d'un chien de Rhodésie quelque part dans la lignée. Il avait un museau inélégant, constitué de plis de peau qui fusionnaient avec des babines noires autour des mâchoires. Plusieurs dents protubérantes lui conféraient un aspect sauvage, mais son regard était loin d'être hostile, tout comme le balancement frénétique de sa queue au moment où il pénétra dans le bureau en regardant tout autour de lui, avant de se diriger droit vers Mma Makutsi pour lui renifler les pieds.

— On dirait qu'il vous aime bien, Mma ! s'exclama Fanwell en tirant sur la ficelle.

Mma Makutsi sourit malgré elle.

— C'est un chien au physique très étonnant, commenta-t-elle.

Charlie, qui venait d'apparaître sur le seuil, tapa des mains en apercevant l'animal.

— Bon, je vois que tout le monde a fait connaissance avec le chien de Fanwell ! Le petit nouveau de l'agence !

— Qu'est-ce que tu racontes ? s'agaça Mma Makutsi.

— Fanwell est sûr que vous allez lui donner du travail, répondit Charlie. Si la police utilise des chiens, pourquoi pas les détectives privés ? Ça paraît logique, non ?

Mma Makutsi vint apporter sa tasse de thé à Mma Ramotswe.

— N'importe quoi ! siffla-t-elle. Un bureau n'est pas un endroit pour un chien. Et puis, de toute façon, celui-là n'appartient pas à Fanwell. C'est un chien qu'il a renversé, c'est tout. Il peut retourner chez ses maîtres maintenant.

Charlie haussa les épaules.

— Le problème, c'est que Fanwell ne sait pas qui sont ses maîtres. Hein, Fanwell ?

Fanwell lui jeta un regard noir.

— Ben non. C'est pour ça que je m'en occupe…

— Tu vas le ramener chez toi ? s'étonna Mma Makutsi.

Fanwell vivait avec un oncle et plusieurs cousins dans une petite maison d'Old Naledi composée de deux pièces, un espace déjà trop étroit pour ses occupants.

— Je ne sais pas, répondit-il. Je n'y ai pas encore réfléchi.

Mma Makutsi retourna à son bureau, posa sa tasse devant elle, la contempla quelques instants, puis se tourna vers le jeune homme pour le fixer sévèrement.

— Fanwell, déclara-t-elle, quand tu as ramassé ce chien, as-tu pensé une seconde à ce que cela représentait de s'occuper d'un animal ? As-tu songé à ce que tu allais pouvoir en faire ?

— Je me faisais du souci pour lui, Mma, murmura Fanwell, penaud.

— Il venait de renverser ce chien, Mma Makutsi, intervint Mma Ramotswe. Il avait une certaine responsabilité vis-à-vis de lui.

Les larges lunettes rondes de Mma Makutsi captèrent la lumière qui entrait par la fenêtre, ce qui était toujours signe de danger.

— Il lui suffisait de vérifier que ses blessures n'étaient pas graves.

— Et qu'il n'était pas mort, compléta Charlie.

— Précisément, approuva Mma Makutsi. Ensuite, l'animal n'était plus de sa responsabilité.

— Mais je ne pouvais pas le laisser comme ça en pleine rue ! se défendit Fanwell. Il avait l'air complètement perdu, Mma Makutsi. Il n'arrêtait pas de tourner la tête dans tous les sens, comme ça… Et puis, il avait mal à une patte. Non, je ne pouvais pas l'abandonner !

— Bon, eh bien, il va beaucoup mieux maintenant, non ? Tu as fait ce qu'il fallait pour lui. À présent, tu peux le conduire quelque part et le laisser. Il retrouvera le chemin de chez lui.

Mma Ramotswe hésitait. Elle avait plus de compassion que sa collègue, mais les chiens lui avaient toujours inspiré une certaine crainte et elle ne se sentait pas rassurée en leur présence. Cette appréhension datait d'un incident qui avait eu lieu du temps de son enfance à Mochudi. Un chien enragé qui s'était aventuré aux abords du village avait créé une panique générale. Cela se passait un samedi matin, alors que la petite Precious était au marché aux légumes, un assemblage de stands improvisés dressés par les maraîchers des environs. Avec le sol trop sec, les cultures ne poussaient que sur les terres équipées de systèmes d'irrigation. Pour les autres, les récoltes étaient maigres : des potirons, des melons, des épis de maïs et du sorgho, dont on pouvait confectionner un semblant de porridge.

Elle avait repéré le chien de loin et l'avait montré à la cousine de son père. Celle-ci s'était alarmée.

— Mais c'est juste un chien ! avait voulu la rassurer Precious. Ce n'est pas dangereux, les chiens. Ce n'est pas comme les hyènes.

La cousine lui avait pris la main pour l'entraîner à l'abri.

— Certains chiens sont mille fois plus dangereux que les hyènes, et même que les lions, avait-elle affirmé. Regarde comment il marche, Precious, il ne va pas droit, et cela ne peut signifier qu'une seule chose : ce chien est un très mauvais chien. Un très mauvais chien…

L'information s'était répandue et, quelques minutes plus tard, un camion de police était arrivé en cahotant. Il avait freiné à la hauteur de la cousine et la vitre s'était baissée.

— Par là-bas, avait indiqué la cousine en désignant l'orée de la savane et les buissons derrière lesquels l'animal venait de disparaître.

Le camion était parti dans la direction mentionnée, puis deux lumières rouges s'étaient allumées à l'arrière tandis qu'il s'immobilisait. Alors, on avait vu le canon d'un fusil sortir par la vitre, se balancer un court instant, puis se redresser lentement. On avait aperçu le nuage de fumée – une petite bouffée blanche sortie du canon – avant d'entendre la détonation, comme un claquement de fouet au-dessus des têtes d'un attelage de bœufs : un son net, décisif.

Deux policiers étaient ensuite descendus du véhicule pour se diriger vers la savane. Quelques instants plus tard, ils réapparaissaient en traînant derrière eux le cadavre du chien par les pattes avant.

Precious avait poussé un cri.

— Mais ils ont tué ce pauvre chien !

— Il était très malade, avait répondu la cousine d'une voix douce. Il serait mort de toute façon.

Precious s'était détournée pour éclater en sanglots.

— Mais il ne mordait personne !

— Il aurait fini par le faire. Ce malheureux chien aurait fini par mordre quelqu'un, peut-être même du bétail.

Elles avaient appris par la suite que l'animal avait bel et bien mordu du bétail, et qu'il avait fallu abattre les bêtes blessées.

— Il avait la rage, avait expliqué la cousine. Tu comprends ? La rage, ça fait cela.

Mma Ramotswe chassa ce souvenir de sa mémoire pour se concentrer sur le problème actuel.

— Je pense que Mma Makutsi n'a pas tort. Nous ne pouvons pas garder ce chien ici et il n'y a pas assez de place pour lui chez ton oncle. L'idéal, c'est de voir s'il saura retrouver la maison de ses maîtres. Parce qu'il doit bien avoir des maîtres ! La plupart des chiens en ont. Est-ce que c'est loin d'ici, l'endroit où tu l'as renversé ?

Fanwell expliqua que ce n'était qu'à quelques kilomètres.

— Après le thé, je t'emmènerai dans ma fourgonnette, décida Mma Ramotswe. Nous irons là-bas avec le chien et nous le libérerons là où tu l'as trouvé.

Fanwell se tourna vers l'animal, qui lui rendit intensément son regard en ouvrant de grands yeux chassieux. Sa queue s'était mise à remuer en signe d'amitié, mais la prudence – cette qualité qui lui avait permis de subsister jusque-là – parut l'emporter, car il l'abaissa très vite, soumis, comme s'il s'attendait à recevoir une taloche ou un coup de pied.

— J'ai l'impression que ce chien m'aime beaucoup, déclara Charlie. Même si j'étais dans le camion quand Fanwell l'a renversé.

— C'est parce qu'il croit que tu vas lui donner à manger, estima Mma Ramotswe. Les chiens réfléchissent avec leur ventre, c'est bien connu.

— Comme certains jeunes gens, renchérit Mma Makutsi. Mais je ne pense à personne en particulier, bien sûr…

Mma Ramotswe consulta sa montre.

— Je vais prendre une deuxième tasse de thé rapide et nous partirons ! annonça-t-elle. Nous avons un rendez-vous ici à…

Mma Makutsi jeta un coup d'œil à l'agenda.

— Midi ! C'est une dame qui vient du Canada.

— Alors il faut partir tout de suite, résolut Mma Ramotswe. Je dois être de retour à temps pour recevoir notre cliente.

— Qu'est-ce qu'elle veut, cette dame ? s'enquit Charlie.

— Elle cherche quelque chose, répondit Mma Makutsi, qui avait répondu à l'appel téléphonique. C'est tout ce que je sais.

— Tout le monde cherche quelque chose, fit remarquer Charlie.

— Des filles, dans ton cas… précisa Mma Makutsi.

— Oh, vous avez entendu ça, Mma Ramotswe ? se rebiffa le jeune homme. Non mais, pourquoi suis-je toujours obligé de supporter ce genre de commentaires ?

— Parce que c'est la vérité, Charlie, rétorqua Mma Makutsi avec un large sourire. Voilà pourquoi…

Mma Ramotswe estima que la pause thé avait assez duré.

— Ne nous disputons pas, dit-elle en se levant. Nous allons ramener ce pauvre animal dans son quartier, auprès des siens.

Le chien la suivit des yeux, cherchant à deviner ce qui se passait. C'était là, songea-t-elle, ce que semblaient toujours faire les chiens : essayer de trouver un sens à un monde plein de concepts qu'ils ne comprenaient pas. Mais nous autres, les humains, ne faisions-nous pas exactement la même chose, du moins la plupart du temps ?

Le chien fut relégué à l'arrière de la fourgonnette, où il lutta vaillamment pour garder l'équilibre, tombant sur le flanc de temps en temps. Dans la cabine, à l'avant, Fanwell guida Mma Ramotswe le long d'une route étroite qui passait entre les masures d'Old Naledi, la banlieue misérable et surpeuplée qui accueillait les derniers arrivés en ville et continuait d'abriter ceux qui, bien qu'ayant cessé d'être de nouveaux venus, étaient restés dans le bas du panier. Lorsqu'ils parvinrent à une intersection, il la fit stopper.

— C'était là, annonça-t-il. Je roulais dans cette rue et le chien a déboulé de là…

Il désignait un buisson chétif derrière lequel apparaissaient plusieurs cahutes en appentis.

— Peut-être qu'il vit ici, suggéra-t-elle en désignant ces habitations.

Fanwell secoua la tête.

— J'ai déjà demandé à ces gens, expliqua-t-il. Ils ont vu ce qui s'est passé et, quand ils sont sortis de chez eux, je leur ai posé la question, mais c'était la première fois qu'ils voyaient ce chien-là.

Mma Ramotswe se surprit à se demander ce que Clovis Andersen recommanderait dans un cas comme celui-ci. Existait-il une autre solution que de laisser l'animal retrouver lui-même ses maîtres ? Clovis Andersen aurait-il une idée plus constructive que celle-là ?

— Il faut le descendre de la fourgonnette, dit-elle à Fanwell. Il va sûrement courir tout droit vers sa maison, tu sais. Les chiens sont comme ça : ils n'oublient pas où ils vivent.

Elle rangea le véhicule sur le côté et descendit en laissant le moteur tourner. Fanwell passa à l'arrière et prit le chien dans ses bras pour le poser doucement sur le bord de la route. Il lui caressa un instant la tête, laissant l'animal désorienté lui lécher la main.

— Il faut lui dire au revoir maintenant, déclara Mma Ramotswe.

— Il va être très triste quand nous partirons.

— C'est toujours triste de se dire au revoir.

Elle attendit Fanwell, qui donna à l'animal une nouvelle caresse avant de se retourner pour rejoindre la fourgonnette. Le chien le suivit et tenta de monter avec lui quand il ouvrit la portière et s'installa.

— Non, tu dois rester là, lui dit Fanwell. Tu ne peux pas venir avec moi.

Le chien le regarda, implorant, la mâchoire ouverte et sa grosse langue rose apparente.

Mma Ramotswe claqua sa portière. Repoussant l'animal du pied, Fanwell ferma la sienne à son tour.

— On peut y aller, Mma, murmura-t-il.

Elle avança lentement sur la route. Des aboiements retentirent aussitôt. Jetant un coup d'œil au rétroviseur, elle s'aperçut que le chien les suivait.

— Il n'a pas envie de nous quitter, dit Fanwell. Je n'ai pas l'impression qu'il va aller là où vous dites, Mma.

Mma Ramotswe appuya sur l'accélérateur.

— Il va renoncer, Fanwell. Une fois que nous aurons rejoint la route principale, il ne pourra plus tenir le rythme.

Le jeune homme se retourna sur son siège.

— Il est juste derrière nous, Mma. Il court vite !

— Nous ne pouvons pas nous arrêter, Fanwell. Nous ne pouvons pas le laisser nous rattraper.

— Il est très triste, ce chien, articula Fanwell avec ce qui n'était plus qu'un filet de voix. Il n'a personne pour l'aimer. Ça se voit quand quelqu'un n'a personne pour l'aimer…

— On doit l'aimer là où il habite, assura Mma Ramotswe. Il doit y avoir des gens qui l'aiment là-bas.

Elle regarda de nouveau dans le rétroviseur. Malgré la distance qui s'était allongée, elle voyait le chien courir, ses oreilles se balançant au vent. Elle se concentra sur la conduite. Ce chien était entré dans sa vie moins d'une heure plus tôt et elle avait l'impression de se rendre coupable d'abandon, de se délester d'un être qui n'avait personne au monde vers qui se tourner. La vie était ainsi faite, bien sûr, songea-t-elle, et parfois, elle semblait encore plus cruelle ici, en Afrique, où une multitude d'êtres avaient besoin d'un soutien que nul n'était en mesure de leur apporter. Elle poussa un soupir. On ne pouvait pas ramasser tous les chiens sans collier, c'était impossible. Fanwell était très gentil, et le fait qu'il ait voulu porter assistance à cet animal était tout à son honneur, mais il n'avait pas les moyens d'aller jusqu'au bout de son geste et l'on devait le protéger des conséquences irréalisables de sa bonté, comme tous ceux qui laissaient leur cœur les guider. Elle trouva étrange cependant que ce fût elle, une femme, qui dût expliquer à un jeune homme qu'il ne pouvait pas toujours suivre les élans de son cœur. Les femmes n'étaient-elles pas précisément celles qui écoutaient leur cœur, tandis que les hommes, eux, ne pensaient qu'à… qu'à ces choses auxquelles pensent les hommes ? À moins qu'il ne s'agît là d'un préjugé déloyal contre lequel les hommes devaient lutter… N'était-il pas vrai qu'ils pleuraient parfois aussi facilement que les femmes ? Qu'ils pouvaient se montrer aussi doux et attentionnés que n'importe quelle femme, dès lors qu'on leur laissait l'occasion d'exprimer ces qualités ? Elle pensa à Fanwell, puis à Mr. J. L. B. Matekoni. Tous deux étaient pleins de bienveillance, sensibles, et ils comprenaient ce que ressentaient les autres aussi bien que toutes les femmes qu'elle connaissait. Et ils étaient largement aussi doux…

À cet instant, elle songea à Charlie. Peut-être faudrait-il y réfléchir à deux fois, en fait. Charlie, se dit-elle, n'avait aucune idée de ce que pouvaient ressentir les autres et il manifestait rarement de commisération. Il restait possible, bien sûr, qu'il éprouvât davantage de choses qu'il n'en laissait paraître, mais, même dans ce cas et quelle que fût l'étendue de ce qu'on pouvait imaginer, il n'était pas possible de le décrire comme un *homme nouveau*, dénomination qu'elle avait récemment rencontrée dans un article de magazine et qui l'avait intriguée. Il existait bien sûr quelques *hommes nouveaux* dans son entourage, mais un très grand nombre ne l'étaient pas du tout. Il suffisait d'entrer dans n'importe quel bar de la ville pour les voir se presser par centaines, alors que, si l'on se mettait en quête d'*hommes nouveaux*, on ne savait guère où chercher. Était-ce ceux qui faisaient les courses pour leur épouse ? Ceux qui allaient récupérer les enfants à l'école ? Peut-être. Mais dans les supermarchés et à la sortie des écoles, il était très rare de croiser des hommes, nouveaux ou non.

Le trajet du retour se déroula dans le silence. Lorsque la fourgonnette freina sous l'acacia, derrière le bureau, Fanwell désigna une petite voiture bleue garée près de la porte de l'agence.

— Ce doit être votre cliente, Mma, dit-il. Elle est déjà arrivée.

Mma Ramotswe jeta un coup d'œil à sa montre. Ils étaient revenus dans les temps.

— Elle est en avance, conclut-elle.

— Ça veut dire qu'elle a de gros soucis, affirma le jeune homme. Quand quelqu'un nous amène sa voiture au garage avant l'heure où on lui a demandé de venir, ça veut dire qu'il est inquiet pour elle.

Il la regarda avec attention, comme pour s'assurer qu'elle avait bien compris.

— C'est la même chose pour les gens, Mma. La même chose. Enfin, je crois…

Il descendit de la fourgonnette et s'approcha de la voiture bleue pour l'examiner. Mma Ramotswe l'observa, intriguée.

— Quelque chose ne va pas, Fanwell ?

Il promena les doigts sur le flanc de la voiture, comme pour répondre à une question non formulée.

— On a repeint au spray de ce côté-ci, mais pas de l'autre, affirma-t-il.

Mma Ramotswe ne voyait aucune différence ; toutefois il était vrai que les voitures n'étaient pas son domaine. Hormis la sienne, qu'elle aimait beaucoup, les véhicules composaient pour elle une tribu étrangère, certes importante et nécessaire, mais à laquelle il ne convenait pas de prêter une attention exagérée.

— À mon avis, elle a eu un accident de ce côté, reprit Fanwell. Si je devais la conduire, je vérifierais la direction. Quelquefois, on n'équilibre pas bien les roues, vous comprenez, après un accident. Il y a beaucoup de mauvais mécaniciens, Mma. Et il en arrive tous les jours de nouveaux sur le marché.

Il s'interrompit et se pencha pour regarder à travers la vitre.

— En fait, cette voiture a eu beaucoup de conducteurs différents, Mma.

Elle fronça les sourcils.

— Mais comment peux-tu deviner ça, Fanwell ?

— Parce que c'est une voiture de location, annonça le jeune homme.

Mma Ramotswe émit un sifflement admiratif.

— Tu es un vrai détective, Fanwell ! Un détective d'automobiles, peut-être !

Le visage masculin se fendit d'un large sourire.

— Merci, Mma. En fait, j'ai su que c'était une voiture louée parce que… eh bien, parce que le contrat de location est sur le siège passager.

Mma Ramotswe se mit à rire.

— Les meilleurs indices crèvent toujours les yeux, commenta-t-elle. C'est Clovis Andersen qui le dit !

— Votre livre ?

— Oui. Les *Principes de l'investigation privée.*

Fanwell hocha la tête.

— C'est un livre qui dit tout, n'est-ce pas ? Dommage qu'il n'y ait pas la même chose pour nous, les garagistes ! Les *Principes des réparations de voitures*. Ce serait un bon livre, ça, Mma !

Elle sourit.

— Les *Principes des réparations de voitures*, de Mr. J. L. B. Matekoni. Oui, je pense que ce serait un très bon livre. « Chapitre premier : Écoutez ce que la voiture essaie de vous dire ».

Fanwell battit des mains, ravi.

— Oh, ça, c'est très marrant, Mma ! C'est ce que le patron nous répète tout le temps. C'est l'une des premières choses qu'il m'a dites quand j'ai commencé mon apprentissage. Je ne crois pas que j'avais compris à l'époque.

— Et maintenant ?

— Oh, maintenant, oui ! Et c'est très vrai. Les voitures nous parlent quand elles souffrent. Et souvent, elles nous font très bien comprendre d'où vient leur problème.

Mma Ramotswe hocha la tête.

— Et le chapitre numéro deux du livre de Mr. J. L. B. Matekoni, ce serait quoi ?

Fanwell réfléchit un instant.

— Le chapitre deux, ce serait : « Que faire ensuite ? ». Je pense que ce serait un bon titre.

— Eh bien, peut-être devrions-nous lui suggérer d'écrire ce livre… Mais pour le moment, il faut que j'aille rencontrer ma nouvelle cliente.

Elle lissa sa robe, que le trajet avait froissée. Des poils de chien ressortaient sur le tissu rouge sombre et elle les ôta avant d'entrer dans le bureau. Elle pensait à l'animal et à sa vaine tentative de les rattraper lorsqu'ils s'étaient éloignés. Peut-être n'était-il à personne, après tout, et déambulait-il en ce moment même dans les ruelles d'Old Naledi en reniflant ici et là pour trouver de quoi se nourrir, ou pour susciter un signe d'intérêt humain, une manifestation de cette affection dont il avait tant besoin, mais qu'il ne trouvait nulle part.

Tandis qu'elle arrangeait sa tenue, Mma Ramotswe perçut la voix de Mma Makutsi et, moins distinctement, celle de la cliente. Elle s'immobilisa derrière la porte entrouverte et les voix se firent plus claires. Elle lâcha la poignée qu'elle venait de saisir. Elle n'aimait pas écouter aux portes, mais elle entendait ce qui se disait à l'intérieur et c'était cela qui la faisait hésiter.

Quand on écoute aux portes, on n'entend jamais rien de bon sur soi... Sa tante lui répétait souvent cette phrase quand elle était petite et elle ne l'avait pas oubliée. Toutefois, ce qu'elle faisait là n'était pas écouter aux portes : elle entendait malgré elle, puisqu'elle s'apprêtait à pénétrer dans la pièce où se déroulait la conversation en question. Elle ne pouvait faire autrement… tout comme elle ne pouvait empêcher sa bouche de s'entrouvrir sous l'effet de la stupéfaction. Ainsi, voilà ce que disait Mma Makutsi lorsqu'elle n'était pas là pour exercer un contrôle et protéger la cause de la vérité !

CHAPITRE 3

J'ai voulu revoir le pays que j'avais tant aimé

— Oui, disait la voix de Mma Makutsi derrière la porte. Vous avez eu raison de venir nous trouver, Mma. Vous avez eu tout à fait raison !

Quelques mots indistincts prononcés par l'autre femme lui répondirent.

— Parfaitement, Mma, c'est vrai, reprit Mma Makutsi. Et vous m'avez demandé depuis combien de temps nous étions établies ici. Eh bien, la réponse est : depuis longtemps, Mma, depuis très longtemps. Voyez-vous, je m'étais rendu compte – à l'époque où nous avons créé l'agence – qu'il existait un vrai besoin pour une activité comme la nôtre. Pour aider les gens à résoudre les problèmes qu'ils rencontraient dans leur vie. Ce sont les mots exacts qui m'étaient venus à l'esprit, Mma. Vous savez, ces formules qu'utilisent les entreprises, de nos jours, pour décrire leur activité… Des devises comme : « Nous sommes là pour vous servir »… Eh bien, la nôtre, c'est « Nous sommes là pour aider les gens à résoudre les problèmes qu'ils rencontrent dans leur vie ». Et vous savez quoi, Mma ? Dès que nous avons commencé, nous avons été submergées par les demandes…

Mma Ramotswe tressaillit. Submergées par les demandes ? C'était faux ! Mma Makutsi avait-elle oublié comment cela s'était passé ? Avait-elle oublié tout ce temps où il avait fallu attendre avant de voir quelqu'un passer la porte d'entrée, sous l'enseigne toute fraîche ? Avait-elle oublié que, durant des jours et des jours, nul ne s'était présenté ? Seules quelques poules s'étaient aventurées à franchir le seuil pour venir picorer à leurs pieds. Et elle se souvenait avoir dit à Mma Makutsi : « Enfin des clientes, Mma ! », et Mma Makutsi n'avait pas compris la plaisanterie, parce qu'à l'époque son sens de l'humour n'était pas très affûté, conséquence, sans doute, de son enfance à Bobonong, où il ne devait rien se passer de bien amusant… Désormais, elle avait changé sur ce plan, même s'il fallait encore, à l'occasion, lui expliquer les subtilités de certaines remarques humoristiques. Mais nous avions tous nos points faibles et l'on ne devait pas s'appesantir sur ceux de son prochain…

Toutefois, comment osait-elle dire : « *Nous* avons créé l'agence » ? *C'est moi qui ai créé l'agence*, rectifia Mma Ramotswe en son for intérieur. Et, bien qu'elle n'eût aucun besoin de s'en voir attribuer le mérite et qu'elle n'allât jamais à la pêche aux compliments, la vérité historique toute simple était que Mma Makutsi était venue réclamer du travail *alors que l'agence existait déjà*. À cette époque, elle avait en outre été engagée comme secrétaire, dans l'ancien sens du terme. Désormais, personne n'acceptait plus la qualification de secrétaire, de sorte que ce métier semblait avoir disparu. Mma Ramotswe n'était pas femme à freiner les gens dans leur ascension sociale, loin de là, mais elle estimait que les secrétaires avaient un rôle à jouer, un rôle important et honorable, et elle comprenait mal que l'on tînt tellement à cesser de l'être et à revendiquer un autre titre.

— Nous nous sommes beaucoup développées, voyez-vous, poursuivait Mma Makutsi. Au départ, nous n'étions que deux, moi et l'autre dame, mais avec tout le travail que nous avions, j'ai jugé nécessaire de faire venir du renfort. Aujourd'hui, nous avons donc un monsieur très charmant – un certain Mr. Polopetsi – qui est un grand scientifique, Mma, et qui nous apporte ses nombreuses compétences. Et il y a aussi un garçon de bureau, Charlie, que je viens juste d'envoyer faire une course…

Un *garçon de bureau* ! Mma Ramotswe se mordit la lèvre. Charlie serait scandalisé d'entendre cela. Certes, il débutait dans le métier, mais il se considérait tout de même comme une sorte d'apprenti détective. Savoir que Mma Makutsi parlait de lui comme d'un garçon de bureau lui causerait un immense chagrin. Quant à l'appeler elle-même « l'autre dame », c'était aller un peu trop loin…

Elle saisit la poignée, résolue à entrer, mais Mma Makutsi reprit la parole et elle s'immobilisa de nouveau.

— Vous comprenez donc bien, Mma, que je suis la personne idéale pour traiter votre affaire…

Cette fois, Mma Ramotswe poussa la porte. Mma Makutsi avait pris sa place et une grande femme aux cheveux blonds était installée face à elle, sur le siège réservé aux clients. Chacune d'elles avait à la main une tasse de thé.

— Ah ! lança Mma Ramotswe avec tout l'entrain dont elle était capable. Vous êtes déjà là ! Et je vois que Mma Makutsi a…

Cette dernière ne la laissa pas terminer.

— Je vous présente Mma Ramotswe, Mma ! annonça-t-elle en se levant. Elle est de retour.

La femme se tourna sur son siège pour accueillir Mma Ramotswe, qui baissa aussitôt les yeux. Il était grossier de soutenir le regard, chose que les autres cultures ne parvenaient pas à comprendre. Ailleurs, on recommandait aux enfants de toujours regarder les adultes dans les yeux quand ils s'adressaient à eux, et ce n'était pas pour leur apprendre à être impolis : on ignorait tout simplement qu'il ne convenait pas de fixer quelqu'un de plus âgé comme si on le défiait.

Le premier coup d'œil lui avait cependant permis de se faire une idée de la cliente, qui se présenta comme Susan Peters. Mma Ramotswe remarqua son expression amène, ouverte – un visage dénué de duplicité ou de suspicion –, son chemisier soigneusement repassé, le fin bracelet-montre en or autour du poignet et les petites rides au coin des yeux, qui étaient, songea-t-elle, les marques d'une tristesse, d'un profond chagrin.

Déjà, Mma Makutsi s'éloignait du bureau de Mma Ramotswe.

— Installez-vous à votre place, Mma, lança-t-elle. Je vais vous préparer du thé.

C'était une initiative de paix, de plates excuses après cette occupation illégale, et Mma Ramotswe sourit avec bienveillance en prenant la place qui était la sienne. Peut-être s'était-elle montrée trop dure envers Mma Makutsi, peut-être ne devait-elle pas lui en vouloir de revendiquer une part de gloire dans l'histoire de l'agence. Après tout, chacun d'entre nous éprouvait le besoin de se sentir important et, si nous étions tentés d'exagérer à l'occasion la signification de notre rôle dans le monde, cela se comprenait et il n'était pas logique qu'on nous en tînt rigueur.

Elle jugea néanmoins bon de clarifier les choses.

— Je suis la directrice de cette agence, indiqua-t-elle à la femme blonde. Mais Mma Makutsi et moi travaillons en très étroite collaboration.

La femme regarda ses mains.

— Très bien…

— Alors peut-être pourriez-vous me dire ce qui vous amène au Botswana, miss Peters.

— Je vous en prie, appelez-moi Susan ! s'exclama la visiteuse en relevant les yeux.

— Si vous le souhaitez, Mma. Susan est un très joli prénom.

Susan sourit.

— Tout a commencé il y a très longtemps, Mma.

— La plupart des problèmes trouvent leur origine dans un passé lointain, fit observer Mma Ramotswe. Il est rare qu'ils datent de la veille.

— Je n'ai pas dit que j'avais un problème, objecta Susan. Il s'agit plutôt de…

Elle s'interrompit et le silence plana.

— D'un doute ? suggéra Mma Ramotswe.

— On pourrait dire un doute, oui, ou plutôt un… une zone d'ignorance. C'est en rapport avec un besoin de rassembler des fragments du passé.

— Pour comprendre des choses qui sont arrivées ? interrogea Mma Makutsi.

— Peut-être…

— Vous feriez mieux de tout nous raconter, Mma, estima Mma Ramotswe. En commençant depuis le début.

— Le début, déclara Susan, c'était il y a trente-cinq ans. C'est-à-dire, *Bomma*, au moment de ma naissance.

Mma Ramotswe et Mma Makutsi échangèrent un regard. L'emploi correct du pluriel *Bomma*, en langue setswana, pour s'adresser à deux femmes, était le signe qu'elles n'avaient pas affaire à une simple touriste. Rares étaient les étrangers qui parlaient la langue du pays et même ceux qui avaient vécu plusieurs années au Botswana ne connaissaient pas grand-chose de plus que les formules de politesse de base.

— Voyez-vous, je suis née ici.

Mma Ramotswe sourit.

— Dans ce cas, vous êtes une Motswana.

C'était un compliment et Susan y réagit avec chaleur.

— Vous êtes très gentille, Mma.

Toutes deux savaient néanmoins que c'était impossible : on pouvait être motswana *sur le papier* – beaucoup de gens étaient éligibles pour l'obtention d'une nationalité africaine quelconque –, mais nul ne deviendrait jamais un Motswana de souche. Cela ne fonctionnait tout simplement pas de cette façon. Nationalité et appartenance étaient deux choses différentes, quoi qu'en dise la loi. Mma Ramotswe le comprenait ; elle n'aimait pas ce principe, mais elle le comprenait.

Susan poursuivit :

— Je n'ai jamais eu la nationalité cependant, Mma. Je n'y avais pas droit, puisque mes parents étaient des étrangers – des étrangers qui étaient juste venus travailler dans le pays où je suis née. Ils étaient canadiens, voyez-vous. Mon père était médecin et ma mère professeur. Mon père a exercé cinq ans à Molepolole, puis nous nous sommes installés à Gaborone. Il travaillait pour les gens qui affrètent des avions médicaux… Vous savez de quoi il s'agit, Mma, les vols qui desservent des hôpitaux de brousse. Il travaillait pour cette organisation.

— Oui, je connais. C'était un peu comme la mission du Dr Merriweather, mais pas tout à fait.

— Vous avez raison, Mma. Mon père a travaillé avec lui, d'ailleurs. Ma mère, elle, enseignait dans une petite école près de l'ancienne prison.

Mma Ramotswe attendit la suite. Elle se remémorait ce qu'était le Gaborone en ces temps lointains de plus grande intimité. Pour elle, il s'agissait de *l'époque du calme*, avant que le monde ne devînt agité et bruyant. L'époque du bétail, celle des bicyclettes plutôt que des voitures, celle où l'arrivée de l'unique avion de la journée était un événement, celle de la politesse et des gens courtois.

— Ce Gaborone-là ne ressemblait pas beaucoup à celui d'aujourd'hui, ajouta Susan d'une voix mélancolique, et Mma Ramotswe eut l'impression qu'elle avait lu dans ses pensées.

Ce devait être le signal qu'attendait Mma Makutsi, qui avait très peu parlé depuis le retour de Mma Ramotswe, pour se joindre à la conversation.

— Le monde entier était différent en ce temps-là, Mma. À Bobonong, tout était différent. Ici, tout était différent… Ce n'était pas comme maintenant, où il faut aller vite, vite, toujours plus vite…

Mma Ramotswe remarqua les éclairs de lumière que lançaient ses lunettes tandis qu'elle prononçait ces paroles.

— Vous avez raison, acquiesça-t-elle, les gens marchaient plus lentement à cette époque.

— C'est sûr ! approuva Mma Makutsi. Regardez-les aujourd'hui : leurs jambes vont à toute allure… on dirait des ciseaux. On ne marchait pas comme ça autrefois.

Susan hocha la tête.

— Je ne sais pas pourquoi ils sont si pressés. Je vis à Toronto aujourd'hui et…

— Alors là, les gens doivent marcher très vite à Toronto ! l'interrompit Mma Makutsi. De ce point de vue, ça doit être l'un des pires endroits. Avec Johannesburg. À Johannesburg, ils courent sans arrêt d'un lieu à l'autre.

Elle marqua un temps d'arrêt, secouant la tête avec un profond soupir.

— Mais Toronto…

Elle n'acheva pas, et Susan la considéra avec étonnement.

— Vous savez, pour le reste, Toronto est une ville très agréable, affirma-t-elle.

— Oh, je n'ai jamais dit le contraire ! se récria Mma Makutsi. Je dis juste que là-bas on marche très vite. J'ai vu un film sur Toronto et, dans ce film, les gens marchaient vraiment très vite.

— Je pense que vous devriez continuer, intervint Mma Ramotswe à l'intention de Susan. Vous êtes donc née à Molepolole, Mma ?

— Oui. Bien sûr, je ne me rappelle pas très bien cette ville, parce que j'avais quatre ans quand nous l'avons quittée. J'en ai juste un ou deux vagues souvenirs : j'ai l'image d'un jardin avec une haute haie d'euphorbes – vous savez, ces plantes qui donnent une sève blanche lorsqu'on en coupe une branche ? Il me semble me souvenir de cela. Et je me rappelle aussi un moment où j'étais assise sous une véranda qui devait appartenir à la maison de mes parents. Hormis cela, mes souvenirs les plus anciens sont ici, à Gaborone.

Mma Ramotswe approcha le bloc de papier posé sur son bureau pour prendre des notes. *Enfance : Gaborone*, inscrivit-elle.

— Nous y sommes restés jusqu'à mes huit ans, enchaîna Susan. Ensuite, nous sommes partis.

— Pour quelle raison, Mma ?

— Mon père était employé par le gouvernement canadien dans le cadre d'un projet subventionné. Mais ensuite, les subventions sont allées ailleurs. Les gens qui distribuent des aides font toujours cela : ils soutiennent un projet pendant un temps, puis c'est le tour d'un autre. C'est normal, en fait… Et puis, de toute façon, le travail de mon père était en rapport avec la tuberculose et on avait déjà fait tellement de progrès pour la traiter qu'ils ont sans doute préféré consacrer l'argent à autre chose. Alors nous avons dû rentrer au Canada… sauf que, dans mon cas, ce n'était pas un retour, puisque je ne connaissais pas ce pays. Je n'y étais allée que deux fois, je crois, passer des vacances dans la ferme de ma grand-mère, dans l'Ontario. C'est tout. C'était censé être chez nous, mais ce n'était pas vraiment chez moi.

« Alors en quittant le Botswana, j'ai eu l'impression de quitter ma vraie maison, le lieu où j'avais grandi, le premier que j'avais connu, celui qui m'était familier.

Elle s'interrompit, pensive.

— Je me souviens très bien du jour où nous sommes partis. Nous avons dû passer la frontière en voiture pour aller prendre l'avion à Johannesburg et je versais des torrents de larmes parce que je quittais mes amis. Les enfants sont comme ça, n'est-ce pas ? Quitter leurs amis est un déchirement pour eux. On a l'impression de tout perdre. Et même si nos parents nous promettent qu'on s'en fera de nouveaux, on ne les croit pas. Non, on ne se fera jamais d'autres amis, on en est sûr. C'est comme si on devait dire adieu au monde entier…

Mma Makutsi exprima sa compassion par un claquement de langue.

— Ah, je sais ce que c'est, Mma, dit-elle. Je sais bien ce que c'est !

— J'en suis sûre, acquiesça Susan.

— Je me souviens très bien quand j'ai quitté Bobonong. Je suis venue ici pour étudier à l'Institut de Secrétariat du Botswana, vous comprenez, Mma… Je suis diplômée de cet établissement, voyez-vous.

Ses yeux glissèrent vers le mur où trônait en bonne place le diplôme encadré de l'Institut de Secrétariat du Botswana. Susan suivit son regard.

— C'est votre diplôme qui est là, Mma ? fit-elle, courtoise.

— En effet, confirma Mma Makutsi d'une voix empreinte de modestie.

— Quatre-vingt-dix-sept sur cent, précisa Mma Ramotswe. Mma Makutsi a été leur diplômée la plus éminente. Quatre-vingt-dix-sept sur cent ! C'est la meilleure note jamais obtenue…

Elle s'interrompit. On lui avait parlé d'une élève qui, depuis lors, avait décroché un quatre-vingt-dix-huit, mais le moment était mal choisi pour le mentionner.

Elle préféra recentrer le sujet. Mma Makutsi avait tendance à introduire ses propres pensées dans les conversations, avait-elle remarqué, et même si cela se révélait parfois intéressant, cela compliquait un peu leur travail.

— Donc, Mma, vous êtes partie vivre au Canada ?

Susan hocha la tête.

— Oui. Nous nous sommes établis dans une ville nommée Saskatoon. Il y avait là-bas un hôpital dirigé par une femme avec laquelle mon père avait fait ses études, et elle lui a proposé un poste. Ma mère n'était pas très enthousiaste, parce qu'elle ne connaissait pas cette région et qu'elle la trouvait éloignée de tout. Le Canada est un très grand pays, vous savez, les distances peuvent être…

— Très, très longues, coupa Mma Makutsi. Le Canada est un très grand pays.

— C'est ce que cette dame vient de dire, fit observer Mma Ramotswe.

La remarque ne parut guère perturber Mma Makutsi, qui poursuivit sur sa lancée :

— J'ai regardé des cartes et… dites donc, qu'est-ce qu'il y a comme espace ! Ça continue encore et encore, comme le Kalahari, mais en plus vaste encore. Et sans les lions, bien sûr.

Susan se mit à rire.

— Sans les lions, oui. Du moins, sans le genre de lions que vous avez ici.

Mma Makutsi parut intéressée.

— Parce que vous avez d'autres lions au Canada, Mma ?

— Il y a des lions des montagnes dans les Rocheuses, expliqua Susan. Ce sont plutôt de très gros chats, en réalité. On appelle cela des couguars.

— C'est très intéressant, Mma. Et ils sont moins gros que les lions d'ici ? Ils ressemblent davantage à des léopards, non ?

— Oh oui, sans doute. Je n'en ai jamais vu moi-même. Je crois que ce sont des animaux très discrets.

— Mais est-ce qu'ils attaqueraient des gens ? s'enquit Mma Makutsi.

— Ils pourraient. Il y a sûrement eu des cas d'attaques par des lions des montagnes. Les malheureux ont dû être déchiquetés...

— C'est horrible, murmura Mma Makutsi.

Mma Ramotswe s'éclaircit la gorge.

— Je crois que nous pourrions peut-être...

— Mais bien sûr, au Canada, il y a surtout des ours, n'est-ce pas ? reprit Mma Makutsi. Il y a cette très grosse espèce d'ours...

— Le grizzly. Oui, en effet. Mais, là encore, ce sont des animaux qui vivent dans la montagne. Ils ne descendent jamais dans les zones d'habitation.

Le sujet passionnait manifestement Mma Makutsi.

— On dit que la plupart des attaques par des ours – ou par d'autres animaux sauvages – ont lieu quand la personne surprend l'animal, quand elle lui cause un choc.

Elle marqua un temps d'arrêt, mais trop court pour permettre à Mma Ramotswe de remettre la conversation sur les rails.

— C'est souvent la même chose avec les serpents, vous savez, Mma Susan…

— Je veux bien le croire, fit l'intéressée. Quand j'habitais Gaborone, il y en avait parfois qui pénétraient dans la maison. Je m'en souviens très distinctement.

— Oh, c'est très courant, confirma Mma Makutsi. Mais quand cela se produit dans la savane, alors que vous vous promenez, par exemple, c'est souvent parce que vous n'avez pas fait assez de bruit. Il faut avoir un pas très ferme dans la savane, pour que les serpents sentent bien vos vibrations dans le sol. Ça les prévient et ils s'éloignent.

Mma Ramotswe fit une nouvelle tentative.

— Il me semble que nous devrions parler de serpents une autre fois, Mma Makutsi. Mma Susan était en train de nous raconter…

— Hé, ce n'est pas moi qui ai lancé le sujet ! protesta Mma Makutsi.

— Là n'est pas la question, assura Mma Ramotswe, d'un ton apaisant. Nous sommes ici pour écouter ce que Mma Susan est venue nous dire.

Mma Makutsi fronça les sourcils.

— Mais j'écoute, Mma Ramotswe. Je n'ai pas cessé d'écouter depuis le début.

— Oh, ça me fait plaisir de parler de serpents, affirma Susan. J'aime parler de tout ce qui concerne le Botswana ! Même des serpents !

— Vous voyez ? marmonna Mma Makutsi avec un regard sombre à Mma Ramotswe.

Un bref silence plana, puis Susan reprit le fil de son récit.

— Vous pouvez imaginer quel choc cela a été pour moi ! En arrivant au Canada, nous sommes allés directement à Saskatoon. L'hiver débutait. Jusque-là, j'étais toujours venue au Canada en été, de sorte que je n'avais encore jamais vu la neige. Je n'arrivais pas à croire qu'un tel froid pût exister, ce froid permanent et implacable de l'hiver canadien. Mes parents me disaient que j'allais m'y habituer et que l'on pouvait faire toutes sortes de choses en hiver, comme du patin à glace ou des balades à raquettes. Mais je pense que je devais être en état de choc : je restais prostrée devant la fenêtre, à contempler ce paysage tout blanc en me demandant s'il était possible que la chaleur revienne un jour.

« Et il n'y avait pas que le froid. J'avais l'impression que toutes les couleurs avaient disparu de mon univers, et que tous les gens autour de moi vivaient dans leur monde, solitaires. Je ne rencontrais que des individus silencieux qui avaient peur de sourire et de rire. C'était comme si j'avais des fantômes en face de moi. Le Botswana – et toute l'Afrique, d'ailleurs – avait été plein de vie et, là, ma vie était devenue pleine de silence : du silence dans le ciel, du silence chez les gens, une sensation de vide… Vous devez savoir, *Bomma*, qu'au Canada les gens disent qu'ils ressentent la solitude… On appelle même le Canada un *pays de solitudes*.

Mma Makutsi ôta ses lunettes et les essuya.

— Vous savez, au Botswana aussi, on peut se sentir seul, assura-t-elle. Et certaines personnes ne parlent pas beaucoup non plus. Nous ne sommes pas des gens bruyants comme certains, là-bas, derrière la frontière. Comme les Zoulous, par exemple…

— Je sais bien, soupira Susan. Et en réalité, le Canada n'est pas tel que je l'ai vu à mon arrivée.

Le problème se situait à l'intérieur de moi, il n'avait rien à voir avec le Canada. Les Canadiens sont des gens bienveillants et je pense même qu'il y a un certain nombre de similitudes entre eux et les Batswanas… mais beaucoup de différences aussi ! Et ce sont ces différences qui m'ont frappée quand je suis arrivée là-bas, petite fille…

— Vous aviez laissé votre cœur derrière vous, résuma Mma Ramotswe. Vous n'êtes pas la seule, Mma : beaucoup de gens ont cette impression lorsqu'ils quittent l'Afrique.

— Oui, acquiesça simplement Susan. Mon cœur était resté ici. Je suis partie avec mes parents, mais mon cœur est resté ici.

— Mais cet état n'a pas duré, si ?

Susan releva la tête et soutint le regard de Mma Ramotswe.

— Si, il a duré, affirma-t-elle lentement. Je n'ai jamais surmonté mon chagrin. Jamais.

— Vous aviez le mal du pays ? interrogea Mma Makutsi.

Susan hocha la tête.

— Oui. J'espérais que je finirais par oublier l'Afrique, mais je n'ai pas pu. Même quand…

Elle s'interrompit. Mma Ramotswe attendit puis l'incita à continuer.

— Oui, Mma ? Même quand… ?

Susan ne répondit pas directement.

— Il m'est arrivé quelque chose, Mma.

Mma Ramotswe tressaillit. Elle avait déjà vécu cette situation bien des fois. Assise là, face à une cliente, avec Mma Makutsi derrière, à son bureau, elle avait entendu des histoires très sombres racontées par des victimes. Des histoires qui pouvaient détruire des vies. C'était horriblement, douloureusement familier.

— Oh, je suis désolée pour vous, ma sœur ! murmura-t-elle. Vous n'avez pas besoin d'en parler, vous savez. Pas maintenant. Vous pourrez me raconter cela plus tard, si vous le souhaitez…

Susan releva les yeux, à l'évidence surprise.

— Mais cela arrive à la plupart des gens, Mma ! s'exclama-t-elle. La plupart des gens tombent amoureux, non ?

Mma Ramotswe la dévisagea.

— Mais, Mma, je ne vois pas…

Susan sourit.

— Excusez-moi, Mma, je me suis mal exprimée. Voyez-vous, tout ce que j'ai voulu dire, c'est que… eh bien, que ce que j'appelle mon mal de l'Afrique était très fort, et qu'il a même subsisté quand un événement important a bouleversé ma vie. C'est tout.

— Je comprends… Et cet événement important a été de tomber amoureuse ?

Un rai de lumière lancé par les lunettes de Mma Makutsi fusa dans la pièce.

— Ah ! s'exclama cette dernière. Ça, c'est une chose qui peut vous mettre sens dessus dessous. Sens dessus dessous, Mma ! Et ça arrive d'un coup !

— Oui, cela a été le cas pour moi, approuva Susan. Comme je vous l'ai dit, je n'étais pas très heureuse à notre arrivée à Saskatoon. J'ai été déprimée durant toute ma scolarité, jusqu'à la fin du lycée. Je ne parvenais pas à m'intégrer, je n'étais pas comme les autres, vous comprenez. Mes camarades de classe se connaissaient depuis tout petits ; moi, je restais la nouvelle. Alors j'ai été très contente quand j'ai commencé mes études supérieures, à l'âge de dix-huit ans. J'espérais que ce serait un nouveau départ, et ça l'a été, je pense. J'ai rencontré de nouvelles personnes, je me suis fait des amis, mon monde s'est ouvert.

Mma Makutsi hocha la tête.

— Moi, quand je suis arrivée à l'Institut de Secrétariat du Botswana…

Elle s'arrêta net sous le regard noir de Mma Ramotswe.

— Je suis allée à l'université dans une ville nommée Kingston, reprit Susan. Et j'y ai été très heureuse. J'ai rencontré un jeune homme dont je suis tombée amoureuse. Je ne m'étais jamais imaginé ce que cela pouvait être, de tomber amoureuse, Mma. Je n'en avais aucune idée. Je ne faisais que penser à ce garçon, seulement à lui, en permanence. Rien d'autre ne comptait.

— Je sais ce que c'est, murmura Mma Makutsi. C'est une sensation très étrange.

— Vous avez eu de la chance, déclara Mma Ramotswe, avant de marquer une hésitation. Enfin, à condition que… à condition que le jeune homme vous ait aimée en retour…

— Ça, c'est très important ! confirma Mma Makutsi. Si vous tombez amoureuse et que l'autre personne ne vous prête aucune attention, cela peut être très triste.

— Oh, lui aussi était amoureux ! assura Susan. Il ressentait la même chose que moi. Il me le disait. Nous étions très heureux ensemble.

Mma Ramotswe changea de position sur son siège, mal à l'aise. Cette histoire commençait à l'inquiéter. Susan allait-elle lui demander de retrouver ce jeune homme qui avait disparu de sa vie ? Dans ce cas, quel était le rapport avec le Botswana ? L'amoureux en question était-il venu ici pour une raison ou pour une autre ?

— Ça, c'est vraiment une grande chance ! commenta Mma Makutsi.

— Je sais, approuva Susan. Mais malheureusement, cela ne s'est pas passé de la manière que j'aurais souhaitée. Nous sommes partis nous installer à Toronto, où nous avons vécu ensemble quelques années, et puis… Et puis, il m'a quittée pour une autre. Ça s'est terminé comme ça.

— Je suis vraiment désolée pour vous, dit Mma Ramotswe.

— Et moi aussi, ajouta Mma Makutsi.

Susan se retourna pour lui sourire.

— Vous êtes très gentilles, toutes les deux, dit-elle. Merci. Mais ce n'est pas ce qui m'amène. Je ne suis pas venue ici pour vous raconter cette histoire-là.

Les deux détectives attendirent. À cet instant, un fracas répété de métal cognant sur du métal leur parvint.

— Il y a un garage à côté, expliqua Mma Ramotswe. Il appartient à mon époux. Quelquefois, cela fait du bruit.

— Et même beaucoup de bruit, confirma Mma Makutsi. Ça, ce n'est rien à côté du boucan qu'ils peuvent faire !

Les chocs métalliques s'interrompirent.

— Voilà ! fit Mma Ramotswe. Nous pouvons recommencer à parler.

Susan réagit au feu vert qui lui était donné.

— J'ai décidé de revenir au Botswana, expliqua-t-elle, parce que j'y avais été heureuse. J'ai voulu revoir le pays que j'avais tant aimé. J'ai voulu revoir les gens.

Pays, *gens*, nota Mma Ramotswe sur sa feuille.

— Je peux vous montrer une photographie, Mma Ramotswe ?

Susan plongea la main dans son sac, dont elle tira un cliché en noir et blanc aux bords émoussés, de la taille d'un livre de poche. Mma Ramotswe la prit et Mma Makutsi vint regarder par-dessus son épaule.

— C'est moi quand j'avais sept ans, expliqua Susan. Et cette dame était la nounou que mes parents avaient engagée pour s'occuper de moi. Elle s'appelait Rosie. Elle avait aussi un nom setswana, mais malheureusement, on ne me l'a jamais dit, ajouta-t-elle d'un ton de regret. J'aimerais bien pouvoir le demander à mes parents, qui devaient le connaître, mais ma mère est décédée il y a quelques années, voyez-vous, et mon père… eh bien, sa mémoire est défaillante maintenant… Il est dans une maison. Il ne se rappelle pas grand-chose du Botswana.

Mma Ramotswe hocha la tête, compatissante.

— Perdre tout son monde de cette façon, c'est très triste…

Susan désigna la photographie.

— Vous voyez le visage de cette femme ?

Mma Ramotswe se pencha sur l'image. Une petite fille vêtue d'une robe aux couleurs délavées, pieds nus, se tenait à côté d'une femme qui pouvait avoir une trentaine d'années. Il était déjà assez difficile de donner un âge aux gens que l'on avait en face de soi, mais tenter de le faire à partir d'une photographie comme celle-ci relevait de l'impossible. On eût dit qu'un filtre avait été posé sur les choses, adoucissant les angles, noyant la définition. On pouvait néanmoins affirmer avec certitude que la femme était une Motswana. Il y avait quelque chose de familier dans son visage, dans la structure de l'ossature, qui autorisait Mma Ramotswe à voir en elle une semblable.

La nounou souriait – non pas de la façon un peu tendue dont on sourit face à un photographe, mais avec le naturel d'une personne qui a envie de sourire, qui est heureuse, qui est avec des êtres qui lui sont chers.

— Vous aimiez cette femme ? interrogea Mma Makutsi.

— Beaucoup, répondit Susan. Vraiment beaucoup. Elle était comme une seconde maman pour moi.

— Cela arrive, dit Mma Ramotswe. C'est une chance d'avoir une nounou. On a sa vraie mère, plus une autre.

Susan tendit la main pour caresser du doigt la photographie. Mma Ramotswe reconnut la douceur du geste et la vénération qu'il révélait. Elle pensa au portrait de son regretté papa, Obed Ramotswe, dans son salon de Zebra Drive, qui revêtait pour elle une grande importance. Les images de personnes décédées recelaient une puissance bien plus forte que celles des gens qui étaient encore parmi nous… Elle se reprit : cette femme, cette Rosie, n'était peut-être pas morte. Et c'était précisément pour elle que Susan se trouvait là.

— Vous voudriez que je retrouve cette dame ? demanda-t-elle en tapotant le cliché. C'est ce qui vous a amenée ici, Mma ?

Susan reprit la photographie.

— Si vous pouvez, Mma. Mais j'aimerais que vous découvriez aussi d'autres choses. J'avais une camarade de classe que j'aimais beaucoup à l'école. Elle, j'ai son nom complet. Et j'aimerais revoir la maison où nous vivions. Je n'ai pas l'adresse et, quand j'ai essayé de la chercher moi-même, je n'ai pas su comment m'y prendre. Je voudrais que vous la retrouviez aussi. Ainsi que quelques autres choses…

— Votre vie au Botswana, quoi ! résuma Mma Makutsi. Vous voulez que nous retrouvions la vie que vous avez perdue. C'est ça, Mma ?

Susan prit son temps pour répondre.

— Oui, je suppose, murmura-t-elle enfin. Je suppose que c'est exactement ce que je veux.

Elle se tut, considérant tour à tour Mma Ramotswe et Mma Makutsi avec inquiétude.

— Vous ne trouvez pas cela stupide, n'est-ce pas ? Vous ne me trouvez pas ridicule de venir ici avec le projet de reconstituer un passé vieux de tant d'années ? Trente, en fait.

Mma Ramotswe secoua la tête.

— Pas du tout, Mma. Si vous entendiez ce que certains clients viennent nous demander ici, vous comprendriez que votre requête n'a rien de stupide.

— Oui, renchérit Mma Makutsi. On nous adresse des demandes bien plus absurdes que celle-là. Par exemple, il y a un monsieur qui est venu nous voir, Mma, pour que nous…

— Nous devons veiller à respecter la confidentialité, Mma Makutsi, coupa Mma Ramotswe avec un regard réprobateur, avant de se tourner vers Susan. Vous pouvez être assurée, ajouta-t-elle à son intention, que nous ne parlerons de votre affaire à personne.

— Sauf si ça se révèle nécessaire, ajouta Mma Makutsi. Il se peut que, dans certaines circonstances, nous soyons obligées de révéler certains détails pour obtenir des renseignements. Nous avons justement eu le cas d'un client qui nous avait demandé de surveiller son épouse, parce qu'elle prenait sans cesse des amants, et là, nous avons dû…

— Parfaitement ! l'interrompit encore Mma Ramotswe. La confidentialité est très importante pour nous.

— Mais je n'ai rien à cacher, de toute façon, fit remarquer Susan.

— Tant mieux ! rétorqua Mma Makutsi. Parce que, voyez-vous, nous avons eu des clients qui avaient énormément de choses à cacher, Mma, je peux vous le dire. Par exemple, il y a eu…

— Mma Makutsi ! s'écria Mma Ramotswe.

— Il y a eu une certaine affaire dont je ne peux pas vous parler, conclut Mma Makutsi. Mais il s'agissait vraiment d'un cas de ce genre.

Susan se pencha en avant.

— Alors vous pensez pouvoir m'aider, Mma Ramotswe ? s'enquit-elle.

Mma Ramotswe n'hésita pas un instant.

— Bien sûr, Mma, je vais essayer !

Susan exprima sa gratitude.

— Vous me rendez très heureuse, Mma !

— Je vais *essayer*, Mma, répéta Mma Ramotswe, prudente. Je vais *essayer* de vous aider. Je ne peux rien vous garantir. Trente ans, c'est long, vous savez…

— Oui, je sais, souffla Susan. Mais on peut toujours tenter sa chance, n'est-ce pas ?

— Bien sûr, Mma. Qui ne tente rien n'a rien !

— Vous avez raison.

— Mma Ramotswe a souvent raison, commenta Mma Makutsi. C'est une femme à qui l'on peut faire confiance, voyez-vous. Elle ne dit que la vérité… C'est bien connu !

— C'est justement pour cela que je suis venue ici, approuva Susan à mi-voix. Pour la vérité.

CHAPITRE 4

La grande idée de Mr. Polopetsi

L'entretien s'acheva peu avant une heure. Une fois toutes les instructions notées et Susan repartie, Mma Ramotswe laissa la charge du bureau à Mma Makutsi. Elle avait prévu de déjeuner avec Mma Potokwane à la ferme des orphelins, comme elles le faisaient toutes les quelques semaines. Leurs rencontres se déroulaient toujours sur le même mode : les deux femmes rendaient visite à l'une des assistantes maternelles et partageaient un repas avec les enfants, puis elles rentraient prendre le thé dans le bureau de Mma Potokwane. C'était là qu'elles échangeaient les informations : la directrice était toujours curieuse d'entendre raconter ce qui s'était passé à l'agence, sans les noms, bien sûr, afin de préserver la confidentialité due aux clients. Elle aimait aussi connaître les dernières observations faites par Mma Makutsi et prendre des nouvelles de Fanwell, de Charlie et du garage. En retour, elle tenait Mma Ramotswe au courant des affaires de la ferme des orphelins, des activités du conseil de Tlokweng et du carnet des mariages, naissances et enterrements passés ou à venir, dont l'informait un vaste réseau de connaissances disséminées à travers le Botswana. L'on aurait eu raison de comparer ces rapports à ceux que le gouvernement du Botswana recevait de ses services de renseignements : en termes de portée, de complexité et de précision, bien peu de choses les différenciaient.

— Ah, voilà Mma Ramotswe ! s'exclama Mma Potokwane lorsque son amie frappa à la porte. J'étais assise là, à mon bureau, en train de me demander : « Mais quand donc ma grande amie Mma Ramotswe va-t-elle arriver pour le déjeuner ? » Et, au même moment, je vous entends frapper !

— Et quant à moi, je songeais : « Quels bons petits plats mon amie Mma Potokwane a-t-elle prévus pour notre déjeuner ? »

— Nous sommes convenues avec l'une des assistantes maternelles qu'elle prépare de la viande de chèvre, répondit Mma Potokwane. Et ce sera copieux !

Les deux femmes quittèrent le bureau pour gagner un cottage situé derrière le bâtiment principal. Chacune des maisonnettes au toit rouge disséminées dans le domaine abritait huit enfants, ainsi que l'assistante maternelle qui veillait sur eux. Celle-ci leur préparait les repas, repassait leurs vêtements, leur donnait le bain, les réconfortait en cas de cauchemars, essuyait leurs larmes et tentait de remplir, pour autant que ce fût humainement possible, le vide laissé par la perte des parents, dont tous avaient souffert.

Celle qui vint les accueillir à la porte s'appelait Mma Kentse et elle les invita à s'installer dans la salle à manger. La table avait été dressée pour six, trois places pour les adultes et trois pour les aînés des enfants, les plus jeunes ayant déjà déjeuné. Lorsque tout le monde fut assis, une fillette d'une dizaine d'années alla chercher la marmite à la cuisine. Mma Ramotswe huma avec délice l'odeur de la viande. Le ragoût de chèvre comptait parmi ses plats préférés, mais elle en cuisinait peu à Zebra Drive, car

Mr. J. L. B. Matekoni ne l'appréciait pas particulièrement. Il préférait le poulet, qu'il était capable de manger chaque soir durant toute une semaine.

Les convives se prirent par la main et Mma Potokwane récita le bénédicité, les yeux baissés.

— Cette nourriture nous a été donnée par la terre. Beaucoup de gens n'ont rien à manger et nous pensons à eux en cet instant. Et nous pensons aussi aux mères et aux pères de ces enfants, qui sont rassemblés autour du Seigneur et qui siègent à Sa table aujourd'hui. Ils regardent leurs enfants qui sont là et ils sont heureux de voir leur assiette pleine. Pour cela, nous rendons grâce.

Mma Ramotswe se tourna vers sa voisine de table, la fillette qui avait apporté la marmite et dont le poignet s'ornait d'un fin bracelet en fils tressés. Alors une émotion intense l'étreignit. Elle-même savait ce que signifiait de ne pas avoir de mère, mais elle avait au moins eu un père. Comment supportait-on l'absence de ses deux parents lorsqu'on était enfant ? La petite fille, qui contemplait son assiette, releva la tête et, l'espace d'un instant, la regarda dans les yeux. Mma Ramotswe lui sourit et, avec douceur, lui prit la main sous la table pour la presser en un geste d'encouragement.

Les trois enfants qui partageaient le repas des adultes avaient reçu l'instruction de parler à Mma Ramotswe de leur travail à l'école. Ils lui expliquèrent qu'ils avaient dessiné la carte du Botswana, avec les routes en rouge et des courbes de niveau pour indiquer la hauteur des montagnes. Ils recevaient aussi des cours de cuisine et de menuiserie et avaient appris une multitude de choses sur les oiseaux et leur habitat.

— Vous apprenez tout ce qu'il est important de connaître, les félicita-t-elle. L'an prochain, à la même époque, vous serez déjà très savants !

— On peut toujours en apprendre davantage, fit remarquer Mma Potokwane. Moi-même, j'apprends encore des choses tous les jours !

— Mais ce n'est pas possible ! s'étonna l'un des enfants. Vous devez déjà tout savoir !

— Oh, j'aimerais bien ! répondit-elle en riant. Mais voyez-vous, je serais déjà très heureuse si je savais autant de choses que Mma Ramotswe !

La chèvre se révéla à la hauteur des attentes de Mma Ramotswe. Sous l'insistance combinée de Mma Potokwane et Mma Kentse, elle s'en resservit deux fois avant que la marmite ne retourne à la cuisine.

— Trois assiettes de ragoût, ce n'est pas excessif, assura Mma Potokwane. C'est un vote de confiance en faveur de la cuisinière. Un vrai compliment !

Les enfants partirent faire la vaisselle et, après s'être entretenues quelques minutes avec Mma Kentse au sujet d'un petit garçon fraîchement arrivé qui avait des difficultés d'adaptation, Mma Potokwane et Mma Ramotswe retournèrent au bureau pour la tasse de thé postdéjeuner.

— Cette assistante maternelle m'a l'air d'être excellente, commenta Mma Ramotswe.

Mma Potokwane l'approuva.

— Quand j'entends les gens se plaindre que le pays décline – et il y en a beaucoup qui l'affirment, Mma…

— Oh, je sais ! soupira Mma Ramotswe. Il y a toujours de mauvais coucheurs pour dire que la situation est de pire en pire et que les traditions se perdent…

Elle s'interrompit net. Elle-même ne faisait-elle pas partie de ces gens-là ? Certes, elle ne se plaignait pas de la sorte à longueur de journée, mais il lui arrivait de déplorer la perte des valeurs, parce que c'était, hélas, la vérité. Les valeurs se perdaient. Elle le remarquait depuis un certain temps déjà, et elle n'était pas la seule. On se souciait moins de son prochain, on proposait moins volontiers de l'aide, on était peu disposé à écouter l'autre. Cela signifiait-il que la situation empirait ? Ma foi, oui, résolut-elle, en tout cas, pour ce qui était de cet aspect des choses. Sur d'autres plans, on pouvait dire qu'au contraire elle s'améliorait. Les gens avaient davantage de chances de s'en sortir, quelles que soient leurs origines. Ceux qui travaillaient au service de tierces personnes jouissaient de plus de droits, ils étaient protégés contre la cruauté que beaucoup d'employeurs manifestaient par le passé. C'était une amélioration. Les hôpitaux aussi étaient de meilleure qualité et, dans les écoles, les enfants violents avaient moins le loisir de malmener leurs camarades de classe. On donnait plus rarement des prénoms ridicules aux nouveau-nés et l'on risquait moins une coupure d'électricité au moment précis où l'on se mettait à préparer le dîner.

Elle regarda Mma Potokwane, qui contemplait le plafond ; son amie avait sans doute les mêmes pensées qu'elle, bien qu'elle eût été la première à évoquer les gens qui dénonçaient le déclin des choses…

— Bien sûr, on pourrait dire…

Mma Ramotswe attendit, mais la phrase demeura inachevée, en suspens, comme un immense point d'interrogation au-dessus de l'état du monde. La détective prit alors l'initiative de la compléter.

— On pourrait dire, suggéra-t-elle, que dans certains domaines – mais seulement dans certains domaines, Mma – les choses partent à la dérive et deviennent tout juste bonnes pour les chiens…

— Peut-être que les chiens eux-mêmes n'en voudraient pas, renchérit Mma Potokwane. Peut-être qu'ils diraient : qu'est-ce qu'ils croient, qu'ils peuvent nous donner tout ce dont ils ne veulent pas, alors que nous, qui ne sommes que des chiens, avons largement de quoi nous occuper avec les puces qu'il faut gratter et la nourriture qu'on doit chercher ? Peut-être que les chiens pensent cela, Mma…

Toutes deux se mirent à rire.

— Non, Mma, reprit Mma Potokwane, ce que je voulais dire, c'est que, même si les gens ont l'impression que tout va à vau-l'eau – et je ne prétends pas qu'ils n'ont aucun motif de le penser –, il y a aussi des choses qui ne changent pas.

Elle s'interrompit pour boire une gorgée de thé.

— Et l'une de ces choses, ce sont les femmes de ce pays. Nous continuons à avoir des femmes semblables à cette assistante maternelle, à cette Mma Kentse. Il reste des femmes comme elle dans notre pays, Mma.

— Je suis heureuse de vous l'entendre dire, approuva Mma Ramotswe.

— Voyez-vous, quand je mets une annonce dans le journal pour trouver une assistante maternelle, je suis submergée par les réponses. J'ai trente, quarante dames qui se présentent, quand ce n'est pas cinquante. Et celles que je reçois en entretien possèdent presque toutes chacune des qualités nécessaires à ce métier. Vous vous rendez compte, Mma ?

Mma Ramotswe savait qu'à chaque offre d'emploi les candidatures affluaient en nombre, et elle s'était toujours demandé comment s'y prenaient les employeurs pour opérer leur sélection. Recevaient-ils tous les candidats en entretien ? Et, dans ce cas, comment les distinguaient-ils les uns des autres s'ils avaient tous des qualifications équivalentes ?

Elle posa ces questions à son amie.

— C'est très difficile, répondit la directrice. Quand on doit recevoir trente dames en entretien, on ne peut pas consacrer beaucoup de temps à chacune…

— Non, en effet. Cela prendrait des jours !

— Vous voulez dire des semaines ! Parce que ces dames-là adorent parler quand elles sont ici, voyez-vous ! Elles veulent me montrer qu'elles font très bien la cuisine, par exemple, et elles m'exposent leurs recettes en long et en large. Et leurs enfants ! Elles me parlent de leurs enfants, pour que je sache qu'elles sont aussi d'excellentes mères. Certaines amènent même leur progéniture, et les petits commencent à m'expliquer pourquoi leur maman doit absolument être engagée. Cela crée des situations très délicates, Mma. Très délicates.

Mma Ramotswe l'imaginait sans peine et elle se félicitait de ne jamais avoir eu à faire passer d'entretien d'embauche. Le jour où Mma Makutsi s'était présentée à l'agence, c'était elle qui avait posé les questions, et non Mma Ramotswe. Quant aux autres employés qui travaillaient pour elle – comme Mr. Polopetsi –, ils avaient été embauchés sans entretien officiel, parce qu'ils inspiraient de la compassion à Mma Ramotswe.

— Alors comment faites-vous ? Vous tenez compte des références ?

Mma Potokwane réfléchit un instant.

— Les références sont parfois utiles, concéda-t-elle, mais seulement si elles sont sincères. Et la plupart ne le sont pas, hélas…

— Ah bon ? Pourquoi ?

— Parce que les gens sont trop gentils. Ils n'aiment pas écrire des choses désobligeantes. Alors ils affirment que l'employée en question est très compétente dans son travail, qu'elle montre un excellent sens de l'initiative, qu'elle apprend vite, qu'elle a été une perle pour l'entreprise et que tout le monde l'aimait beaucoup… Ils disent tout cela, Mma, parce qu'une personne qui travaille pour vous est un peu comme votre enfant : vous considérez qu'il est de votre devoir de dire du bien d'elle.

Elle leva un index moralisateur.

— Ou alors, si la personne a été une employée déplorable dont il faut se débarrasser à tout prix, l'employeur rédige un commentaire très élogieux pour être sûr qu'elle retrouvera du travail et s'en ira de bon cœur. Que dit le proverbe, Mma ? Comment est-ce, déjà... ? « Quand ton ennemi s'éloigne, assure-toi qu'il a la voie libre... » Il y a beaucoup de vérité dans cette formule, Mma. Beaucoup de vérité !

Mma Ramotswe secoua la tête.

— Cela doit être très difficile pour vous, Mma. D'autant que vous ne choisiriez jamais une employée pour la simple raison que c'est un membre de votre famille éloignée, par exemple...

Si elle avait regardé son amie en cet instant, peut-être l'aurait-elle vue tressaillir. Une réaction à peine perceptible, qui ne signifiait sans doute rien. Un changement de position sur le siège, rien d'autre, un compromis momentané avec la gravité qui, tôt ou tard, finit par avoir raison de nous tous.

— Non, assura Mma Potokwane, avec un peu plus de fermeté que nécessaire. Il ne serait pas convenable de recruter des employés sur cette base. On ne donne pas du travail à un candidat parce qu'on connaît ses parents ou qu'ils viennent du même village que vous. Non, on ne doit pas faire ça !

— Non, confirma Mma Ramotswe. Bien sûr que non...

Elle laissa planer un silence, puis interrogea, curieuse :

— Alors comment avez-vous choisi cette dame, Mma ? Comment vous y êtes-vous prise pour sélectionner Mma Kentse ?

Mma Potokwane vida sa tasse et saisit de nouveau la théière.

— Cela a été très difficile, Mma. Après les entretiens, je me suis retrouvée avec une liste de cinq candidates qui avaient toutes l'expérience requise. Trois d'entre elles avaient travaillé à l'hôpital, les deux autres dans une école. Toutes avaient élevé leurs propres enfants et avaient fait partie d'une chorale à un moment ou à un autre… C'est une bonne chose, me semble-t-il, qu'une assistante maternelle puisse chanter des chansons aux enfants.

Mma Ramotswe acquiesça. C'était, selon elle, une tradition qu'il était essentiel de préserver. Les grands-mères avaient toujours chanté pour les enfants, cette habitude reposait au cœur de l'éducation reçue lorsqu'on grandissait au Botswana. C'était comme une couverture dans laquelle l'enfant pouvait s'envelopper, le cocon d'amour que la nation était censée lui fournir. Ces chansons pouvaient paraître fort peu de chose, mais elles comptaient beaucoup en réalité.

— Alors, comment l'avez-vous choisie ?

Mma Potokwane hésita.

— Vous êtes de constitution traditionnelle, Mma, finit-elle par répondre. Tout comme moi. Nous le sommes toutes les deux. Alors…

Elle s'interrompit et Mma Ramotswe se pencha en avant, incrédule.

— Alors, vous avez… ? murmura-t-elle.

— Eh oui ! J'ai choisi celle qui avait la constitution la plus traditionnelle des cinq, confirma Mma Potokwane.

Mma Ramotswe poussa une exclamation ravie.

— Pas possible, Mma !

— Si, confirma la directrice, souriante. C'est ce que j'ai fait, Mma. Parce que j'ai pensé que cette femme-là devait être la plus heureuse. Et que la plus heureuse rendrait les enfants heureux, ce qui est le but du métier d'assistante maternelle, quand on y réfléchit. Les enfants aiment les personnes de constitution traditionnelle, parce qu'elles ont plus de surface, pour ainsi dire, à laquelle s'accrocher. Leurs genoux sont assez larges pour que plusieurs enfants s'y assoient en même temps et…

Elle réfléchit, à la recherche d'autres raisons.

— Et leur cœur aussi est de constitution traditionnelle, ajouta Mma Ramotswe. Une dame de constitution traditionnelle aura un grand cœur !

— Exactement ! conclut Mma Potokwane, avant de poser sur son amie un regard interrogateur. Vous croyez que j'ai bien fait, Mma ?

— Évidemment que vous avez bien fait !

Mma Ramotswe était sûre de sa réponse, et non pas simplement parce qu'elle était elle-même une dame de constitution traditionnelle parlant au nom de toutes ses semblables. Non, il lui semblait que tout individu doté de raison approuverait la logique de Mma Potokwane. Elle réitéra donc sa conviction que son amie avait fait le bon choix, puis on passa au point suivant, une conversation qu'avait eue Mma Potokwane avec Mr. Polopetsi. Cela donna lieu à des questionnements fort différents.

— Figurez-vous que j'ai reçu la visite de Mr. Polopetsi, indiqua Mma Potokwane. Cela m'a surprise, parce que je ne le connais pas si bien que ça…

Mma Ramotswe haussa un sourcil.

— Rien d'officiel, Mma ? Rien qui soit en rapport avec son travail à l'agence ?

— Non, il ne s'agissait pas de travail. Du moins, pas du travail qu'il fait pour vous. C'était quelque chose de plus personnel.

Mma Ramotswe se demanda de quelle affaire personnelle le professeur de chimie avait bien pu souhaiter discuter avec Mma Potokwane. Mma Makutsi avait toujours eu la conviction qu'il existait un pan entier de la vie de Mr. Polopetsi dont elles ignoraient tout et, manifestement, elle avait vu juste : les deux détectives savaient peu de chose sur la vie personnelle de Mr. Polopetsi, ses amis et même le lieu où il était né.

— Il est venu me voir il y a une dizaine de jours, poursuivit Mma Potokwane. Il s'est installé là, sur la chaise où vous êtes assise, et il m'a demandé si ma situation financière était confortable.

Mma Ramotswe haussa les deux sourcils, stupéfaite.

— Comme c'est étrange… murmura-t-elle.

— Oui, c'est ce que je me suis dit aussi. Je lui ai répondu que je touchais un bon salaire et que mon mari était plutôt satisfait du sien lui aussi. Que nous n'étions pas riches, mais que nous ne manquions de rien.

Elle hésita un instant.

— Quoique… En fait, j'avoue que j'aimerais pouvoir m'offrir une voiture plus fiable… Mais à la vérité, qui ne le souhaite pas ? Pourriez-vous me citer une seule personne qui ne voudrait pas d'une voiture plus sûre que celle qu'elle possède ?

Mma Ramotswe se mit à rire.

— Moi, je suis très satisfaite de ma fourgonnette, assura-t-elle. Elle est vieille, c'est vrai, mais…

— Mais elle est très fiable, Mma ! Je ne l'ai jamais vue tomber en panne. Jamais !

— Non, en effet, elle ne tombe jamais en panne. Elle continue à rouler, encore et encore. Pourtant, Mr. J. L. B. Matekoni souhaiterait que je m'en débarrasse.

— C'est impossible, vous ne pouvez pas ! Ce serait comme vous débarrasser d'une vieille tante. On ne jette pas les choses importantes de cette façon !

— Alors quelle idée Mr. Polopetsi avait-il derrière la tête ?

Mma Potokwane se tourna vers la fenêtre. Un enfant venait d'éclater en sanglots au-dehors et son antenne de directrice avait aussitôt réagi. Lorsque les pleurs cessèrent, elle reporta son attention sur son amie.

— Il m'a expliqué, reprit-elle, qu'il appartenait depuis peu à une sorte de club d'investisseurs appelé « le Club du bétail bien gras ». Un club qui offrait de très bons rendements, bien supérieurs à ceux que proposent les banques ou les compagnies d'assurances. Il m'a dit que, si j'avais dix mille pula à investir, il pourrait m'y faire entrer et que j'obtiendrais – et c'est là la partie qui m'a le plus surprise – vingt-cinq pour cent d'intérêts sur mon argent.

Mma Ramotswe ne put dissimuler son étonnement.

— Vingt-cinq pour cent d'intérêts ? Mais comment est-ce possible, Mma ?

— Ça l'est avec ce système, répondit Mma Potokwane. Du moins, selon Mr. Polopetsi. Il m'a affirmé avoir déjà encaissé lui-même ces vingt-cinq pour cent, et il n'est entré dans le club que depuis quelques mois ! C'est parce qu'il recrute de nouveaux membres qu'on le laisse toucher son argent très vite, apparemment…

Mma Ramotswe demanda comment fonctionnait ce Club du bétail bien gras. Il devait bien sûr s'agir d'acheter et de revendre du bétail, une activité très populaire au Botswana et dans laquelle son père, Obed Ramotswe, avait excellé, mais elle voulait des précisions.

— Le Club du bétail bien gras, expliqua Mma Potokwane, achète des bêtes dans le nord du pays, là où la sécheresse est la plus intense, et il les fait venir près de Lobatse pour les engraisser jusqu'à ce qu'elles soient prêtes à la vente. Voilà comment il réalise ses profits.

— Mais vingt-cinq pour cent, Mma ? On ne peut pas empocher vingt-cinq pour cent rien qu'en engraissant du bétail ! Il y a le coût de la nourriture : les bêtes ne grossissent pas en avalant de l'air !

— Il m'a assuré que tout cela était pris en compte. Et que le retour sur investissement était bel et bien de vingt-cinq pour cent. Il n'en démordait pas.

Mma Ramotswe éprouva quelque hésitation à poser la question suivante, mais elle devait savoir.

— Et vous avez rejoint le club, Mma ?

La réponse fut celle qu'elle espérait.

— Certainement pas ! Pour commencer, je n'ai pas dix mille pula de côté. Et même si je disposais de cette somme, je ne l'investirais pas chez Mr. Polopetsi. Je n'ai rien contre ce monsieur, mais il ne me semble pas être ce que l'on pourrait appeler un homme d'argent. Il y a des gens dont on sent, au premier coup d'œil, qu'ils sont nés pour faire des affaires, vous voyez ce que je veux dire, Mma ? Eh bien, je ne pense pas que Mr. Polopetsi en fasse partie. C'est un chimiste et peut-être, à l'occasion, un détective privé. Mais un homme d'argent, non !

Si Mma Ramotswe approuvait cette évaluation, elle songea que Mr. Polopetsi devait, de son côté, voir les choses autrement.

— S'est-il mis en colère, Mma ? s'enquit-elle.

— Oh non, pas le moins du monde ! Il m'a simplement demandé si je pouvais lui recommander d'autres personnes. Après réflexion, j'ai pensé à un cousin de mon mari qui a un peu d'argent de côté. C'est un retraité qui possédait une fabrique d'échelles et il me semble qu'il aime investir dans de bonnes idées.

— Je ne suis pas convaincue que l'idée de Mr. Polopetsi soit si bonne que cela…

— Je ne sais pas. En tout cas, j'espère pour lui que ce Club du bétail bien gras continuera à fonctionner de façon satisfaisante. Il me semble qu'il œuvre pour le bien du pays.

— En faisant croître les économies des gens de vingt-cinq pour cent ? interrogea Mma Ramotswe, dubitative.

— Non, pas pour ça ! rectifia Mma Potokwane, soucieuse de se faire bien comprendre. Mais Mr. Polopetsi m'a expliqué qu'ils achetaient du bétail dans les zones très sèches du Botswana…

— C'est ce que vous avez dit, oui…

— En effet, et ils paient aux paysans pauvres du Nord un prix de dix pour cent supérieur au tarif fixé par la Commission des viandes. Ils leur rendent donc un fier service dans les périodes de nécessité. N'est-ce pas là ce qu'on appelle une bonne action, Mma ?

Mma Ramotswe savait ce que signifiait de devoir vendre son bétail à cause de la sécheresse. C'était un dernier recours, un acte honteux suscité par le plus profond désespoir. Il y avait pire, bien sûr : lorsque, par manque de pâture, le bétail était en si mauvais état qu'il avait perdu toute valeur et qu'il ne restait plus qu'à l'abattre. C'était la fin de tout pour certains : voir leurs pauvres bêtes, si décharnées qu'elles tenaient à peine debout, rester là, immobiles, à attendre passivement leur sort…

Cette idée d'offrir aux éleveurs un prix plus élevé pour leur bétail paraissait donc des plus louables, mais la détective se demandait dans quelle mesure elle était réalisable. Le prix du bétail était établi par le marché, lui-même soumis à toutes sortes de facteurs. Outre l'offre et la demande – plus il y avait de bêtes, plus leur valeur déclinait –, il fallait prendre en compte le coût de l'alimentation, qui influait considérablement sur les prix. Idéalement, on laissait le bétail se débrouiller seul, chercher lui-même l'herbe et les feuilles nécessaires à sa subsistance. Même dans les zones arides, comme celle où se trouvait le Botswana, au sein d'un paysage d'apparence peu prometteuse, il y parvenait, mais quand sévissait la sécheresse et que les derniers brins d'herbe s'étaient flétris, il fallait l'alimenter si l'on voulait le maintenir en vie. Or les nutriments, qui venaient de l'autre côté de la frontière, étaient onéreux et, si les doigts décharnés de la sécheresse s'étendaient jusque dans les plus riches pâturages, comme le veld du Gauteng, le prix de cette alimentation atteignait des sommets.

Par ailleurs, faire venir des vaches maigres dans des zones plus vertes pour les engraisser avait un coût. Avec la sécheresse qui sévissait dans le Nord, les pâturages encore exploitables étaient déjà pris d'assaut. Or, en l'absence de bonne herbe à pâturer, comment l'état du bétail pouvait-il s'améliorer, sinon avec du fourrage conservé et de la pierre à lécher ? Il ne fallait pas être un grand économiste pour comprendre que cet apport indispensable réduisait les profits générés par la revente, surtout si l'on avait déjà acheté ces bêtes dix pour cent plus cher que leur prix.

Mma Ramotswe partagea ce raisonnement avec son amie, qui haussa les épaules.

— Je ne connais pas grand-chose à l'économie, Mma, avoua-t-elle. Ce que j'ai appris, en revanche, depuis que je dirige cette ferme, c'est que tout coûte de l'argent et qu'il n'y a pas moyen d'échapper à ce principe. Même en se donnant beaucoup de mal, on ne fait pas pousser les billets de banque dans les champs !

— Parfaitement, Mma. Alors comment Mr. Polopetsi peut-il se figurer récolter vingt-cinq pour cent d'intérêts ?

Mma Potokwane eut un nouveau haussement d'épaules.

— Ces vingt-cinq pour cent, il dit les avoir déjà empochés. Peut-être que les bêtes étaient très bonnes, Mma. Peut-être qu'elles étaient déjà bien grasses…

C'était impossible, et Mma Ramotswe le dit à son amie.

— En ce moment, le pauvre bétail du Nord n'a que la peau sur les os. Il faudrait qu'il mange encore et encore pour reprendre un poids convenable.

— Dans ce cas, c'est un mystère ! soupira Mma Potokwane.

Elle avait déjà perdu tout intérêt pour Mr. Polopetsi et son système d'investissement et souhaitait parler du bébé de Mma Makutsi.

— Il paraît qu'il ronronne comme un chat, Mma. C'est vrai ?

— C'est vrai, acquiesça Mma Ramotswe. C'est très étrange, mais c'est comme ça. Je pense que c'est le seul bébé ronronnant du Botswana.

Mma Potokwane secoua la tête, admirative.

— J'ai l'impression que Mma Makutsi est une femme bien plus complexe que nous ne voudrions le croire, murmura-t-elle. Est-il vrai qu'elle parle à ses chaussures ?

Mma Ramotswe sourit.

— Ou que ses chaussures lui parlent ? Oui, il semble qu'il se passe des choses de cet ordre, quoique j'aie peine à y croire. Ce sont des sottises, Mma.

Le côté pratique de Mma Potokwane fut prompt à approuver ce commentaire.

— Évidemment que ce sont des sottises ! Tout provient de son imagination. Elle se figure que ses chaussures lui parlent, mais tout est dans sa tête. Je vois beaucoup ce genre de phénomène chez les enfants, vous savez. Ils s'imaginent des choses.

— C'est vrai.

Mma Potokwane désigna l'une des maisonnettes par la fenêtre.

— Dans ce cottage, là-bas, il y a une petite fille… une petite fille pleine d'imagination. Elle raconte à son assistante maternelle qu'une amie vient souvent lui rendre visite. Cette amie s'appelle Dolly. La petite a l'air convaincue que cette Dolly vit dans le Kalahari et se déplace à dos de girafe. C'est absurde, mais elle est sûre que c'est vrai. L'autre jour, elle lui a même préparé un petit gâteau, qu'elle a posé par terre. Bien sûr, les fourmis se sont empressées de le manger.

— Il paraît que les enfants font cela, surtout lorsqu'ils se sentent seuls.

Ces mots laissèrent Mma Potokwane songeuse.

— Moi-même, répondit-elle enfin, je suppose que, si je n'avais pas une véritable amie nommée Mma Ramotswe, j'en inventerais une. Je raconterais que cette dame vient me retrouver ici à bord d'une petite fourgonnette blanche et que nous prenons le thé ensemble en mangeant du cake aux fruits. Je pourrais m'inventer une histoire comme celle-ci… si j'y étais obligée.

Mma Ramotswe posa un regard appuyé sur la soucoupe de sa tasse à thé. C'était là que Mma Potokwane posait d'ordinaire la tranche de cake aux fruits traditionnelle, mais, pour un motif qu'elle ne s'expliquait pas, le gâteau n'avait pas été proposé ce jour-là.

— Oh, mon Dieu ! s'exclama Mma Potokwane. Quelle étourdie je fais ! J'ai oublié le cake. En fait, j'ai cru qu'après trois assiettes de ragoût de chèvre vous n'en auriez peut-être pas envie…

— Nous sommes sorties de table depuis un bon moment, Mma, fit poliment remarquer Mma Ramotswe. Et maintenant que vous en parlez, j'avoue qu'une tranche de cake aux fruits serait la bienvenue.

Le gâteau fit donc son apparition et la conversation se poursuivit encore une dizaine de minutes. Puis Mma Ramotswe consulta sa montre et annonça qu'elle devait repartir. Bien que l'on fût déjà en milieu d'après-midi, elle souhaitait aller régler une ou deux choses à l'agence avant de rentrer chez elle. Elle prit congé de Mma Potokwane et se mit en route pour la ville en songeant à Mr. Polopetsi et à son Club du bétail bien gras. Elle n'avait pas à se mêler de la façon dont ses employés occupaient leur temps libre, mais elle éprouvait une grande affection pour Mr. Polopetsi et s'estimait une certaine responsabilité envers lui. En outre, c'était un ami et jamais Mma Ramotswe ne laisserait un ami accomplir des choses stupides sans lui adresser au moins une mise en garde. Était-ce le cas ? Mr. Polopetsi se montrait-il stupide ou, au contraire, très astucieux ? Avec le diplôme de chimie qu'il avait obtenu à l'université, on ne pouvait douter de son intelligence, mais intelligence et jugement étaient deux qualités différentes, comme le lui avait si souvent démontré son métier et comme Clovis Andersen le soulignait dans ses *Principes de l'investigation privée*. Le célèbre Clovis Andersen de Muncie, dans l'Indiana, que dirait-il du Club du bétail bien gras s'il avait vent de son existence ? Elle réfléchit un moment et il lui sembla entendre la voix du grand homme : *Méfiez-vous de tout ce qui paraît trop beau pour être vrai ! Car si cela paraît trop beau pour être vrai, c'est sans doute parce que c'est exactement le cas !*

CHAPITRE 5

Le chien s'était pris d'affection pour le petit homme

À l'expression de Mma Makutsi, Mma Ramotswe sut qu'il s'était passé quelque chose. Ce n'était pas sa physionomie *Il s'est produit une chose épouvantable !* mais plutôt celle qui signifiait *Vous ne devinerez jamais ce qui est arrivé !*, assortie d'un petit sourire narquois faussement scandalisé.

— Ah, vous voilà de retour ! lança Mma Makutsi. Alors, comment va ma chère amie, Mma Potokwane ?

— Très bien, Mma. Elle vous passe le bonjour. Elle m'a demandé de vos nouvelles.

Le sourire de Mma Makutsi s'élargit.

— Ça me fait plaisir, Mma. Il y a longtemps que je ne l'ai pas vue, il faudrait que je passe lui rendre visite !

Elle posa sur Mma Ramotswe un regard inquisiteur.

— Du cake aux fruits ? s'enquit-elle.

Mma Ramotswe acquiesça.

— Délicieux, comme d'habitude !

— Combien de parts ? Remarquez bien que ce n'est pas moi qui vous reprocherais d'en abuser, Mma ! Il est tellement bon !

Mma Ramotswe put se montrer rigoureusement sincère. La question portait sur le cake aux fruits, il n'était pas question de ragoût de chèvre.

— Une seule, Mma, si vous voulez savoir !

Mma Makutsi fourragea dans une pile de documents posée sur son bureau.

— Si vous saviez tout le classement que j'ai à faire ! soupira-t-elle. Ces papiers finiront par me submerger !

Mma Ramotswe sourit. Elle comprenait ce que l'on attendait d'elle.

— Il ne s'est rien passé de spécial en mon absence ? lança-t-elle d'un ton détaché.

Elle ne s'était pas trompée : Mma Makutsi réagit au quart de tour. Son visage s'éclaira d'un large sourire.

— Êtes-vous allée faire un tour derrière ? interrogea-t-elle.

— Faire un tour derrière… ?

— Oui, dehors, derrière le garage. Allez voir !

L'arrière du garage était le domaine de Mr. J. L. B. Matekoni et Mma Ramotswe s'y aventurait rarement. On y entreposait bidons d'huile, pneus usagés, cageots, ainsi que ces détritus divers et variés que générait l'exploitation d'un garage de taille modeste. Charlie et Fanwell aimaient s'y installer pour manger leur sandwich à l'heure du déjeuner, assis sur les bidons d'huile. C'était un lieu plus masculin que féminin, voué aux pièces détachées et à l'équipement d'un garage à l'ancienne, à des objets inutiles pour le moment, mais susceptibles de se révéler précieux un jour : en somme, un domaine où les hommes se sentaient chez eux.

Curieuse, elle quitta le bureau et contourna le bâtiment. Elle n'avait aucune idée de ce qui l'attendait et la surprise fut totale lorsqu'elle découvrit, attaché à un vieux bloc de moteur, le chien que Fanwell avait renversé et qu'ils avaient ramené ensemble dans Old Naledi. Il l'accueillit en secouant frénétiquement la queue et en émettant une succession d'aboiements et de hurlements. Il n'y avait pas trace de Fanwell, mais ce dernier surgit tandis qu'elle se tenait là, hésita un instant en la voyant, puis se décida à venir à sa rencontre, l'air navré.

— Il est revenu, Mma, soupira-t-il en désignant l'animal désormais au comble de l'excitation. Pendant que vous étiez chez Mma Potokwane. Il est venu ici.

— Je vois ça ! répondit Mma Ramotswe.

— Je ne sais pas comment il a fait, poursuivit Fanwell. On dit que les chiens sont très forts pour retrouver leur chemin. Vous croyez que c'est à cause de leur odorat ? Vous croyez que c'est grâce aux odeurs qu'ils y arrivent, Mma ? Vous ne pensez pas que c'est plutôt parce que lui, il est intelligent ?

Son empressement trahissait son angoisse et il parut plus inquiet encore lorsque Mma Ramotswe posa le regard sur lui.

— Ce n'est pas moi qui l'ai encouragé à revenir, je vous assure, Mma… plaida-t-il.

Elle esquissa un geste fataliste.

— Je le sais bien, Fanwell ! Je sais bien que ce n'est pas ta faute.

— Je ne savais pas quoi faire de lui, Mma, alors je l'ai attaché ici.

— Il n'y a pas de problème, Fanwell, assura-t-elle. Tu n'as pas à t'en vouloir.

Elle vit le soulagement s'inscrire sur ses traits.

— Et Mr. J. L. B. Matekoni, a-t-il dit quelque chose ? s'enquit-elle.

Fanwell poussa un soupir.

— Il a dit qu'il fallait le ramener là-bas. Qu'on ne pouvait pas garder un chien au garage.

— Il a raison, approuva Mma Ramotswe. Un chien ne peut pas rester ici toute la nuit. Il serait malheureux. Il hurlerait à la mort.

— Je sais, acquiesça Fanwell. Seulement, je ne peux pas le ramener chez moi. Mon oncle dit que ce n'est pas possible, qu'on ne peut pas avoir un animal en plus de nous. Parce qu'il n'y a déjà pas beaucoup de place quand on est tous là…

Mma Ramotswe connaissait la maison où vivait Fanwell, et c'était vrai : dans ce logement minuscule, qui n'était guère plus qu'un baraquement en planches, on vivait à trois par pièce. En outre, songea-t-elle aussi, on avait tout juste de quoi se nourrir, et il n'était pas sûr que l'on pût même réunir le minimum de restes nécessaires à un chien pour survivre.

Elle se gratta la tête.

— Il va falloir que je réfléchisse, dit-elle. On ne peut pas le laisser là de toute façon…

Lorsqu'elle revint au bureau, Mma Makutsi l'interrogea du regard.

— J'ai vu le chien, annonça Mma Ramotswe. Et je ne suis pas surprise : ces bêtes-là ont des cartes géographiques dans la tête ! Cela n'a rien d'étonnant qu'il soit revenu ici.

Cette calme assurance parut prendre sa collègue au dépourvu.

— En tout cas, moi, je n'ai jamais cru…

— Bien ! coupa-t-elle. Comme je l'ai dit, je ne suis pas surprise du tout.

Elle se dirigea vers la bouilloire et la mit en marche.

— Dans ce genre de situation, rien de tel qu'une tasse de thé, reprit-elle. Cela éclaircit les idées et permet d'envisager de possibles solutions.

— Pour ma part, je n'en vois aucune ! déclara Mma Makutsi.

Mma Ramotswe alla s'asseoir à son bureau et leva la tête. Une multitude de mouches avaient laissé sur le plafond les traces entrecroisées de leurs itinéraires. Pour ces insectes, cette grande étendue blanche devait être une sorte de Kalahari sans limites ni reliefs.

— Mma Makutsi, commença-t-elle, vous avez beaucoup de place dans votre nouvelle maison. Vous avez un très grand jardin, au point que vous avez embauché un homme qui l'entretient pour vous. Vous disposez donc d'énormément d'espace…

Mma Makutsi la dévisagea d'un air soupçonneux.

— Oui, Mma, tout cela est vrai, mais…

— De sorte qu'un chien, poursuivit Mma Ramotswe, pourrait vous être d'une certaine utilité, me semble-t-il. Vous n'en avez pas encore, n'est-ce pas ?

Mma Makutsi retira ses lunettes et les astiqua énergiquement.

— Vous ne seriez pas en train de suggérer, Mma, que je devrais prendre le chien de Fanwell, n'est-ce pas ? Que ce chien devrait venir vivre avec Phuti et moi ?

— J'avoue que cette idée m'a traversé l'esprit, répondit Mma Ramotswe.

— Eh bien, c'est hors de question ! déclara Mma Makutsi avec fermeté. Phuti ne veut pas de chien. Il en a déjà eu un et il lui a causé beaucoup de soucis. Il mordait tout le monde ! Phuti ne veut pas voir l'histoire se répéter.

— Si je comprends bien, c'est un non ?

Mma Makutsi hocha la tête.

— Je regrette, Mma. J'aimerais bien vous rendre service, mais je ne peux pas prendre le chien de Fanwell.

— Ce n'est pas le chien de Fanwell, rectifia Mma Ramotswe, soucieuse de rétablir la vérité. Pas vraiment.

— Pour moi, si ! Ce chien l'a adopté. C'est ce qui s'est passé, Mma. Les chiens font parfois cela. Ils voient quelqu'un et ils se disent : « Ça, c'est une bonne personne qui me donnera beaucoup à manger. » Et voilà !

Elle se leva. L'eau s'était mise à bouillir et c'était toujours elle qui se chargeait de préparer le thé. Elle poursuivit donc en s'activant avec la théière et les tasses :

— Il nous est arrivé une histoire de ce genre à Bobonong, voyez-vous… C'était il y a longtemps. Il y avait un monsieur tout petit… vraiment minuscule, Mma. Peut-être deux fois plus petit que Mr. Polopetsi. Mais malgré sa taille, il avait un très long nez. Un jour, un chien est arrivé au village et il est venu s'asseoir devant sa maison. C'était un chien énorme, Mma. Je n'exagère pas en disant que, quand on le voyait, on le prenait d'abord pour un âne. C'est seulement lorsqu'il se mettait à aboyer que l'on comprenait que c'était un chien.

Mma Ramotswe s'adossa à son siège. Elle n'était jamais allée à Bobonong et l'idée qu'elle se faisait de ce village d'après les histoires de Mma Makutsi lui semblait assez improbable : des chiens aussi gros que des ânes, des hommes minuscules au nez démesuré… Autant de choses difficiles à croire…

— Donc, enchaîna Mma Makutsi, ce chien s'est posté devant la maison du tout petit monsieur et il a attendu qu'il sorte pour se précipiter sur lui en lui faisant la fête. Il était si excité qu'il a manqué le renverser. C'était comme s'il éprouvait un amour fou pour cet homme, il n'y avait plus moyen de les détacher l'un de l'autre. Ensuite, il s'est installé chez le petit monsieur et s'est mis à manger toutes ses provisions, puis il a pris possession de sa chambre à coucher et l'a obligé, lui, à dormir dehors, sur des sacs étalés par terre. Je ne mens pas, Mma, c'est bel et bien ce qui s'est passé !

Mma Ramotswe la regarda servir le thé. Elle espérait que l'histoire aurait une vraie chute : souvent, les anecdotes de Mma Makutsi s'achevaient dans le doute. Elle concluait : « Et après ça, je ne sais pas ce qui s'est passé, Mma, mais cela n'a pas dû être très agréable ! » Ou encore : « Personne ne sait ce que sont devenus ces gens, mais je pense qu'ils sont morts, ou peut-être pas encore, comment savoir ? »

— Alors, qu'est-il arrivé à ce chien ? interrogea-t-elle.

— Eh bien, le petit monsieur est mort, répondit Mma Makutsi. Il s'est fait écraser par un tracteur. Celui qui le conduisait ne l'a pas vu ; c'est normal, il était tellement petit… Ce n'était la faute de personne !

— Et le chien ?

— Oh, le chien a été extrêmement triste que son maître ait disparu. Il restait immobile pendant des heures, à hurler à la mort en regardant le ciel. Il passait tout son temps comme ça. Les chiens croient que les êtres humains sont éternels, Mma. Ils ne comprennent pas qu'ils puissent disparaître…

— Vous avez peut-être raison… fit Mma Ramotswe. *Et cela leur rend la vie plus facile*, ajouta-t-elle en son for intérieur. *Ou plus difficile, peut-être…* Elle songea que le sujet mériterait réflexion.

— Au bout d'un moment, continua Mma Makutsi, un cousin du tout petit monsieur est arrivé. Lui aussi était minuscule. Ils l'étaient tous, dans cette famille. Et il avait le même nez que lui. Ce sont des choses qui se transmettent de père en fils, vous savez. On voyait très souvent cela à Bobonong. Par exemple, il y avait une famille dans laquelle tout le monde avait quatre orteils au lieu de cinq : la grand-mère, la mère, les enfants… quatre orteils. À chaque pied, bien sûr : huit en tout. C'était comme si le bon Dieu avait annoncé : « Vous, vous n'aurez que quatre orteils ! C'est comme ça, il n'y a pas à discuter ! Quatre orteils, pas un de plus ! »

Elle marqua une courte pause, avant de reprendre son récit :

— Bon, ce qui s'est passé, c'est que le cousin du petit monsieur a pris le chien et l'a emmené avec lui quelque part. Et on ne les a plus jamais revus ! Ce n'est pas une histoire très gaie, c'est vrai, mais c'est le chien de Fanwell qui me l'a rappelée.

Mma Ramotswe saisit la tasse qu'elle lui tendait.

— Merci, Mma, dit-elle. Ce thé va nous faire du bien. Quant à l'histoire de ce petit homme écrasé par un tracteur, elle est vraiment très triste !

— Bah, ce sont des choses qui arrivent ! Et je crois d'ailleurs que, dans cette famille – dans la famille du tout petit monsieur –, on avait l'habitude de ce genre d'accidents. Pour eux, c'était la vie : on commence au ras du sol, pour ainsi dire, et on y reste…

Mma Ramotswe se prit à imaginer la famille de ces petits hommes au nez proéminent – tous les frères et les cousins du petit monsieur – affrontant au jour le jour les mille et une indignités que leur faisaient subir les grands. Mma Makutsi avait une certaine tendance à simplifier les choses, mais elle avait aussi un don pour voir le monde selon une autre perspective. Les grands oubliaient sans doute que le monde pouvait apparaître différemment aux gens de petite taille, tout comme les personnes qui menaient une existence confortable avaient une tendance marquée à ignorer à quoi les choses pouvaient ressembler lorsqu'on était sans le sou. *Nous devons nous souvenir*, se dit-elle. *Nous devons nous forcer à nous souvenir de ce à quoi ressemble le monde vu d'ailleurs*.

Mma Makutsi retira ses lunettes et commença à les essuyer d'un air pensif, comme on le fait en contemplant quelque vérité supérieure.

— Nous aimerions bien que le monde soit différent, déclara-t-elle avec gravité. Nous aimerions que de telles choses ne se produisent jamais. Seulement, elles sont inévitables, Mma, surtout quand on est tout petit…

— Oui, acquiesça Mma Ramotswe, vous avez raison. Elles sont inévitables.

C'est comme ça, ajouta-t-elle pour elle-même. On avait beau en avoir envie, on ne pouvait faire table rase des durs moments de l'existence. Il y avait les gens pour qui la vie était simple, qui n'avaient jamais besoin de se battre, et les autres, qui enduraient une succession de souffrances et d'humiliations. Telle était la douleur du monde, et cette douleur était là, tout autour de nous, venant mouiller les plages des refuges que l'on parvenait parfois à se ménager. Elle songea à Fanwell, un garçon qui ne possédait presque rien, et à son chien, qui avait encore moins. Elle pouvait se détourner d'eux, considérer que leurs problèmes ne la concernaient pas, ou accepter qu'ils avaient tous les deux, d'une certaine manière, *touché sa jupe.* C'était ainsi qu'elle voyait les choses : nous avions tous une jupe et nous devenions responsables de ceux qui la touchaient.

Après quelques gorgées de thé, Mma Ramotswe était parvenue à une conclusion.

— Mma Makutsi, dit-elle, vous êtes plus proche de la porte, pourriez-vous appeler Fanwell, s'il vous plaît ?

Quelques instants plus tard, Fanwell faisait son apparition en s'essuyant les mains. Il leva un regard timide sur Mma Ramotswe, comme s'il craignait des reproches, mais la détective avait autre chose en tête.

— Fanwell, dit-elle, le chien peut venir à Zebra Drive ce soir. Il y restera jusqu'à ce que nous ayons trouvé une solution. Ne te fais pas de souci !

Fanwell tapa dans ses mains, laissant tomber son chiffon de papier bleu.

— Oh, Mma… Oh, Mma, vous êtes la personne la plus gentille du Botswana ! Non, de toute l'Afrique ! C'est vrai, Mma, à cent pour cent ! Ce ne sont pas que des mots… Vous êtes la meilleure personne du monde…

Il jeta un coup d'œil à Mma Makutsi et se reprit :

— Et vous aussi, Mma Makutsi, vous êtes très gentille ! Vous êtes toutes les deux très, très gentilles...

Mma Ramotswe l'informa qu'elle aurait besoin de son aide pour aménager un espace pour le chien dans le jardin.

— Il faudrait fixer un long câble auquel on attachera sa laisse... Tu vois ce que je veux dire ? Pour qu'il puisse courir à l'arrière et à l'avant de la maison quand nous ne sommes pas là.

— Je vais vous fabriquer ça, Mma, promit le garçon. Le chien sera en sécurité chez vous. Et en plus, il éloignera les voleurs, Mma ! En le voyant, les malfaiteurs se diront : « Je ne vais rien voler dans cette maison. Pas avec ce chien qui est là ! »

— De toute façon, aucun voleur n'oserait jamais prendre quoi que ce soit à Mma Ramotswe, assura Mma Makutsi.

— Non, vous avez raison, fit Fanwell en riant.

— Ah bon, pourquoi ? s'étonna Mma Ramotswe.

Fanwell baissa les yeux.

— Eh bien... parce que...

Il répugnait à lui dire que la réponse était en rapport avec sa constitution traditionnelle. Certes, il n'avait jamais été témoin d'un combat physique engagé par Mma Ramotswe – ce qui n'était guère surprenant, dans la mesure où elle désapprouvait toute forme de violence –, mais il avait entendu dire qu'en cas d'absolue nécessité elle était connue pour s'asseoir sur les gens, ce qui avait pour effet d'écraser toute résistance avec une rapidité et une efficacité remarquables. Un cambrioleur bien informé connaîtrait ce fait, et il prendrait grand soin d'éviter la maison de Zebra Drive.

Mma Makutsi répondit à sa place :

— Parce que les voleurs ne sont pas idiots, Mma : ils savent que vous êtes détective. Il faudrait être un drôle de cambrioleur pour avoir l'idée de s'aventurer dans une maison de détective ! Un cambrioleur stupide, Mma !

— Oui, s'empressa de renchérir Fanwell. C'est ce que je voulais dire, Mma. C'est exactement ce que je voulais dire.

Mma Ramotswe consulta sa montre.

— Allez, Fanwell, va préparer ce qu'il faut pour ton chien ! lança-t-elle.

Une fois le garçon sorti, elle se tourna vers Mma Makutsi.

— Dites-moi, Mma, commença-t-elle, avez-vous discuté avec Mr. Polopetsi récemment ? Cela fait un bout de temps qu'il n'est pas venu à l'agence…

Mma Makutsi esquissa un geste vague.

— Il enseigne, je crois. Vous savez comment il est : il ne dit jamais ce qu'il fait à personne. Et le lycée l'appelle souvent au dernier moment pour lui confier des remplacements.

— Mais lui avez-vous parlé ?

Mma Makutsi acquiesça : elle s'était entretenue avec lui la semaine précédente.

— Il était très excité. Il est venu me rendre visite chez moi.

Mma Ramotswe haussa les sourcils.

— Chez vous, Mma ? Il voulait vous voir en particulier ?

Mma Makutsi sourit.

— Oui. Vous êtes au courant de sa combine ? Vous savez qu'il a une combine pour gagner de l'argent, n'est-ce pas ?

Mma Ramotswe retint son souffle.

— Oui, répondit-elle, hésitante. J'en ai vaguement entendu parler.

— C'est un très bon plan, apparemment.

Mma Ramotswe hésita à poser la question qui lui brûlait les lèvres.

— Et donc, vous avez… ? commença-t-elle.

Elle n'acheva pas. Mma Makutsi hocha la tête, souriant de toutes ses dents.

— Vous savez quoi, Mma ? Il m'a fait obtenir des conditions préférentielles !

Mma Ramotswe hocha la tête avec un soupir.

— Alors il vous a convaincue…

— Oui. Phuti me donne un peu d'argent de temps en temps pour ma cagnotte personnelle. Vous connaissez sa générosité… Eh bien, j'en ai placé une partie dans le plan de Mr. Polopetsi. Au départ, il me demandait dix mille pula, mais je n'ai pas mis tout ça : je lui en ai confié trois mille, et je crois que je vais récolter…

— Vingt-cinq pour cent d'intérêts, compléta Mma Ramotswe.

— Exactement ! Comment le savez-vous, Mma ? Vous participez vous aussi ?

Mma Ramotswe poussa un nouveau soupir.

— Non, j'en ai entendu parler.

— Tout se sait, répondit pensivement Mma Makutsi. À peine une personne a-t-elle une bonne idée que tout le monde est déjà au courant. C'est toujours comme ça !

CHAPITRE 6

Monsieur Vingt-cinq pour cent

Mma Ramotswe avait déjà eu des affaires similaires à traiter : le client souhaitait trouver quelque chose, mais fournissait très peu d'informations. Étant donné la faillibilité de la mémoire humaine, sa nature vague et impressionniste, il ne pouvait même pas apporter ces petits détails anodins qui auraient permis la reconstitution du passé. Parfois, on était dans le flou le plus extrême, comme avec cette femme qui recherchait le père de son enfant, conçu vingt-cinq ans auparavant, et se souvenait juste du surnom sous lequel ses amis le connaissaient à l'époque. Pour couronner le tout, le visage du jeune homme manquait sur la photographie qu'elle avait conservée de lui ; on n'y voyait que son torse et ses membres.

— J'étais très en colère contre lui, avait-elle expliqué, alors j'ai découpé sa tête, je l'ai jetée dans les toilettes et j'ai tiré la chasse d'eau…

Mma Ramotswe comprenait ce geste. Les hommes qui concevaient des enfants et refusaient ensuite d'en assumer la responsabilité étaient des personnages répugnants à ses yeux, sans parler de ceux qui cessaient de donner signe de vie. Comment s'y prenaient-ils, d'ailleurs, pour disparaître ainsi ? Existait-il une organisation secrète, connue de la seule gent masculine, qui les aidait à s'évanouir dans la nature, peut-être en leur fournissant une nouvelle identité sous laquelle ils pouvaient continuer à se comporter en irresponsables ?

Dans l'affaire en question, elle avait retrouvé le géniteur envolé à l'aide d'une ruse préconisée par Clovis Andersen dans les *Principes de l'investigation privée. Quand tout a échoué*, écrivait Mr. Andersen, *vous pouvez tenter de localiser l'individu disparu en lui demandant tout simplement de se manifester. Oui, croyez-le ou non, cela fonctionne ! Publiez dans le journal un avis de recherche (il vous faut au moins connaître le nom de la personne) en priant l'intéressé de répondre à une adresse de poste restante et en stipulant qu'il est question d'un possible héritage. Cela peut se révéler payant. Il reste bien entendu le traditionnel problème d'éthique, mais n'oubliez pas que vous évoquez un « possible héritage » et que, un jour ou l'autre au cours de leur existence, la plupart des gens reçoivent un héritage.*

Cette méthode l'avait laissée dubitative. Elle avait néanmoins tenté sa chance et rédigé la petite annonce suivante : « En contactant la boîte postale mentionnée ci-dessous, l'individu connu sous le nom de Fancy Harry qui aurait résidé à Gaborone il y a vingt-cinq ans obtiendra des informations qu'il trouvera sans doute d'un grand intérêt. » Elle avait estimé cette formulation honnête. En lisant l'annonce, le fameux Fancy Harry imaginerait d'emblée que le « grand intérêt » en question était financier. Cependant, apprendre que votre enfant et sa mère souhaitaient établir un contact avec vous n'était-il pas d'un intérêt extrême, même si la nouvelle ne pouvait être qualifiée de *bienvenue* ?

À son grand étonnement, la stratégie avait porté ses fruits. Fancy Harry avait répondu, il avait fourni son vrai nom et son adresse et s'était dit prêt à transmettre aussi son numéro de compte en banque au besoin.

Mma Ramotswe ignorait ce qui s'était passé ensuite : elle s'était contentée de livrer tous les éléments à sa cliente. Peut-être le fameux Fancy Harry avait-il reçu un choc désagréable, mais après tout, il l'avait mérité et Mma Ramotswe s'en réjouissait, quoiqu'elle n'eût pas manifesté le même ravissement que Mma Makutsi. Le jour où la réponse leur était parvenue par la boîte postale, celle-ci s'était levée d'un bond et avait entamé une petite danse de joie dans l'agence, accompagnée d'une chanson de son cru qui disait en substance : « Ça apprendra aux hommes à prendre leur plaisir et à déguerpir… »

Une tactique similaire serait-elle efficace dans l'affaire de Susan ? Mma Ramotswe se posait la question, et elle demanda son avis à Mma Makutsi. Celle-ci lui répondit que l'on ne perdait rien à essayer.

— Les gens lisent les petites annonces du *Botswana Daily News*, affirma-t-elle. Il y en a même qui les trouvent plus intéressantes que le reste du journal. Si nous écrivons un texte du style : « Vous appelez-vous Rosie et avez-vous travaillé il y a longtemps chez une famille canadienne ? », nous obtiendrons peut-être des réponses de gens qui ont connu cette Rosie, même si elle-même ne voit pas l'annonce.

— Et si des imposteurs se présentent ? objecta Mma Ramotswe. Des dames qui auront flairé une perspective de gain financier et qui prétendront être cette Rosie. Que ferons-nous dans ce cas ?

À l'évidence, Mma Makutsi n'avait pas envisagé cette hypothèse. Elle parut d'abord désappointée, puis son visage s'éclaira.

— Nous avons la photographie, Mma ! s'exclama-t-elle. Nous pouvons la publier. Nous pouvons dire : « Êtes-vous cette femme ? » Cela découragera ces dames-là, puisqu'elles ne ressembleront pas forcément à la vraie Rosie.

Elle hésita un instant.

— Je sais que la photo n'est pas très nette, Mma, reprit-elle, mais au moins, elle nous donne un aperçu de la constitution de la dame, et la forme de son crâne…

Mma Ramotswe hocha la tête. L'idée était bonne, pensa-t-elle, et ne coûterait pas grand-chose. En outre, si elles parvenaient à convaincre le journal de consacrer un véritable article à l'affaire, ce pourrait même être gratuit. Elle fit part de cette idée à Mma Makutsi, qui l'approuva.

— Je connais une journaliste, annonça-t-elle, je peux lui téléphoner. Phuti lui a fait une grosse réduction sur une salle à manger il y a deux mois. Je lui demanderai si elle est satisfaite de sa table, et puis je lui poserai la question…

L'appel fut aussitôt passé et la journaliste se montra facile à convaincre.

— Nos lecteurs sont toujours intéressés par ce genre de faits divers, assura-t-elle. Je vais venir vous interviewer ce matin même, Mma Makutsi. Et peut-être pourrions-nous aussi illustrer l'article avec une photographie de vous ? J'amène mon photographe !

Rendez-vous fut pris. Mma Ramotswe se réjouissait d'avoir dès lors quelque chose à rapporter à sa cliente. Mma Makutsi, qui n'avait été qu'une seule fois dans le journal – le jour de la remise des diplômes de l'Institut de Secrétariat du Botswana –, était très excitée à la perspective d'être interviewée et photographiée. Elle se demanda un instant si Mma Ramotswe ne lui en voudrait pas de lui voler ainsi la vedette, mais rien ne paraissait l'indiquer. Au contraire, Mma Ramotswe préférait demeurer en coulisses. Les gens savaient qui elle était et elle n'avait nul besoin de se poster sous le feu des projecteurs. Clovis Andersen, semblait-il, approuvait ce point de vue. *N'oubliez jamais que ce n'est pas de vous qu'il est question dans une affaire,* écrivait-il, *mais du client. Plus vous êtes invisible, mieux c'est. Restez dans l'ombre. Et ne communiquez à la presse que le minimum nécessaire, rien de plus. Le silence est d'or. Dans tous les cas.*

La journaliste et le photographe arrivèrent ensemble, une heure à peine après la conversation téléphonique. La première, qui s'appelait Bandie Mokwena, était célèbre non seulement pour ses articles de fond, mais aussi pour son récent mariage avec Quicktime Tsabong, un commentateur sportif jovial et très populaire que l'on entendait sur Radio Botswana. Tous deux formaient le parfait couple médiatique, présent à chaque soirée caritative et pour chaque événement public. Quicktime, qui avait accompagné l'équipe du Botswana aux derniers jeux Olympiques, portait le symbole des anneaux au revers de son blazer pour rappeler ce fait à tous. Bandie, plus discrète que son truculent époux, possédait un charme naturel qui mettait d'emblée à l'aise, de sorte que les personnes qu'elle interviewait lui confiaient des choses qu'elles auraient peut-être gardées pour elles si ses manières avaient été moins avenantes.

Le photographe, de son côté, était un jeune homme très expansif. Il posa un regard critique sur Mma Makutsi et, avant de commencer à la photographier, lui demanda de circuler à travers le bureau jusqu'à ce qu'elle capte le bon éclairage.

— Je pense que je pourrais me mettre là, suggéra Mma Makutsi en se postant sous son diplôme de l'Institut de Secrétariat du Botswana. Vous croyez que ça pourrait aller ?

— C'est bon, oui ! répondit le photographe. Et maintenant, un sourire ! Montrez ces belles dents à nos lecteurs ! C'est parfait. Oui, parfait !

L'interview fut ensuite menée autour d'une tasse de thé préparée par Mma Ramotswe. Bandie adressait toutes ses questions à Mma Makutsi.

— Cela complique les choses si nous avons trop de noms à citer, expliqua-t-elle au départ. Nous nous en tiendrons donc à vous, Mma, si Mma Ramotswe n'y voit pas d'inconvénient.

Cette dernière n'en voyait aucun et elle écouta, médusée par moments, Mma Makutsi exposer l'histoire de Susan.

— Cette femme avait le cœur brisé, raconta Mma Makutsi. Pendant tout le temps qu'elle a passé au Canada, elle a eu la nostalgie du Botswana. Une terrible nostalgie. Et maintenant, elle est de retour ici et elle veut retrouver ses anciens amis. C'est pour cela qu'elle est venue frapper à notre porte et c'est avec un grand plaisir que nous allons l'aider. Je ne serai pas en repos tant que je ne lui aurai pas donné satisfaction, afin qu'elle puisse se remémorer toute cette époque révolue.

« L'endroit où l'on voit le jour est très important. Quand on naît au Botswana, par exemple, on a beaucoup de chance, parce que, dès le tout premier instant, on a le soleil du Botswana sur le visage, les sons du Botswana dans les oreilles, les odeurs du Botswana dans le nez…

Cela faisait beaucoup à intégrer pour un nouveau-né, songea Mma Ramotswe, mais elle approuvait l'idée générale. Ces bénédictions n'étaient pas sans importance et Mma Makutsi avait raison de les énumérer. Elle-même y aurait ajouté le bruit des cloches du bétail sur le chemin de l'étable et l'odeur un peu sucrée de leur haleine. Deux choses dont son père, sur son lit d'hôpital, avait affirmé qu'elles lui manqueraient dans l'au-delà…

— Cette femme-là a pensé au Botswana pendant des années, poursuivit Mma Makutsi. Et elle s'est adressée à l'Agence N° 1 des Dames Détectives pour que nous l'aidions à retrouver les personnes qu'elle a connues dans son enfance, en particulier la dame qui s'occupait d'elle, une certaine Rosie. S'il vous plaît, regardez cette photographie et demandez-vous : est-ce que je suis cette femme ?

Tout ce discours était sorti en un flot ininterrompu qui sembla surprendre Mma Makutsi elle-même autant que son auditoire.

— C'est très émouvant, commenta Bandie en achevant de transcrire les mots sur son carnet. Tous les lecteurs vont avoir envie que cette Rosie se fasse connaître !

Mma Ramotswe jugea bon de soulever une objection.

— Je ne suis pas sûre que les lectrices aient toutes à se demander si elles sont cette femme, fit-elle remarquer. Elles savent comment elles s'appellent. Quand vous vous appelez Alice, par exemple, vous savez que ça ne peut pas être vous.

En quête de soutien, Mma Makutsi se tourna vers Bandie, qui, après un instant de réflexion, tomba néanmoins d'accord avec Mma Ramotswe.

— C'est un bon point, Mma, reconnut-elle. Je pense qu'il faudrait plutôt dire : « Si vous vous appelez Rosie, êtes-vous la Rosie que cette dame recherche ? »

Mma Makutsi fit la moue.

— Mais peut-être que cette dame ne s'appelle plus Rosie aujourd'hui, protesta-t-elle. On peut changer de nom, dans la vie ! Alors peut-être qu'il faudrait dire : « Si, à un moment de votre existence, vous vous êtes appelée Rosie, êtes-vous la Rosie que cette dame recherche ? »

— Oui, c'est encore mieux ! la félicita Bandie sans cacher son admiration. Vous êtes très précises, mesdames. Cela doit vous venir de votre métier.

— Certainement, acquiesça Mma Makutsi. Nous sommes très prudentes dans le choix des mots.

Mma Ramotswe sourit.

— Ah, et autre chose ! ajouta Mma Makutsi. Quand vous publierez ma photographie, pourrez-vous mentionner que je suis diplômée de l'Institut de Secrétariat du Botswana ?

Bandie leva la tête vers le certificat accroché au mur.

— Quatre-vingt-dix-sept sur cent, Mma ! s'exclama le photographe, qui avait fait de même. Vous avez vu ça ?

— C'est une note brillante, souligna Bandie.

— Merci, dit Mma Makutsi.

— Il faudra que j'en parle à Quicktime, poursuivit la journaliste. Il est très intéressé par les records, et pas seulement dans le domaine sportif. Il m'a parlé d'un garçon qui était dans sa classe à l'école primaire et qui a eu cent sur cent à tous ses examens de Cambridge.

Elle attendit une réaction, qui ne vint pas.

— Cent sur cent, Mma !

Mma Makutsi haussa les sourcils.

— Une université est une chose, dit-elle. Un institut de formation professionnelle en est une autre…

— Oh, bien sûr ! s'empressa d'approuver Bandie. Je ne dis pas que c'est comparable. Mais c'est tout de même une belle réussite pour ce garçon… Cent sur cent dans toutes les matières !

Elle marqua un temps d'arrêt, avant de préciser :

— Il s'appelait Brainbox[1] Tefolo, m'a dit Quicktime. Un nom qui lui allait comme un gant, non ?

Mma Ramotswe savait que l'article du journal les ferait sans nul doute progresser. Avec un peu

1. « Cerveau ».

de chance, il pourrait même leur procurer un résultat immédiat, du moins dans leur quête de Rosie. Toutefois, Susan réclamait plus que cela. Si retrouver Rosie était certes sa principale ambition, elle avait également insisté sur son désir de revoir sa maison et certains élèves de l'école de Thornhill. Ce ne serait pas facile, songeait Mma Ramotswe, mais elle pouvait néanmoins entreprendre de premières recherches en attendant les réactions à l'article.

Les deux détectives s'entendirent sur la répartition des tâches : Mma Makutsi traiterait les réponses à l'article, qui, selon Bandie, leur parviendraient très vite après la parution du journal. Pendant ce temps, Mma Ramotswe et Charlie, qui était parti à un enterrement et devait rentrer le lendemain, se mettraient en quête de la maison où avait vécu la famille de Susan à Gaborone. Cela fait, ils rencontreraient peut-être des voisins qui habitaient déjà là à l'époque et qui les aideraient à recomposer le puzzle de ce passé que chérissait Susan. Mma Ramotswe ne se faisait toutefois guère d'illusions. Trente ans, c'était long pour les êtres humains, où que l'on soit, et encore plus dans une ville comme Gaborone, qui s'était tant développée. D'un petit bourg paisible qui se limitait à une centaine de rues, elle était devenue une vraie métropole, avec toutes les conséquences qu'entraînait cette métamorphose. Cependant, on la reconnaissait encore et sa personnalité demeurait intacte. Ainsi, ce que les deux détectives fourniraient à Susan, même s'il ne s'agissait que de bribes du passé, résonnerait dans sa mémoire et ferait remonter au moins certains souvenirs de cette enfance qu'elle tenait tant à reconstituer.

En rentrant chez elle ce soir-là, Mma Ramotswe trouva Motholeli et Puso en train de s'occuper du chien de Fanwell. Puso avait ressorti une vieille brosse à récurer les sols et le brossait avec application, tandis que sa sœur avait rempli l'écuelle d'eau et lui tendait de petits morceaux de pain imprégnés de jus de viande.

La scène émut Mma Ramotswe. Il y avait quelque chose de touchant, pensa-t-elle, à voir des enfants prodiguer des soins à un animal. D'une certaine façon, ils donnaient à leur tour l'amour et l'attention qu'ils avaient reçus. Ainsi, le message était bien passé, il ne s'était pas heurté à un cœur de pierre. En s'attachant à un animal, l'enfant signifiait que, le moment venu, il saurait offrir de l'amour à un autre être humain, et c'était rassurant. Car l'amour était semblable aux pluies : on pouvait traverser de longues périodes d'aridité en ayant l'impression qu'il ne reviendrait jamais. Dans de tels moments, le cœur se durcissait parfois, mais ensuite, de même que la sécheresse s'achevait, l'amour apparaissait soudain et il pansait les blessures aussi vite et aussi totalement que la pluie redonne vie à une terre aride.

— Le chien de Fanwell est très content ici ! cria Puso. Regarde-le, Mma ! Il sourit !

Mma Ramotswe observa le chien. Puso avait raison : sa gueule semblait fixée en un large sourire qui révélait ses gencives.

— Il faut lui donner un nom, fit-elle remarquer. On ne peut pas continuer à dire « le chien de Fanwell ».

— On pourrait l'appeler « Zebra », suggéra Motholeli. On est dans Zebra Drive et c'est là qu'il habite maintenant. Zebra, ce serait un bon nom pour lui !

Puso approuva cette idée.

— Ça te va, Mma ? demanda-t-il. On peut l'appeler Zebra ?

Elle hocha la tête. Ce qui l'inquiétait, c'était plutôt d'entendre Motholeli dire que le chien vivait chez eux désormais. *Il est trop tard*, songea-t-elle. *Zebra n'est plus temporaire : il est devenu permanent...*

Elle laissa les enfants et pénétra dans la maison. Mr. J. L. B. Matekoni était rentré du garage quelques minutes plus tôt et il avait mis la bouilloire en marche.

— Installe-toi sous la véranda, Mma, lui dit-il. Je vais t'apporter ton thé et nous pourrons bavarder un peu.

Sans doute souhaitait-il parler de Zebra, se dit-elle, et préciser son statut. Elle recensa en son for intérieur les arguments qu'elle avancerait. *Permanent*. Peut-être, à la réflexion, vaudrait-il mieux répondre par ce mot unique. Elle pourrait aussi déclarer : « Les enfants ont décidé pour nous ! » Cela aurait le mérite de la vérité, mais il semblait, dans un sens, qu'elle leur transférait ainsi la responsabilité d'une décision qu'elle n'acceptait pas vraiment. Elle pouvait aussi dire : « Avons-nous le choix ? » et verrait alors s'il avait une autre idée à proposer, ce dont elle doutait fort.

En réalité, elle se faisait du souci pour rien.

— Le chien a l'air de se sentir à son aise ici, déclara Mr. J. L. B. Matekoni en buvant sa première gorgée de thé. C'est très bien, il nous servira de chien de garde !

— Oui, opina-t-elle, surprise de le voir accepter aussi vite.

Mr. J. L. B. Matekoni aimait bien les chiens, mais il avait évoqué par le passé l'immense responsabilité que l'on prenait lorsqu'on en adoptait un. Toutefois, il y avait eu ces derniers temps une série d'effractions dans le quartier – des outils de jardin, surtout, avaient disparu – et cela l'avait inquiété.

— Cela ne te dérange pas, n'est-ce pas ? interrogea-t-elle, prudente.

Il haussa les épaules.

— Pas vraiment… Tu sais, avec ces rôdeurs… Un chien, ça dissuade les cambrioleurs. Tu peux construire toutes les barrières de protection que tu veux, les faire les plus hautes possible, tu peux mettre de gros cadenas sur tes grilles, mais ce sont toujours les chiens qui protégeront le mieux les choses qui t'appartiennent.

Elle contempla le fond de sa tasse. Autrefois, on ne connaissait pas les serrures au Botswana. On pouvait laisser ses possessions où on voulait, elles étaient à la même place quand on revenait. En ce temps-là, il ne servait à rien de voler, car si les gens vous voyaient avec des objets dont ils savaient bien qu'ils ne vous appartenaient pas, ils en tiraient leurs conclusions. Maintenant, tout avait changé, du moins dans les villes. Il en allait bien sûr autrement dans les campagnes, où les vieilles habitudes prévalaient encore.

Que dirait son père, le regretté Obed Ramotswe, de ces hautes grilles et de ces cadenas ? Elle observa le jardin. Le crépuscule descendait sur la ville, il recouvrait les arbres et les maisons de son doux manteau de fraîcheur. Une odeur de feu de bois parvenait jusqu'à eux, on cuisinait quelque part… Alors il lui sembla entendre la voix de son papa disparu : *À quoi servent ces grilles, Precious ? Pourquoi ces gens-là veulent-ils s'enfermer, se séparer de leurs frères et de leurs sœurs ?* Il serait difficile de lui expliquer que, désormais, on n'appelait plus les autres ses frères et ses sœurs, même si elle, de son côté, continuait à le faire. Car jamais elle ne renoncerait à l'idée que nous étions tous reliés les uns aux autres de cette façon.

Elle résolut de passer à un autre sujet. Elle avait beaucoup songé à Mr. Polopetsi et à son système. Elle avait l'impression que toutes les personnes auxquelles elle en avait parlé étaient déjà au courant. En fait, elle était la seule à ne pas avoir été contactée. Mr. Polopetsi s'était-il aussi adressé à Mr. J. L. B. Matekoni ?

— Mr. Polopetsi, Rra… commença-t-elle.

Il se mit à rire.

— Monsieur Vingt-cinq pour cent, tu veux dire !

L'espace d'un instant, elle ne put articuler un son.

Mr. J. L. B. Matekoni sourit.

— Il a dû t'en parler, Mma.

Elle secoua la tête.

— Non, Rra. On dirait qu'il en a parlé à tout le monde sauf à moi !

Elle se demanda si Mr. J. L. B. Matekoni avait investi de l'argent. Non, sans doute, il le lui aurait dit ! Ils conservaient leur argent sur un compte commun, mais chacun d'eux avait ses petites économies pour d'occasionnels achats particuliers. Celles de Mr. J. L. B. Matekoni, songea-t-elle, ne devaient pas s'élever à plus de deux ou trois mille pula en ce moment, car il avait dû payer la réfection du toit du garage et avait aidé sa tante de Francistown, qui était dans le besoin. Exactement le genre de choses qui vidaient un compte de caisse d'épargne…

— Et tu n'as pas… ?

Il partit d'un grand éclat de rire.

— Investi dans le magnifique programme de Mr. Polopetsi ? Certainement pas ! Pour commencer, il me demandait dix mille pula. Dix mille pula, Mma ! Nous ne possédons pas une telle somme en ce moment et, si nous l'avions, je ne ferais, hélas, jamais confiance aux entreprises Polopetsi, ou quel que soit le nom qu'il donne à son organisation !

— Le Club du bétail bien gras, précisa Mma Ramotswe. C'est comme ça qu'il l'appelle.

— Du bétail bien gras, c'est ça… répéta pensivement Mr. J. L. B. Matekoni. Mais qu'est-ce que Mr. Polopetsi connaît au bétail ? Je sais qu'il est très fort en chimie, mais le bétail…

Il fronça les sourcils, réfléchissant un instant avant d'enchaîner.

— Le problème, Mma, c'est qu'ici, dans notre pays, tout le monde se prend pour un grand spécialiste du bétail. Discute avec n'importe qui et tu peux être sûre qu'à un moment ou à un autre, cette personne se mettra à te parler de bétail. Elle te dira ce qui est bien pour les bêtes, elle te décrira les différents types de blocs à lécher, elle t'entretiendra pendant des heures de la reproduction, des cornes, des maladies qui s'attrapent par les sabots, et des tiques aussi... Bref, il n'y a aucune limite aux connaissances qu'estiment avoir les gens dans ce domaine !

Mma Ramotswe savait ce qu'il entendait par là. Le bétail était au cœur de la culture au Botswana, c'était l'unité de richesse la plus fiable, la forme de propriété que les gens appréciaient plus que toute autre. Vous pouviez avoir tout l'argent que vous vouliez à la banque, c'était le bétail qui importait, et la plupart des individus se mesuraient et évaluaient les autres selon le nombre de bêtes possédées. C'était une obsession.

— En tout cas, fit-elle remarquer, il a déjà encaissé ses vingt-cinq pour cent, lui. Il l'a dit à Mma Potokwane.

Mr. J. L. B. Matekoni secoua la tête.

— Je ne le crois pas, Mma ! Engraisser du bétail en ce moment ne peut se faire qu'à perte. Regarde les prix de l'alimentation ! L'autre jour, j'ai parlé avec un client de Molepolole qui est venu m'apporter son camion à réparer. Il travaille dans l'alimentation animale et il m'a dit que les fermiers avaient du mal à le payer en ce moment. Et comme les réparations de son camion allaient lui coûter assez cher, il m'a demandé de lui faire crédit. Il fallait changer le différentiel, les suspensions et encore plusieurs autres choses...

Il secoua la tête en énumérant cette litanie de frais engendrés.

— Un moteur, ce n'est pas donné, Mma…

Combien de fois l'avait-elle entendu prononcer ces paroles ? À l'intention de ses clients du garage, lorsqu'il avait de mauvaises nouvelles à leur annoncer, à elle-même, à des amis… Il parlait d'expérience, mais toujours avec compassion.

— Non, Rra, tu as raison. Un moteur, ce n'est pas donné…

D'ailleurs, rien n'était donné, compléta-t-elle en son for intérieur, même les choses que l'on disait gratuites. L'amour lui-même avait un prix, au bout du compte, et c'était un cœur brisé. La liberté non plus n'était pas gratuite : elle se payait par la vigilance et le courage. Même l'air pur que l'on respirait chaque jour avait un prix, semblait-il, et cela, on commençait tout juste à le comprendre. Ce prix consistait à ne pas détruire les choses qui nous fournissaient cet air pur : les arbres, la verdure…

Elle regarda son mari ; elle n'avait pas besoin de lui demander s'il avait accepté de faire crédit. Il disait toujours oui.

— Tu l'as aidé, Rra, j'imagine ?

— Oui. Comment voulais-tu que je refuse ?

— Bien sûr. Il fallait que tu l'aides.

Elle fronça les sourcils.

— Tu sais, je m'inquiète pour Mr. Polopetsi, reprit-elle. J'ai peur qu'il ne se retrouve en…

Elle allait dire « difficulté », mais Mr. J. L. B. Matekoni compléta par le mot « prison ».

Alors, sa décision fut prise. À la longue liste des tâches qu'elle avait déjà à accomplir, elle ajouterait une ligne : *Parler à Mr. Polopetsi.*

CHAPITRE 7

Ils tombent amoureux du pays…

Après avoir assisté aux funérailles dans le village de son grand-père, Charlie revint à l'agence le lendemain matin, la tête pleine de nouvelles locales, de ces événements qui ponctuent le quotidien en ces lieux reculés : qui avait vu sa maison attaquée par des termites, qui s'était marié et avec qui, qui était parti à Lobatse et qui en était revenu, et pourquoi. Mma Ramotswe prit le temps de l'écouter. Elle savait le plaisir que procuraient ces récits et se réjouissait que Charlie, qui appartenait pourtant à une génération élevée loin des campagnes, pût s'enthousiasmer pour ce qui se passait là-bas. Ainsi se transmettait l'esprit même du pays ; c'était aussi simple et aussi important que cela. Toutefois, on avait du pain sur la planche à l'agence et Mma Ramotswe le lui rappela avec délicatesse.

— Tout cela est très intéressant, Charlie, lui dit-elle, mais nous avons du travail. En particulier, une affaire urgente : une cliente de l'étranger.

Ces paroles captèrent aussitôt l'attention de Charlie.

— Je suis prêt, Mma Ramotswe, gonflé à bloc ! Demandez-moi ce que vous voulez, je suis votre homme ! Expliquez-moi tout, Mma !

Il s'assit sur la chaise réservée aux clients et, attentif au plus haut point, se pencha en avant pour mieux se concentrer. Elle lui parla de la visite de Susan et du récit qu'avait fait celle-ci de son enfance au Botswana. Charlie hochait régulièrement la tête : il comprenait.

— Il y a beaucoup de gens comme elle, affirma-t-il. Des gens qui viennent au Botswana et qui tombent amoureux. Mais pas d'une personne, Mma, non : ils tombent amoureux du pays. Notre pays, tout le monde l'aime !

— Sauf que Mma Susan est née ici, bien sûr.

— Oui, concéda Charlie. Elle, c'est différent. N'empêche que c'est pareil…

Elle ne lui demanda pas d'expliciter, mais poursuivit son exposé en lui livrant les requêtes spécifiques de leur cliente.

— Ce n'est pas le genre d'affaire que traite habituellement une agence de détectives, Charlie, ajouta-t-elle.

Le jeune homme sourit.

— Non, Mma, pour une fois, ce n'est pas une histoire de mauvais mari ni de femme un peu trop gentille. Ce n'est pas ce genre de truc…

Mma Makutsi, qui s'affairait à classer des documents derrière lui, jugea nécessaire de mettre les choses au point.

— Notre métier ne se résume tout de même pas à ça, Charlie ! objecta-t-elle au milieu d'un froissement de papier. Quoique certaines personnes ne paraissent s'intéresser à rien d'autre…

L'expression de Mma Ramotswe signala à Charlie qu'il devait se garder d'engager les hostilités. Le jeune homme ferma les yeux comme s'il menait un combat intérieur, puis les rouvrit et s'adressa à Mma Ramotswe.

— Continuez, Mma. Racontez-moi tout !

Elle saisit l'enveloppe qui contenait la photographie de Susan.

— Il y a ça, déclara-t-elle en en sortant le cliché pour le poser entre eux. C'est Mma Susan quand elle était petite. La dame qui est avec elle est sa gouvernante.

Charlie se leva pour l'examiner.

— Eh bien alors, on va pouvoir la retrouver ! s'exclama-t-il. Il suffit de montrer cette photo à tout le monde et de demander : « Qui est cette femme ? »

Il se rassit, considérant Mma Ramotswe avec la satisfaction de celui qui vient de lancer une suggestion brillante. Derrière lui, la voix de Mma Makutsi s'éleva de nouveau.

— C'est fait ! C'est déjà fait.

Mma Ramotswe confirma d'un hochement de tête.

— Mma Makutsi a réussi à se faire interviewer par une amie à elle qui travaille au *Botswana Daily News*.

— Et l'article paraît dans l'édition d'aujourd'hui, compléta l'intéressée. Phuti va nous acheter le journal et nous le faire apporter ici tout à l'heure.

Mma Ramotswe vit la déception marquer les traits de Charlie, aussi lui adressa-t-elle un regard qui véhiculait un message complexe, l'idée générale étant que, pour toutes sortes de raisons, il convenait de féliciter Mma Makutsi pour sa réactivité et son efficacité. Charlie, qui, en dépit de l'impétuosité propre à son jeune âge, avait le don d'interpréter les regards, obéit.

— C'est formidable, Mma Makutsi ! s'écria-t-il. Ça va nous apporter de très bons résultats, j'en suis sûr !

Voilà, songea Mma Ramotswe. Voilà ! Un mot gentil, quelques paroles d'encouragement ou d'admiration avaient le pouvoir de transformer le plus lourd passif…

— Comme tu peux le constater, reprit-elle, on distingue une partie de la maison sur cette image. Là, regarde, il y a la véranda, avec sa moustiquaire, et on voit même les tuyaux d'écoulement reliés à la citerne.

Charlie se pencha de nouveau sur la photographie.

— Ça, c'est une maison de la BHC, affirma-t-il.

Mma Ramotswe l'approuva d'un hochement de tête.

— Dans ce cas, renchérit-elle, elle a été construite au début des années 1970.

Après l'indépendance de 1966, la Société du logement du Botswana[1] avait beaucoup contribué à la construction de Gaborone, adoptant l'architecture en vogue dans l'Afrique postcoloniale. Ses logements étaient destinés à la nouvelle classe de hauts fonctionnaires et aux résidents étrangers venus guider le jeune État dans ses tout premiers pas. En bénéficiaient également des ingénieurs et des médecins, et l'ensemble de ceux qui mettaient leurs compétences au service de l'édification du pays sur une bande de terre jusque-là presque intouchée.

— Et elle doit donc être du côté de l'ancien centre commercial, conclut Charlie. Ou dans le Village.

Le quartier du Village s'étendait de l'autre côté de Tlokweng Road. Mma Ramotswe le traversait tous les jours pour rentrer à Zebra Drive et, si la maison en question s'y trouvait encore, elle n'aurait aucune difficulté à la repérer. Toutefois, de nombreuses constructions de cette époque précoce avaient été démolies pour laisser place à des immeubles ou à des maisons plus cossues. Quelques-unes demeuraient néanmoins et, avec un peu de chance, celle qu'ils cherchaient en ferait partie.

— Par contre, ajouta Charlie, si elle était plus loin, ça m'étonnerait qu'elle soit encore debout. À côté de l'hôpital, on a démoli plein de maisons comme celle-là pour construire les nouveaux quartiers de Nyerere Drive et on les a remplacées par des immeubles.

— C'est vrai…

Le jeune homme fronça les sourcils.

1. Botswana Housing Corporation (BHC).

— Mais cette dame, elle ne se souvient pas du tout où elle habitait ? Même pas grosso modo ? Par exemple, elle avait beau être toute petite, elle devait bien savoir où était l'aérodrome, à l'époque ! Elle a dû voir les avions ! Elle habitait à côté ou non ?

— Elle croit se rappeler qu'elle n'était pas très loin de l'université, précisa Mma Ramotswe. Mais sans savoir de quel côté. Elle s'est promenée là-bas l'autre jour et elle a eu l'impression que tout avait changé de place.

— C'est à cause des nouvelles routes, estima Charlie. Il y en a beaucoup, et le quartier ne doit plus tellement ressembler à ce qu'il était avant…

— Nous allons donc devoir partir de zéro, conclut Mma Ramotswe. Passer dans toutes les rues, l'une après l'autre. À moins que…

Elle se pencha sur la photographie.

— À moins qu'il n'y ait là quelque chose qui nous ait échappé…

— Vous voulez dire un indice, Mma ?

Mma Ramotswe saisit le cliché et le scruta d'encore plus près.

— Qu'est-ce que nous avons là ? La dame elle-même ? Il n'y a rien dans ses vêtements qui nous révèle quoi que ce soit.

Charlie, qui avait quitté sa chaise pour venir regarder par-dessus son épaule, l'approuva.

— Non. Elle est habillée normalement…

— Et la véranda, poursuivit Mma Ramotswe. Rien de particulier là non plus. Juste ces moustiquaires…

Elle transféra alors son attention sur la petite portion du jardin qui apparaissait derrière les deux personnages. On voyait des aloès sur un côté de la véranda, ainsi que les branches d'un grand arbre en arrière-plan. Le type d'arbre commun dans les jardins des parties anciennes de la ville, et moins présent là où s'élevaient les nouvelles constructions.

— Qu'est-ce que c'est, comme arbre ? interrogea Charlie en le désignant de l'index.

Mma Ramotswe chercha à distinguer les feuilles.

— Un jacaranda, trancha-t-elle.

— Les jacarandas, ce n'est pas ce qui manque, commenta le jeune homme.

— Non, hélas ! soupira Mma Ramotswe. Cela va nous obliger à rouler pendant des heures à travers les rues…

— Pour ça, je suis l'homme qu'il vous faut, Mma ! s'écria Charlie. Je peux conduire à votre place, si vous voulez.

Mma Ramotswe hésita. En règle générale, c'était elle qui tenait le volant de la petite fourgonnette blanche, mais elle savait à quel point le jeune homme aimait conduire. Il ne possédait pas de voiture, bien sûr, de sorte que ses seules occasions de le faire lui étaient données par son travail au garage – qui avait cessé pour des raisons économiques – ou son emploi à l'agence.

— Tu n'iras pas trop vite ? s'enquit-elle. Je vous connais, vous, les jeunes gens !

— Je roulerai au pas, Mma, promit Charlie. Très, très doucement. On se fera doubler par les vélos.

Mma Ramotswe se mit à rire.

— N'exagère pas ! s'exclama-t-elle. Tout ce que je te demande, c'est de respecter les limites de vitesse.

— Je les respecte toujours, Mma !

Elle posa sur lui un regard dubitatif, qu'il soutint.

— D'accord, Charlie, déclara-t-elle en se levant. Dans ce cas, allons-y ! L'enquête commence…

— Et je suis sûr qu'elle sera terminée en moins de deux ! compléta-t-il. Nous allons trouver cet endroit, Mma, je le sens !

Mma Ramotswe s'apprêtait à lui répondre qu'il fallait se méfier d'une trop grande confiance, mais deux pensées l'arrêtèrent : d'abord, Clovis Andersen disait que, dans certaines circonstances, les intuitions se révélaient un excellent indicateur lorsqu'une enquête traditionnelle ne permettait pas de récolter les informations recherchées, ensuite – et peut-être plus important encore – elle-même se fiait chaque jour à son intuition. Ainsi répondit-elle simplement :

— Bon, nous allons voir.

Ce qui était incontestable, quelle que fût la façon dont on envisageait les choses…

Ils montèrent dans la petite fourgonnette blanche et Charlie conduisit avec une prudence exagérée, freinant avant les intersections pour bien voir les véhicules approcher, lançant de fréquents coups d'œil au rétroviseur afin de prendre connaissance des voitures qui s'apprêtaient à le doubler et s'assurant, par de brefs regards du côté de sa passagère, qu'elle remarquait sa vigilance.

Mma Ramotswe réprima un sourire.

— Il existe une chose qu'on appelle l'excès de prudence, Charlie, dit-elle au bout d'un moment. Un conducteur qui roule trop lentement peut provoquer tout autant d'accidents que celui qui va trop vite, tu sais.

— J'essaie de vous faire plaisir, Mma, marmonna le jeune homme.

— C'est vrai, Charlie, répondit-elle en lui effleurant l'épaule d'une main légère. Tu es quelqu'un de très attentionné, Rra.

Charlie sourit, touché par le compliment.

— En fait, Mma, je ne suis pas sûr de vous avoir dit merci, déclara-t-il. Ou, en tout cas, de vous l'avoir dit assez. Vous savez, je serai toujours votre fan numéro un, à fond, toute ma vie ! Jusqu'à ce que vous mouriez !

— Voilà qui est rassurant, Charlie ! Mais j'espère que ce jour n'arrivera pas trop vite.

Il tressaillit.

— Oh non, surtout pas, Mma ! J'espère que vous vivrez jusqu'à cent ans. Et même cent un ! Enfin, à peu près…

Mma Ramotswe avait connu plusieurs centenaires qui, tous, l'avaient frappée par leur jovialité. L'un d'eux, qui vivait près de Mochudi, pouvait être vu chaque matin, prenant le soleil devant la maison de sa fille en échangeant des badinages avec les passants. Un autre avait été soldat pendant la Seconde Guerre mondiale dans un bataillon parti du protectorat du Bechuanaland, comme on nommait alors le Botswana, pour se battre en Italie dans les rangs de l'armée britannique. Il s'était engagé sans se poser de questions et sans se plaindre, mû par une loyauté que l'on considérerait maintenant comme naïve ou déplacée mais qui, pour certains, allait de soi. Les gens avaient oublié ces soldats africains qui avaient contribué à défaire le mal et cela lui semblait extrêmement injuste, mais où irait-on si l'on commençait à dresser la liste des injustices qu'avait vues le monde ? Mieux valait, estimait-elle, établir celle des choses qui étaient bonnes et légitimes, celle des gens qui avaient œuvré à embellir l'existence de leur prochain ou fait leur devoir dans l'honneur et sans se plaindre. Cette liste commencerait par le regretté Seretse Khama et comprendrait Nelson Mandela et l'archevêque Desmond Tutu, ainsi que la reine Elizabeth et le président Carter, que Mma Ramotswe avait toujours admirés. Il y aurait aussi David Livingstone et Moffat, son beau-père, grand ami du Botswana et de sa langue, et Mr. Gandhi… Cette énumération comportait déjà une multitude de grands noms et il y en aurait sans doute encore de nouveaux au moment où elle entreprendrait de la mettre à jour par écrit.

— Je ne suis pas sûre de vivre jusqu'à cent ans, dit-elle. Mais tu sais que, si j'atteins cet âge, toi, tu en auras plus de quatre-vingts !

Le garçon émit un sifflement.

— Je ne me vois pas aussi vieux, Mma !

— Eh bien, moi non plus, Charlie !

L'espace d'un instant pourtant, elle se figura son compagnon en vieillard affublé d'une canne, en train de pourchasser une vieille dame sur une route, éternel cavaleur.

— Pourquoi est-ce que vous souriez, Mma ? demanda-t-il.

— Oh, pour rien, Charlie...

Elle désigna alors un croisement devant eux.

— Tiens, nous commencerons ici. Cette rue est pleine de vieilles maisons. Allons y jeter un coup d'œil...

Dans le bureau de l'Agence N° 1 des Dames Détectives, un livreur du Magasin des Meubles Double Confort venait de déposer le *Botswana Daily News* du jour. Un petit mot de l'écriture de Phuti, épinglé en haut de la une, attirait l'attention de Mma Makutsi sur la page six. *Très belle photographie, Grace !* disait-il. *Et article de première classe !*

Fanwell, qui, posté derrière elle, la regardait ouvrir le journal, poussa une exclamation ravie lorsqu'elle atteignit la page six. Rien de forcé dans cette manifestation de joie : c'était un véritable cri du cœur.

— C'est vous, Mma ! Sur toute la page... Enfin, presque !

Sous l'article principal consacré à l'enquête apparaissait en effet un petit encadré, mais ni l'un ni l'autre ne s'y attardèrent. Il y avait bien plus urgent.

— Que penses-tu de la photographie, Fanwell ? questionna Mma Makutsi.

— Je la trouve super à cent pour cent, Mma ! s'enthousiasma le garçon. Et vous avez vu votre diplôme, comme il ressort bien ? On peut même lire le quatre-vingt-dix-sept sur cent, là, regardez ! On n'a même pas besoin de se pencher : quatre-vingt-dix-sept sur cent !

— Ça me fait vraiment plaisir ! s'exclama Mma Makutsi. Pour l'Institut, bien sûr ! Pas pour moi…

— Et en plus, vous êtes vraiment belle sur la photo, Mma, poursuivit Fanwell. Tous les hommes qui la verront vont se dire : « Ma parole, qu'est-ce qu'elle est belle, cette dame détective ! » C'est ça qu'ils vont penser, Mma, je vous le garantis !

Mma Makutsi eut un petit rire modeste.

— Oh non, Fanwell, ça, je ne crois pas…

Elle lut l'article à haute voix et le garçon l'écouta d'un air grave. Lorsqu'elle reposa le journal, il déclara avec vigueur :

— Ça va forcément donner des résultats, ça !

— Je l'espère, répondit-elle. Mma Susan est malheureuse, tu sais. Il est très important pour elle qu'elle trouve ce qu'elle est venue chercher.

Fanwell saisit le journal pour parcourir la page en silence quelques instants, puis il poussa un cri.

— Mma ! Mma ! Regardez l'autre article ! Sur la même page que vous. Oh là là, Mma…

Il lui passa le journal et elle ajusta ses lunettes pour lire le petit encart qu'il lui désignait. Fanwell, demeuré bouche bée, l'écouta.

« Nominations pour la distinction de Femme de l'année », indiquait le titre. « Cinq nominations ont recueilli le nombre de signatures requises pour concourir au titre de Femme de l'année. Les deux favorites sont de Gaborone et ont l'une comme l'autre une belle carrière de femme d'affaires derrière – et devant – elles. Il s'agit de Ms. Gloria Poeteng, chargée de clientèle à la Standard Bank, qui a tout pour réussir dans l'univers bancaire, et de Ms. Violet Sephotho, expert-conseil en affaires, très souvent invitée sur les plateaux de télévision et à la radio, bien connue dans le monde des affaires et les cercles sociaux de Gaborone. N'oubliez pas d'aller voter, afin d'élire celle qui représentera le meilleur du Botswana et de toute l'Afrique méridionale ! »

Mma Makutsi lâcha le journal, atterrée.

— Violet Sephotho… souffla-t-elle.

— Je n'arrive pas à y croire ! s'indigna Fanwell. Qu'est-ce que Mma Ramotswe va dire ?

— Elle va avoir une attaque.

— Vous croyez ? Mais c'est grave, ça !

— Non, pas une vraie attaque, Fanwell. Il y a les attaques au sens propre, et les attaques au sens figuré, qui sont de très gros chocs. C'est cette sorte d'attaque-là qu'elle va avoir, je pense.

Pour Mma Makutsi, c'était un coup à plus d'un titre. Certes, apprendre que Violet figurait dans cette présélection se révélait déjà extrêmement désagréable, mais ce qui rendait la chose encore plus insupportable, c'était que son nom apparût *sur sa page à elle*, juste au-dessous de *sa* photographie. Cela gâchait tout et elle voyait mal, dès lors, comment elle pourrait montrer l'article à ses amis, comme elle comptait le faire jusque-là.

Fanwell saisit aussitôt le problème.

— Vous n'avez qu'à découper votre article, suggéra-t-il. Comme ça, vous ne serez plus obligée de voir l'autre.

Mma Makutsi approuva l'idée et s'empara des ciseaux rangés dans le tiroir supérieur de son bureau.

Au même instant, le téléphone sonna et elle jeta à l'appareil un regard contrarié. Abandonnant sa tâche, elle prit le récepteur pour répondre d'une voix où perçait l'irritation. Cette mauvaise humeur s'évanouit néanmoins dès que l'interlocutrice se présenta : c'était Rosie, la première des trois femmes qui allaient appeler l'agence au cours de l'heure suivante.

Ils avançaient lentement, arpentant les rues qui sillonnaient le Village, longeant les parcelles de terrain clôturées qu'ils scrutaient l'une après l'autre, et Mma Ramotswe constatait à quel point la physionomie du lieu avait dû changer en quelques décennies. Certaines maisons anciennes demeuraient – des pavillons qui se dissimulaient sous une végétation devenue abondante –, mais, dans bien des cas, les jardins généreux qui les entouraient autrefois avaient été subdivisés et de nouvelles constructions venaient les envahir dans une promiscuité forcée. Cette mutation s'était faite dans la discrétion, comme le courant d'une rivière déplace peu à peu les cailloux et les bancs de boue, en déposant un ici et un autre là, puis, en période de crue, charriant un gros bloc de pierre pour l'introduire parmi d'autres plus petits. Au jour le jour, on ne remarquait rien ; au bout d'un certain temps, en revanche, les choses avaient pris un nouvel aspect, fort différent de jadis. C'était pour cette raison, songeait Mma Ramotswe, que Susan n'avait pas reconnu les lieux où elle avait grandi. La maison était peut-être restée au même endroit, là où elle s'élevait trente ans plus tôt, mais le décor, tout autour, se composait d'une multitude de nouvelles choses, charriées là par le tumultueux courant de l'activité humaine.

Charlie, lui, ne cachait pas son impatience.

— Peut-être là-bas, au coin, Mma ! Il y a des vieilles maisons dans cette rue. J'y suis passé l'autre jour, je m'en rappelle.

Mma Ramotswe lui avait parlé de la patience requise par le travail d'investigation, mais elle n'était pas sûre qu'il ait bien compris.

— Tu vois, Charlie, lui avait-elle dit, c'est comme quand tu regardes un tableau : tu t'aperçois qu'il est constitué d'une multitude de coups de pinceau. Des coups de pinceau minuscules. Ce sont eux qui composent l'ensemble, mais chaque petite touche est nécessaire…

À son regard ahuri, elle s'était rendu compte qu'il n'avait peut-être jamais regardé de tableau. Il voyait des photographies, bien sûr, et il les comprenait, mais s'était-il déjà arrêté devant une œuvre d'art peinte avec la plus grande méticulosité par une main humaine ?

— Imagine une maison, Charlie, s'était-elle reprise. Imagine des briques. Il faut beaucoup de briques pour construire une maison.

L'expression perplexe du garçon avait fait place à un sourire ironique.

— Oh, Mma, je sais ! Je sais qu'il faut plein de briques pour construire une maison ! Mais quel rapport avec une enquête de détective ?

— Eh bien, c'est exactement pareil, Charlie. Notre métier consiste à construire un ensemble à partir d'une multitude de petites choses. Quand on enquête, on cherche ces petites choses pour pouvoir reconstituer toute une histoire…

— Toute une histoire ? Vous voulez dire, depuis le début ?

— Oui. Et pourquoi elle s'est produite, et ce qui est arrivé après… Pour cela, tu as besoin de connaître tous les faits. Et ces faits peuvent être totalement insignifiants. Certains te paraîtront n'avoir aucun rapport avec la question centrale, alors qu'en fin de compte ils se révéleront très importants.

Elle l'avait considéré avant d'achever :

— Et tout cela, Charlie, réclame de la patience.

— Je sais bien, Mma, ce n'est pas la peine de me le dire.

À présent, assise dans la petite fourgonnette blanche au côté du jeune homme qui regardait la route devant lui sans prêter attention aux maisons, elle envisageait l'hypothèse que les jeunes gens constituaient une espèce étrangère et que déployer tous les efforts du monde pour les amener à voir les choses de la même façon que nous était voué à l'échec. Pour mener son existence sans se faire de souci ni se plaindre en permanence, une partie du secret résidait dans la reconnaissance du fait que certains individus considéraient les choses autrement que nous, et que cette réalité ne changerait jamais. Une fois cela compris, on était en mesure d'accepter les autres tels qu'ils étaient sans chercher à les changer. Plus important encore, peut-être, nous pouvions aimer ces gens au regard différent, parce que nous réalisions qu'ils ne cherchaient pas à nous compliquer la vie en étant ce qu'ils étaient, mais qu'ils faisaient juste ce qu'ils pouvaient. Ensuite, lorsqu'on commençait à les aimer, cette affection accomplissait l'œuvre qui lui était coutumière et les transformait peu à peu, jusqu'à ce que, tôt ou tard, ils se mettent à envisager le monde sous le même angle que nous.

Elle pria soudain Charlie de s'arrêter.

— Où ça, Mma ? s'enquit-il en freinant.

Elle désigna une grille, quelques mètres devant eux.

— Regarde cette maison, Charlie ! Tu la vois ?

La courte allée était obscurcie par des arbres que l'on avait laissés croître en toute liberté. Il y avait là deux acacias, un callistemon, avec ses grandes inflorescences rouges, et quelques flamboyants aux gousses allongées qui ressemblaient à des miches plates de pain rassis. Au-delà s'élevait la maison, dont on ne distinguait que le toit de la rue. Son style – en tôle ondulée – indiquait une construction ancienne.

— Et tu vois le grand arbre ? interrogea encore Mma Ramotswe.

Charlie hocha la tête.

— C'est un jacaranda, hein, Mma ?

— Oui.

— Alors ça y est, on l'a trouvée ! s'enthousiasma-t-il, tout excité. Ça doit être la maison ! La vieille maison ! Il y a le jacaranda, tout y est !

— N'allons pas trop vite en besogne, Charlie ! le tempéra Mma Ramotswe. Certaines choses ont l'air de correspondre, mais il y en a peut-être d'autres qui ne vont pas. On ne peut rien affirmer pour le moment.

Ils garèrent la fourgonnette et en descendirent pour gagner la grille d'entrée. À l'intérieur de la maison, un chien aboya, puis se tut. Une porte claqua.

— *Ko ! Ko !* appela Mma Ramotswe.

Une porte s'ouvrit derrière la colonnade blanche de la véranda et une femme d'un certain âge apparut, un balai à la main. Elle déposa celui-ci contre le mur et vint à leur rencontre en lançant la formule de bienvenue. Ses yeux se posèrent un bref instant sur Charlie avant de revenir sur Mma Ramotswe.

— Vous êtes Mma Ramotswe, n'est-ce pas ? fit-elle. Vous êtes la dame qui tient la…

Elle esquissa un geste vague en direction de Tlokweng Road.

— L'Agence N° 1 des Dames Détectives, oui, compléta Mma Ramotswe. Et voici mon assistant, Charlie !

Ce dernier sourit, ravi. C'était la première fois qu'on le présentait comme un assistant détective.

— Moi, je m'appelle Mma Bothoko, indiqua la dame.

Elle désigna des sièges installés sous la véranda, des chaises métalliques peintes en blanc d'aspect vétuste et qui ne semblaient guère confortables.

— Je vous en prie, venez vous asseoir, dit-elle. Je vais vous chercher de l'eau.

C'était un accueil courtois dans la pure tradition du Botswana. Proposer de l'eau revenait à indiquer que les visiteurs étaient les bienvenus.

— Je suis sûr que c'est la bonne maison, chuchota Charlie tandis que Mma Bothoko s'éloignait. Regardez cet arbre, Mma : exactement le même que sur la photo !

— Beaucoup de maisons ont un jacaranda dans leur jardin, fit remarquer Mma Ramotswe.

— Oui, mais celui-là est très vieux ! Regardez-le ! Vous avez vu cette grosse branche ? Comme sur la photo !

— Et la véranda ? interrogea Mma Ramotswe. Est-ce que la colonnade est identique ?

Elle sortit le cliché qu'elle avait dans son sac et l'examina. Charlie le désigna d'un index triomphant.

— Là ! s'écria-t-il. Des colonnes carrées. Comme ici !

— Mais toutes les vérandas étaient faites sur le même mode à l'époque, objecta la détective. C'était le style en vogue.

Mma Bothoko revint, chargée d'un plateau avec trois verres et une grosse carafe verte. Mma Ramotswe la regarda s'asseoir, remarquant les rides au coin de ses yeux et la peau sèche et craquelée de ses mains. Elle avait au moins soixante-dix ans, songea-t-elle, peut-être même plus.

— Êtes-vous la grand-mère de la maison, Mma ? s'enquit-elle, tandis que la dame versait l'eau dans les verres.

Mma Bothoko secoua la tête.

— Non, cette maison nous appartient, répondit-elle. C'est mon mari et moi qui vivons ici. Mon mari est…

— Ah, mais bien sûr ! coupa Mma Ramotswe, à qui le nom revenait soudain. C'est le président du Conseil d'application des lois.

— Tout à fait, Mma. Vous le saviez !

Mma Ramotswe sourit.

— Cette ville est encore un village, Mma. Vous aussi, vous saviez qui je suis.

— Tout le monde sait qui vous êtes, affirma Mma Bothoko. On voit votre pancarte quand on passe dans Tlokweng Road. C'est un métier peu commun. Une agence de détectives, et tenue par des dames, en plus ! Il ne doit pas y en avoir beaucoup.

Elle porta son verre à ses lèvres et Mma Ramotswe vit que sa main tremblait. Ce pouvait être de la nervosité, mais aussi la manifestation d'une maladie dont elle souffrait. *Observez le langage du corps*, conseillait Clovis Andersen, tout en mettant bien en garde, spécifiquement, contre un jugement trop hâtif de l'état de tension des gens. *Des personnes innocentes peuvent être très nerveuses*, écrivait-il. *Une main qui tremble ne signifie rien. Là encore, une seule règle : ne tirez pas de conclusions hâtives !*

Un silence poli s'installa et Mma Ramotswe prit la parole.

— Vous devez vous demander pourquoi je suis ici, Mma, dit-elle.

Mma Bothoko reposa son verre et se tourna vers elle, la lèvre inférieure frémissante.

— Vous souhaitez me parler, je suppose…

Mma Ramotswe hocha la tête.

— Oui. Je souhaite vous parler d'un passé très éloigné.

Sans répondre, Mma Bothoko saisit de nouveau son verre et en but une gorgée. Sa main tremblait plus encore que la première fois. Charlie dut le remarquer, car il décocha un coup d'œil perplexe à Mma Ramotswe.

— Cela fait-il longtemps que vous habitez ici, Mma ? demanda la détective.

La question parut arracher Mma Bothoko à ses pensées. Elle la lui fit répéter.

— Oh oui, très longtemps, Mma, répondit-elle. Cette maison appartenait à mon beau-père avant que mon mari n'en prenne possession. Il – enfin, le père de mon mari – l'a habitée dès sa construction, en 1968.

— Alors personne d'autre n'y a vécu ?

— Non, il n'y a que nous.

Mma Ramotswe reposa son verre.

— Eh bien, dans ce cas…

Elle s'apprêtait à prendre congé lorsque, tout à coup, Mma Bothoko poussa un gémissement.

— Oh, Mma, c'était il y a si longtemps ! s'écria-t-elle. C'était il y a très, très longtemps. Personne ne se rendait compte de la pression qu'il subissait, à l'époque ! Non, personne ne peut imaginer comme cela a été dur pour lui !

Mma Ramotswe leva les mains.

— Mma, je n'ai pas…

Il lui fut cependant impossible d'arrêter la vieille dame.

— Ce n'était pas pareil en ce temps-là, Mma ! enchaîna-t-elle. Il n'était pas si facile de démêler le vrai du faux… Vous êtes sans doute trop jeune, Mma, vous ne devez pas savoir comment c'était, mais demandez à n'importe quelle personne de mon âge et vous verrez ! Thomas n'était pas différent des autres. Il était même meilleur que les autres !

Mma Ramotswe fit une nouvelle tentative.

— Je ne suis pas venue pour vous parler de…

D'autres lamentations l'interrompirent, suivies d'un flot incohérent de paroles, mots à demi prononcés entremêlés de sanglots. Aussi étonné qu'embarrassé, Charlie adressa un regard interrogateur à la détective, mais celle-ci était aussi désemparée que lui.

Elle finit par se lever et se pencha vers la vieille dame en larmes en la prenant par l'épaule.

— Je ne suis pas ici pour vous parler de votre mari, Mma, lui dit-elle.

Mma Bothoko leva la tête vers elle, cherchant ses mots.

— Mais… mais alors, pourquoi, Mma… ?

— Je voulais savoir qui avait vécu dans cette maison, Mma, c'est tout.

Mma Bothoko regarda Charlie comme si ce dernier pouvait avoir des intentions différentes, plus sombres.

— Et ce jeune homme est avec moi pour m'aider, ajouta Mma Ramotswe. Vous avez répondu à notre question, de sorte que nous n'allons pas vous importuner davantage.

Mma Bothoko renifla bruyamment. Mma Ramotswe lui tendit un mouchoir, dont elle se servit pour s'essuyer les yeux. Quand la vieille dame reprit la parole, sa voix était maîtrisée.

— J'ai dit des bêtises, déclara-t-elle, il ne faut pas faire attention, Mma Ramotswe. Je me suis énervée et, quand je m'énerve, je me mets à raconter n'importe quoi. Vraiment n'importe quoi…

Elle avait prononcé ces mots en fixant Mma Ramotswe droit dans les yeux, comme si elle guettait sa réaction.

— Oui, vous étiez contrariée, Mma, la rassura la détective. Cela arrive à tout le monde. C'est une réaction normale…

Le visage de Mma Bothoko trahit son soulagement. Elle était redevenue la parfaite maîtresse de maison.

— Oh, mais je ne vous ai servi que de l'eau ! s'exclama-t-elle. Je vais vous offrir quelque chose à manger !

Mma Ramotswe secoua la tête.

— C'est très gentil à vous, Mma, mais il faut que nous partions. Mon assistant et moi-même devons trouver cette fameuse maison, vous comprenez.

Sans chercher à les retenir davantage, Mma Bothoko les raccompagna jusqu'à la grille en s'appliquant à restaurer une parfaite normalité.

— Notre jardin aurait besoin d'un peu de pluie, déclara-t-elle. Je fais mon possible pour entretenir toute cette végétation, mais cela devient plus difficile chaque année, vous ne trouvez pas, Mma ? C'est un vrai combat qu'il nous faut mener !

— Oui, reconnut Mma Ramotswe. Mon mari cultive des haricots et il se plaint, lui aussi.

— Les haricots ont besoin de beaucoup d'eau, souligna Mma Bothoko.

Mma Ramotswe acquiesça.

— Le mieux, c'est l'arrosage au goutte-à-goutte. Cela évite de gâcher l'eau.

Charlie dut estimer qu'il avait lui aussi son mot à dire.

— Ce n'est pas bien de gâcher l'eau, commenta-t-il.

Mma Bothoko lui répondit qu'il avait tout à fait raison et Mma Ramotswe l'approuva également. Déjà, ils étaient parvenus à la grille et ils purent se dire au revoir.

— Il faut me pardonner d'avoir été aussi stupide, soupira Mma Bothoko. Qu'est-ce que je peux dire comme absurdités, quelquefois !

— Ne vous inquiétez pas, Mma, j'ai déjà tout oublié, assura Mma Ramotswe.

Elle regagna la fourgonnette, Charlie à son côté, et ce fut seulement lorsqu'ils eurent démarré et parcouru plusieurs dizaines de mètres qu'elle brisa le silence.

— C'était bien triste, murmura-t-elle.

— Elle a cru que vous veniez pour autre chose ? interrogea Charlie.

— Oui. Pour son mari, manifestement...

Le garçon lui demanda qui était ce monsieur et elle le lui expliqua :

— C'est l'un des personnages les plus importants du pays. Président de ceci, président de cela... Président d'une multitude de choses, en fait.

Charlie émit un sifflement.

— En tout cas, il a dû faire quelque chose de mal, Mma.

Mma Ramotswe réfléchit un instant.

— Mais qui n'a jamais rien fait de mal, Charlie ? fit-elle remarquer.

— Moi, Mma.

Elle le considéra en souriant.

— Peut-être devrais-tu réfléchir encore...

Charlie fronça les sourcils.

— Non, Mma Ramotswe, je n'ai jamais rien fait de mal. En tout cas, rien de *vraiment* mal...

Mma Ramotswe se mit à rire.

— Tu fais partie de ces gens à qui l'on pardonne facilement, Charlie !

Elle marqua un temps d'arrêt.

— Pas tout, bien sûr, mais beaucoup de choses.

Mma Makutsi les attendait à l'agence. Elle accueillit Mma Ramotswe et Charlie avec un regard sombre où se lisaient, à parts égales, contrariété et indignation. Dès qu'elle la vit, Mma Ramotswe comprit qu'il s'était passé quelque chose de grave. Elle écouta en silence l'histoire de la nomination de Violet qui lui était rapportée.

— Cela ne me surprendra pas si vous ne me croyez pas, conclut Mma Makutsi. C'est à proprement parler incroyable, Mma. À proprement parler incroyable !

Mma Ramotswe poussa un soupir.

— Parfois, je m'aperçois que je suis disposée à croire n'importe quoi, affirma-t-elle. On voit tant de choses se passer, des choses qui sont, ma foi, tout à fait incroyables.

— Comme l'histoire de cette femme qui ne mangeait que du savon, renchérit Charlie. Elle a vécu deux ans sans rien avaler d'autre que ça. Seulement du savon. Ils en ont parlé dans le journal…

Les deux femmes le dévisagèrent.

— Ce n'est pas pareil, Charlie, objecta Mma Makutsi. Là, il s'agit d'une personne que nous connaissons, pas d'une mystérieuse femme qui vit… on ne sait où…

— En Indonésie, précisa-t-il. C'est ce qu'ils disaient. Il y avait même une photo d'elle. C'était une femme…

Il hésita un instant.

— … de constitution traditionnelle.

— Ma foi, Charlie, c'est possible, estima Mma Ramotswe. Mais là, c'est plus grave.

Charlie fronça les sourcils.

— Vous savez, Mma Makutsi, je crois savoir comment elle a fait pour survivre. En Indonésie, il y a beaucoup de noix de coco, à ce qu'on dit. Et avec des noix de coco, on fait de l'huile de coco, non ? Et avec de l'huile de coco, on peut fabriquer du savon. Eh bien, c'est pour ça qu'elle a réussi à survivre.

Mma Ramotswe se tourna vers Mma Makutsi.

— Je suis très choquée par ce que vous venez de m'apprendre, Mma, déclara-t-elle, mais vous savez, je ne pense pas que Violet puisse gagner. Personne ne votera pour elle. Non, les gens ne feront pas ça !

— Vous en êtes sûre, Mma ? demanda Mma Makutsi.

— Absolument sûre, Mma. Je ne peux pas croire que nos concitoyens puissent être aussi fous. Non, pas au Botswana !

Mma Makutsi garda le silence. Elle brûlait d'envie de croire Mma Ramotswe, mais c'était difficile. Violet Sephotho était une femme redoutable, qui ne reculerait devant rien pour décrocher le titre de Femme de l'année. Oui, elle ferait des pieds et des mains pour l'obtenir.

— J'espère, Mma, répondit-elle enfin, tout en s'efforçant de se convaincre que Mma Ramotswe, qui avait beaucoup de discernement, verrait l'avenir lui donner raison cette fois aussi.

CHAPITRE 8

Trois menteuses prennent contact…

Mma Makutsi était sous le choc. Trois femmes avaient eu le toupet de la contacter, chacune affirmant être celle qui s'était occupée de la petite Susan trente ans auparavant. Trois Rosie ! Et il y en aurait encore d'autres, elle n'en doutait pas, à mesure que l'on se passerait le mot et que toutes les profiteuses flaireraient cette perspective de gain. Car on ne venait pas du Canada les mains vides, cette Susan avait forcément quelque chose à offrir…

— Je n'arrive pas à y croire, Mma ! fulmina-t-elle. Trois menteuses qui prennent contact avec nous l'une après l'autre, comme ça ! Menteuse numéro un, menteuse numéro deux et, maintenant, menteuse numéro trois !

Son expression traduisait toute son indignation et les verres de ses lunettes reflétaient le soleil entré par la fenêtre pour envoyer des éclairs, bandes de lumière dorée où flottaient des grains de poussière en suspension, légers et remuant à peine…

— Ce pays est rempli de menteuses ! poursuivit-elle. Il doit y en avoir à chaque coin de rue, derrière chaque buisson, des menteuses qui guettent la moindre occasion de proférer leurs mensonges. Des menteuses impénitentes, des vieilles menteuses, des jeunes menteuses, et peut-être même des petites menteuses, des bébés dont les tout premiers mots sont des mensonges. Même des bébés qui mentent, Mma !

— Oh non, Mma, je ne partage pas votre avis, répliqua Mma Ramotswe. Dans l'ensemble, les gens sont honnêtes, vous ne croyez pas ?

Mma Makutsi secoua la tête, sûre d'elle.

— Non, je ne crois pas. Je crois au contraire qu'il y a de plus en plus de menteurs. Bientôt, on ne pourra plus rien croire de ce que les gens nous raconteront. Vous demanderez l'heure dans la rue et on vous répondra par un mensonge. On vous dira qu'il est quatre heures alors qu'il n'en sera même pas trois ! Vous demanderez votre chemin pour aller d'un endroit à un autre, et quelles instructions recevrez-vous, Mma ? De fausses instructions ! On vous dira : « C'est par là ! » et vous n'aurez plus qu'à partir de l'autre côté… Que des mensonges, Mma !

Mma Ramotswe sourit.

— Ça n'a rien de drôle ! se récria Mma Makutsi d'une voix lourde de reproche. C'est très sérieux, au contraire. On commence par distiller des mensonges au compte-gouttes et, au bout d'un moment, les gouttes se transforment en rivières puis en torrents, en torrents de mensonges ! Et les torrents deviennent de grands barrages, Mma, des barrages dans lesquels on se noie. Il y aurait de quoi se noyer dans tous ces mensonges, Mma…

Mma Ramotswe estima utile de préciser son point de vue.

— Je ne dis pas qu'il n'est pas grave de mentir, Mma Makutsi. Je dis juste qu'on ne peut pas conclure qu'une personne ment sous prétexte qu'elle dit une chose qui peut ne pas être vraie.

Mma Makutsi la dévisagea, les sourcils froncés.

— Mais là, ce n'est pas que la chose « peut ne pas être vraie », Mma. C'est qu'elle est fausse, un point, c'est tout !

Sans cesser de fixer Mma Ramotswe avec intensité, elle se lança dans une démonstration qu'elle entendait concluante.

— Laissez-moi tout vous expliquer depuis le début, Mma Ramotswe. Il existe une dame qui s'appelle Mma Potokwane. C'est exact ?

Mma Ramotswe acquiesça.

— Oui, mais d'autres femmes portent le même nom, dit-elle.

— Certes, mais moi, je vous parle de la Mma Potokwane qui dirige la ferme des orphelins. Cette dame-là, il n'y en a qu'une, c'est exact ?

— Je pense que c'est exact, oui. Il n'y a qu'une seule Mma Potokwane dans ce sens-là.

Mma Makutsi poursuivit, déterminée.

— Donc, si une femme arrive et vous dit : « Je suis Mma Potokwane », alors qu'elle n'est pas la Mma Potokwane que nous connaissons, que devons-nous conclure, Mma ?

Mma Ramotswe haussa les épaules.

— Nous pouvons conclure que ce n'est pas la Mma Potokwane que nous connaissons depuis des années.

— Et ne pouvons-nous pas tirer aussi une autre conclusion ?

— Je ne sais pas…

— Eh bien moi, je sais, Mma ! Nous pouvons conclure que la femme qui nous dit « Je suis Mma Potokwane » est une menteuse. Voilà ce que nous pouvons conclure !

— Sauf si cette personne n'a pas toute sa tête, objecta Mma Ramotswe. Si elle est malade, par exemple, et qu'elle ne pense pas correctement, elle peut affirmer être Mma Potokwane, mais cela ne fait pas d'elle une menteuse pour autant.

Mma Makutsi admit à contrecœur que ce type de délire pouvait exister.

— Soit, mais laissons ce cas très particulier de côté, Mma, poursuivit-elle. Imaginons qu'une personne qui n'est pas malade vous dise : « Je suis Mma Potokwane. » Eh bien, cette personne-là serait une menteuse.

— C'est possible.

— Non, ce n'est pas *possible*, Mma ! C'est sûr !

Mma Ramotswe leva les yeux vers le plafond. Elles se trouvaient toutes les deux au bureau, où il régnait une chaleur suffocante. Il fallait que les pluies arrivent, qu'elles viennent soulager le pays de cette canicule qui pesait comme une masse sur la terre et de la sécheresse qui l'accompagnait. Dans de telles conditions, elle n'était pas sûre d'avoir envie de continuer à couper ainsi les cheveux en quatre face à Mma Makutsi, mais il existait des principes qu'elle se devait de défendre. Laisser Mma Makutsi avoir le dernier mot dans chaque discussion, c'était baisser les bras devant une tâche que Clovis Andersen désignait comme l'un des grands dangers menaçant un travail de détection efficace et éthique. *Ne faites jamais de fausses hypothèses*, écrivait le fameux détective. *Ne tirez pas de conclusions hâtives. Explorez chaque possibilité.*

— Tout de même, Mma, commença-t-elle, il est possible que ces Rosie ne soient pas des menteuses.

Mma Makutsi fut prompte à rétorquer.

— Il y en a au moins deux qui le sont, si ce n'est toutes les trois !

— Mais imaginez que l'une d'elles – voire plus – croie qu'elle est Rosie ?

Mma Makutsi éclata de rire.

— Comment voulez-vous, Mma ? On sait qui on est, tout de même ! Comment peut-on croire qu'on est quelqu'un d'autre ? C'est impossible !

— Sauf si l'on s'appelle Rosie…

Mma Makutsi parut décontenancée.

— Si l'on s'appelle…

— Rosie est un nom courant, Mma. Il est possible qu'il y ait de multiples Rosie à Gaborone. Ce doit être bel et bien le cas, d'ailleurs. Tout comme il y a beaucoup de Grace, je pense, et un certain nombre de Precious.

— Mais même si ces femmes sont des Rosie, objecta Mma Makutsi, elles savent bien qu'elles ne sont pas cette Rosie-là ! Celle qui s'est occupée de Mma Susan…

Mma Ramotswe inclina la tête. C'était là un argument raisonnable.

— Sauf que Susan est un prénom fréquent lui aussi, Mma. Alors imaginons qu'il y ait eu plusieurs Susan en même temps à Gaborone… et tout autant de Rosie ? Ne serait-il pas possible que l'une de ces Rosie ait gardé l'une de ces petites Susan… mais qui n'était pas notre Susan à nous ?

Mma Makutsi lui décocha un regard hautement dubitatif.

— Je ne pense pas, Mma. Oh non, je ne le crois pas du tout !

— Et pourtant…

Elle ne put achever. Quelques petits coups hésitants venaient d'être frappés à la porte, sans doute par l'une des Rosie qui avaient pris rendez-vous.

— Notre première menteuse… murmura Mma Makutsi.

Mma Ramotswe lui jeta un regard dissuasif, mais ne dit rien. Il était trop tard pour lui faire la leçon, car la porte de l'agence s'ouvrait déjà sur une grande femme en robe verte, qui promena un regard hésitant dans la pièce.

— Je suis bien à l'Agence N° 1 des Dames Détectives ? demanda-t-elle.

Elle s'exprimait avec un étrange accent guttural, comme si elle n'était pas née au Botswana ou n'avait appris l'anglais que sur le tard.

— Tout à fait, répondit Mma Ramotswe. Et vous devez être Rosie !

Elle évalua la nouvelle venue. Ressemblait-elle à la femme sur la photographie ? C'était difficile à dire, car l'image manquait de définition, mais elle avait à peu près la même forme de tête.

La dame parut hésiter. Une fraction de seconde à peine, mais Mma Makutsi lança aussitôt un regard à Mma Ramotswe. Un regard entendu dont le sens était clair, du moins pour la détective, un regard fait pour lui rappeler qu'il ne fallait pas perdre de vue que cette femme *prétendait* être Rosie.

Mma Ramotswe ne fut pas aussi prompte à tirer des conclusions. Les gens pouvaient se montrer hésitants pour toutes sortes de raisons, estimait-elle : environnement inconnu, gêne sociale, manque de confiance en soi, bien des choses pouvaient expliquer le bref silence qui précéda la réponse.

— Oui, je suis Rosie.

Mma Ramotswe l'invita à s'asseoir sur le siège des clients et lui proposa du thé, qu'elle refusa. Tandis qu'elle prenait place, Mma Makutsi commença à l'interroger de son bureau.

— Vous avez lu l'article ?

— Oui, répondit la femme. C'est pour ça que je suis là !

Elle marqua un nouveau temps d'arrêt, avant de reprendre à l'intention de Mma Makutsi :

— Excusez-moi, Mma, mais pouvez-vous me dire qui vous êtes ?

L'effet de cette question sur l'intéressée fut spectaculaire. Elle redressa le dos, les lèvres pincées, les doigts croisés.

— Vous me demandez mon nom, Mma ? C'est cela que vous me demandez ?

— Si ça ne vous dérange pas, Mma…

Mma Ramotswe veilla à dissimuler sa perplexité. Elle s'étonnait non de la question de la visiteuse, mais de la réaction violente de Mma Makutsi.

— C'est Mma Makutsi, répondit-elle à la place de cette dernière. Mon assist…

Elle s'interrompit net. Il y avait bien longtemps que Mma Makutsi n'était plus assistante, mais codirectrice. Elle aurait pu gaffer de façon pire encore, bien sûr, la présenter comme une secrétaire, ce qu'elle avait manqué faire quelques jours plus tôt, avant de se reprendre, par chance, *in extremis*.

— C'est la codirectrice de cette agence, Mma, acheva-t-elle.

Mma Ramotswe croisa le regard de Mma Makutsi. Il semblait qu'un signal fût en train de lui être envoyé, un signal urgent et d'une importance cruciale, mais elle peina à le décrypter. Pourquoi être si agitée, alors que la visiteuse lui avait simplement demandé son nom ? Sans doute le découvrirait-elle plus tard, mais pour l'heure, elle avait d'autres questions à poser.

— Bien ! commença-t-elle, souriant à la femme. Vous dites, Mma, que c'est vous qui avez pris soin de cette petite fille il y a toutes ces années. Puis-je vous demander votre âge, Mma ?

L'autre hocha la tête, comme si elle attendait cette question.

— J'ai cinquante-trois ans maintenant, Mma. J'avais une vingtaine d'années quand cette enfant était là.

Mma Ramotswe griffonna *53* sur son carnet. La femme suivit le mouvement de la mine sur la feuille.

Mma Ramotswe releva les yeux, le crayon en suspens.

— Et où êtes-vous née, Mma ?

— À Mahalapye.

Mma Ramotswe inscrivit ce nom, et Mma Makutsi profita du silence pour prendre la parole.

— Mahalapye, Mma ? J'ai des cousins qui habitent là-bas.

La femme ne réagit pas.

— Ils s'appellent Makutsi, comme moi !

La visiteuse haussa les épaules.

— Je ne les connais pas, Mma.

— Non, bien sûr ! rétorqua Mma Makutsi. Vous avez dû quitter cette ville il y a longtemps…

La femme se tourna vers elle.

— J'avais dix-huit ans, Mma. Je suis arrivée à Gaborone à cet âge. Ça fait plus de trente-cinq ans maintenant.

— Bien sûr, fit Mma Makutsi. Trente-cinq ans, ce n'est pas rien ! Cependant…

Elle hésita.

— Mes cousins, voyez-vous, habitent à côté de la voie ferrée, en plein centre-ville. Comment s'appelle ce quartier, déjà ? Le quartier du centre-ville… Leretlwa ? C'est Leretlwa, n'est-ce pas, Mma ?

Sentant qu'il se passait quelque chose d'important, Mma Ramotswe choisit de ne pas intervenir.

— Oui, répondit la femme, c'est ça, c'est Leretlwa. Je connais.

Mma Makutsi s'adossa à son siège avec une expression de triomphe à peine déguisée.

Mma Ramotswe détourna les yeux. Elle était interloquée par l'interrogatoire que Mma Makutsi infligeait à la visiteuse, mais elle n'en laissa rien paraître.

— Dites-moi, Mma, reprit-elle d'un ton neutre, combien de temps vous êtes-vous occupée de cette petite fille ? Deux ou trois ans ?

La réponse fusa.

— Huit. Depuis l'époque où elle était bébé – j'aidais déjà sa mère au tout début – jusqu'au moment où ils sont repartis au Canada. Je me suis occupée d'elle tout ce temps-là.

— Toujours à Gaborone ?

— Non. Au début, c'était à Molepolole. Ensuite, ils se sont installés à Gaborone.

Mma Ramotswe inscrivit quelques mots sur son calepin.

— Vous deviez être triste quand ils sont partis.

— Très triste, Mma. Je pleurais sans arrêt. C'était comme si on m'avait enlevé ma propre fille.

Mma Ramotswe inclina la tête.

— J'imagine ce que vous deviez ressentir, Mma.

Elle se tourna vers la fenêtre pour regarder la portion de ciel qu'elle voyait de sa place. Bleu, presque blanc tant la chaleur était forte. Sans nuages. Sans pluie. Juste l'air très sec de la terre jusqu'aux cieux. L'air sec et brûlant.

— Et la maison ? s'enquit Mma Makutsi. Vous vous rappelez où elle était ?

— Évidemment, Mma !

Mma Ramotswe retint son souffle.

— Où était-elle, Mma ?

La visiteuse désigna un point derrière son épaule.

— Par là-bas.

— Dans le Village ? Dans le vieux quartier ?

L'autre secoua la tête.

— Non, davantage du côté de la ville. Vous voyez l'*Hôtel du soleil* ? Vous voyez l'endroit où des femmes vendent leurs nappes en dentelle ? Vous connaissez cette petite place ?

— Certainement !

— Eh bien, c'était dans l'une des rues qui partent de là-bas. Dans l'une de ces rues. Juste à côté.

Mma Ramotswe inscrivit de nouveau quelques mots.

— Pourriez-vous nous y emmener, Mma ? Pourriez-vous nous la montrer ?

La femme n'hésita qu'un court instant.

— Pourquoi pas ?

— Tout de suite, Mma ?

— Si vous voulez.

Mma Ramotswe vit Mma Makutsi lui adresser un signe dont, là encore, elle ne comprit pas la signification. Elle lui lança un regard interrogateur et Mma Makutsi se contenta de secouer légèrement la tête.

— Ma fourgonnette est toute petite, Mma, indiqua la détective. Il n'y aura pas assez de place pour nous trois. Je vais emprunter la voiture de mon époux. C'est lui qui tient le garage, juste à côté.

La femme se leva.

— Je suis prête, Mma. Je peux vous montrer la maison.

Mma Ramotswe glissa son carnet dans le tiroir et se leva.

— Mma Makutsi et moi-même allons chercher la voiture, annonça-t-elle en adressant un regard appuyé à sa collègue. Nous serons de retour dans cinq minutes.

La femme se rassit.

— Je vous attends, Mma, dit-elle, avant d'ajouter : Dites-moi, Mma, est-ce que Mma Susan a l'intention de me dire quelque chose ?

Mma Ramotswe se figea.

— Comment cela, Mma ?

— Je veux dire : pourquoi veut-elle me voir ? Si elle a envie de…

Elle ne termina pas sa phrase, mais Mma Ramotswe comprit ce qu'il y avait derrière la question. *L'appât du gain*, songea-t-elle, *se détecte dans le regard. L'appât du gain fait briller les yeux, il se projette comme le faisceau d'une torche*.

— Je crois qu'elle veut vous remercier, répondit-elle. C'est tout ce que je sais.

C'était vrai et elle remarqua l'effet de cette réponse. La femme sourit et, avec une fausse modestie évidente, lança :

— Oh ! je n'ai pas besoin qu'on me remercie…

— Mais elle y tient, affirma Mma Makutsi. Il y a des gens pour qui c'est très important.

L'autre garda le silence.

— Bon, allons chercher la voiture !

La voiture de Mr. J. L. B. Matekoni était garée de l'autre côté du garage. Il ne faudrait guère qu'une petite minute pour la démarrer et faire le tour du bâtiment jusqu'à l'entrée de l'agence, mais Mma Ramotswe estimait qu'elle avait besoin de s'entretenir avec sa collègue. Et elle avait raison : à peine les deux détectives se retrouvèrent-elles hors de portée de voix que Mma Makutsi lui saisit le coude et chuchota impatiemment à son oreille.

— Cette femme-là est une grosse menteuse, Mma ! Une très grosse menteuse ! L'une des plus grosses du pays, peut-être !

Mma Ramotswe lui fit face.

— J'ai vu que vous étiez très énervée quand elle vous a demandé votre nom. Pourquoi, Mma ?

Les yeux de Mma Makutsi s'agrandirent.

— Quoi, Mma, vous ne comprenez pas ? Vous ne comprenez pas ?

Mma Ramotswe fronça les sourcils.

— Pourquoi ne pourrait-elle pas vous demander votre nom ?

— À cause de ce qu'elle a dit, Mma. Voilà pourquoi !

La perplexité de Mma Ramotswe redoubla.

— Je suis désolée, Mma Makutsi, mais je ne vois pas du tout ce que vous essayez de me faire comprendre.

Mma Makutsi ne manifesta aucune impatience, au contraire.

— Maintenant, écoutez-moi, Mma Ramotswe, déclara-t-elle d'un ton patient. Elle nous a dit qu'elle avait eu connaissance de nos recherches par le journal, vous vous en souvenez ?

Mma Ramotswe hocha la tête.

— Je crois, oui…

Alors vint la révélation, la divulgation de la preuve accablante :

— Eh bien, Mma, de qui parle-t-on dans l'article ? De moi ! C'est moi qui suis interviewée. Et quelle photo a-t-on mise en illustration ? Une photo de moi, Mma ! Une photo de moi !

Tout s'éclaira à ces mots pour Mma Ramotswe.

— Alors, si elle l'avait vraiment lu, elle vous aurait reconnue, conclut-elle. C'est bien ce que vous suggérez ?

— Mais bien sûr ! Si elle avait ouvert le journal à la bonne page, elle m'aurait forcément vue, moi ! Or elle ne savait pas qui j'étais et elle a dû me demander mon nom. Étrange, non ? C'est un mensonge, vous voyez ! C'est une tierce personne qui l'a poussée à venir nous voir. Elle, elle ne sait rien. Il y a quelqu'un derrière elle, Mma !

Loin d'être convaincue par cette argumentation, Mma Ramotswe fit remarquer que l'on pouvait facilement passer à côté des illustrations lorsqu'on lisait le journal, ou même oublier certains détails.

— Prenez ces articles qui parlent de tel ou tel homme politique. On peut les lire en entier, de la première à la dernière ligne, et, bien qu'ils soient toujours illustrés d'une photographie – ces gens-là adorent être pris en photo –, est-ce qu'on se rappelle leur visage quand on referme le journal ? Pour ma part, je ne crois pas.

— Seulement, Mma, répliqua Mma Makutsi en secouant l'index, il y a encore autre chose. Quelque chose qui n'a rien à voir.

Mma Ramotswe attendit. Mma Makutsi avait les yeux brillants.

— Elle a mentionné Mahalapye.

— Ah ! fit Mma Ramotswe. Et vous l'avez percée à jour avec cette référence à… Comment s'appelle cet endroit, déjà, Mma ?

Mma Makutsi parut déçue que le piège tendu par elle ne soit pas passé inaperçu. Elle répondit néanmoins.

— Leretlwa.

Mma Ramotswe attendit la suite, mais rien ne vint.

— Et alors ? la pressa-t-elle.

— Eh bien, ce quartier ne se trouve pas du tout au centre-ville ! Et il est très éloigné de la voie ferrée, Mma ! Pourtant, quand je lui ai dit que le train passait là, elle ne m'a pas détrompée.

De nouveau, elle secoua l'index pour appuyer ses paroles, ajoutant :

— Elle ne m'a pas corrigée, Mma. Mais quand on est vraiment né à Mahalapye, on ne peut pas laisser passer une erreur aussi grossière. Vous, par exemple, vous ne laisseriez pas quelqu'un affirmer que Tlokweng Road est en plein centre de Gaborone, n'est-ce pas ? Non, Mma ! Vous diriez tout de suite : « Eh, là, attendez un peu ! Tlokweng Road est à plusieurs kilomètres du centre ! » Voilà ce que vous diriez, me semble-t-il.

Mma Ramotswe saisit le poignet de sa collègue et la guida sans brusquerie jusqu'à l'angle du bâtiment.

— Bon, il faut monter dans la voiture, Mma, dit-elle. Nous ne pouvons pas rester à discuter plus longtemps.

— Des preuves, nous en avons plus qu'il n'en faut pour savoir que cette femme est un imposteur, marmonna Mma Makutsi.

— C'est possible, reconnut Mma Ramotswe. C'est possible, mais ce n'est pas certain. Et cela fait une différence, vous savez…

Les trois femmes roulèrent sans rien dire. Mma Ramotswe devait se concentrer sur la conduite, car elle n'était pas à l'aise au volant de cette voiture qu'elle connaissait peu et qui lui paraissait trop fougueuse. Sa petite fourgonnette blanche l'était bien moins – juste assez puissante, pressentait-elle, pour que les roues pussent tourner –, de sorte qu'avec elle on ne risquait pas un instant de perdre le contrôle. La voiture de Mr. J. L. B. Matekoni, en revanche, semblait très désireuse d'imposer sa loi.

Mma Makutsi, de son côté, n'avait aucune envie de bavarder avec celle qu'en son for intérieur elle appelait désormais « la prétendue Rosie », aussi gardait-elle le silence. Quant à la femme installée à l'arrière, elle se contentait de fixer le paysage qui défilait, le regard vague, comme si elle pensait à tout autre chose.

Mma Ramotswe ralentit en parvenant aux abords de l'*Hôtel du soleil*. Là, sur le bord de la route, leur marchandise étalée devant elles, se trouvaient les femmes qui confectionnaient les nappes au crochet. Il en avait été question au cours de la conversation à l'agence et elles servirent de signal à la passagère, qui se pencha en avant et tapota l'épaule de Mma Ramotswe.

— Là, vous tournez à gauche, Mma. C'est cette rue-là.

Mma Makutsi échangea un regard avec Mma Ramotswe.

— Zebra Drive… murmura-t-elle.

Puis, se tordant le cou pour s'adresser à la femme assise à l'arrière :

— Vous êtes sûre que c'est cette rue-là, Mma ? Sûre et certaine ?

— Si ce n'était pas celle-là, je ne vous le dirais pas, rétorqua l'autre d'un ton revêche.

— Je vais la prendre, dit Mma Ramotswe. Vous savez, je la connais très bien, Mma.

— Eh bien, la maison est un peu plus loin sur la gauche.

Mma Ramotswe roulait lentement maintenant, mais elle ne s'attendait pas à l'instruction qui lui parvint soudain de la banquette arrière.

— Voilà, Mma, c'est cette maison-là ! C'est ici qu'habitaient ces gens.

Mma Makutsi se raidit.

— Vous voyez, Mma Ramotswe… marmonna-t-elle entre ses dents.

— C'est cette maison-là, répéta la femme. Je m'en rappelle bien.

Mma Ramotswe immobilisa la voiture sans éteindre le moteur, puis se retourna pour regarder la passagère.

— C'est ma maison, Mma. C'est ici que j'habite avec mon époux, Mr. J. L. B. Matekoni.

L'expression de la femme ne changea pas. Elle haussa les épaules avec un air de profond ennui.

— Vous habitez là, Mma, et alors ? dit-elle. Je ne vous parle pas de maintenant, je vous parle de cette époque-là !

Mma Ramotswe hésita sur la conduite à tenir, mais Mma Makutsi avait déjà tranché.

— Mma Ramotswe, déclara-t-elle, je pense que nous ferions bien de rentrer à l'agence maintenant. Nous laisserons cette dame du côté de Riverwalk pour qu'elle puisse prendre un minibus. Ça vous ira, Mma ? ajouta-t-elle d'un ton sec en se retournant à demi.

La femme eut un nouveau haussement d'épaules.

— Comme vous voulez… Mais quand est-ce que je vais rencontrer la Canadienne ?

— Laissez-nous votre adresse, répondit Mma Makutsi. Nous vous contacterons.

L'autre s'anima à ces mots.

— Vous savez, j'ai très envie de voir cette femme, Mma Ramotswe ! Elle m'a tellement manqué, tellement ! J'ai été très malheureuse, je vous assure !

Mma Makutsi leva les yeux au ciel, réaction d'impatience qui aurait dû passer inaperçue, mais que la femme surprit.

— Vous ne me croyez pas, je le vois bien ! s'écria-t-elle, furieuse. Vous pensez que j'ai tout inventé, pas vrai ?

Mma Makutsi se retourna d'un bloc sur son siège et les verres de ses lunettes décochèrent des éclairs menaçants. Elle asséna sa réponse en détachant chaque syllabe, avec cette extrême gravité née d'une totale conviction.

— En effet, Mma, je ne crois pas un mot de ce que vous nous avez dit. Pas un seul !

Puis, une fois ce jugement délivré d'un ton plein de défi, elle se rassit normalement et ajouta à l'intention de Mma Ramotswe :

— Je pense que vous pouvez redémarrer, Mma.

La détective avait le conflit en horreur. Quel que fût son interlocuteur, elle se montrait polie, aussi ne pouvait-elle cautionner cette insolence manifestée par sa collègue.

— Je suis désolée, Mma, dit-elle par-dessus son épaule, mais nous sommes obligées de nous montrer prudentes, vous comprenez.

— Je n'ai rien entendu du tout, rétorqua la femme en regardant fixement devant elle. Je n'entends pas ce que vous dites.

Elles reprirent Zebra Drive dans l'autre sens et retrouvèrent la route principale. *Peut-être ai-je choisi le mauvais métier*, songea Mma Ramotswe. Quand on n'aime pas la chaleur, on ne reste pas dans la cuisine, disait-on ici. Il faudrait y réfléchir. Après tout, ces vieux dictons véhiculaient souvent des vérités importantes. Quoique…

En fait, il n'y avait pas que dans les cuisines qu'il faisait chaud. Le pays tout entier était une fournaise en cette période de l'année, il régnait cette chaleur accablante qui enveloppe le Botswana peu avant le moment brutal où éclatent les pluies d'été, qui viennent rafraîchir la terre. Une fois qu'il aurait plu, on envisagerait les choses différemment, elle en était sûre. Mma Makutsi se montrerait moins agressive. Les esprits s'échauffent moins par temps frais. Était-ce encore là un vieil adage ? Elle n'en était plus très sûre, mais elle pourrait le créer et en revendiquer la paternité. Elle écrirait alors une lettre à Clovis Andersen pour lui en parler et il l'apprécierait, elle n'en doutait pas. *Mais se souvient-il encore de moi ?* se reprit-elle. *Que suis-je, moi, Mma Ramotswe du Botswana, pour cet homme important qui vit à des milliers de kilomètres d'ici, à Muncie, dans l'Indiana ? Puis-je vraiment l'appeler mon ami ?*

De l'arrière de la voiture monta soudain la voix rogue de la passagère.

— Vous ne savez rien du tout ! bougonnait-elle. Vous ne savez pas que j'ai été comme une mère pour cette gamine. Quand elle pleurait, j'étais là, j'étais celle qui la consolait. Mais ça, comment pourriez-vous le savoir ? Et quand son petit chien est tombé malade et qu'il est mort, c'est moi qui l'ai aidée à l'enterrer au fond du jardin et qui ai mis les pierres autour de sa tombe. C'est moi qui ai essuyé ses larmes. C'est moi. Et c'est aussi moi qui la soignais chaque fois qu'elle était malade, parce que sa vraie mère était toujours en train de travailler ou de jouer au tennis. C'était moi, mais vous autres, vous ne le savez pas… Et d'ailleurs, vous vous en fichez, pas vrai ? Vous vous en fichez, parce que tout ce qui vous intéresse, c'est l'argent. Vous n'avez qu'une seule idée en tête, c'est que les gens qui viennent vous voir vous paient. Ah ! et vous voulez avoir votre photo dans le journal aussi. C'est à ça que vous pensez !

Mma Ramotswe éprouva le besoin de répondre à ces accusations. Elle ralentit et parla dans le rétroviseur.

— Non, Mma, vous vous trompez. Nous ne nous en fichons pas du tout. Et je suis désolée que vous pensiez le contraire.

— S'il vous plaît, pouvez-vous arrêter la voiture ? demanda la femme. Arrêtez-vous et laissez-moi descendre !

Mma Ramotswe se rangea sur le bord de la route. Elle attendit que la passagère se fût éloignée pour se tourner vers Mma Makutsi.

— Ma foi, soupira-t-elle, nous n'avons pas été très brillantes !

— Oh que si ! protesta Mma Makutsi. N'oubliez pas que nous avions affaire à un escroc, Mma.

— C'est possible, Mma, répondit Mma Ramotswe, mais les escrocs ont des sentiments, eux aussi.

— Mais les sentiments des gens qu'ils escroquent, alors ? Vous ne croyez pas qu'il faut aussi les prendre en considération ?

— Si, mais…

— Il n'y a pas de « mais » qui tienne, Mma ! Certaines personnes sont des *skellums*, un point, c'est tout. C'est comme ça, Mma. C'est comme ça !

Mma Ramotswe sourit. Elle n'avait pas entendu ce terme depuis des années, il était tombé dans l'oubli. Un mot intéressant, pourtant, qui qualifiait bien un scélérat, une fripouille. Un mot emprunté aux Boers et que son père, à l'époque, utilisait avec éloquence à propos des marchands de bétail qui achetaient à bas prix les bêtes des paysans pauvres, ou pour parler des commerçants qui trafiquaient leur balance afin de diminuer les portions de sorgho ou de farine de maïs qu'ils vendaient. Obed Ramotswe traitait ces gens-là de *skellums* et il n'hésitait pas à le leur dire en face. Désormais, les *skellums* n'avaient plus grand-chose à craindre, parce que les gens évitaient de se mesurer à eux. D'autant que l'on ne savait plus vraiment ce qui était bien et ce qui ne l'était pas, et que l'on avait peur de mettre un nom sur la vulgarité ou la turpitude lorsqu'on les rencontrait. Mma Makutsi pouvait se montrer un peu extrême par moments, mais au moins, elle ne restait pas passive face aux mauvais comportements. Et elle avait sans doute raison en ce qui concernait cette femme, dont le récit comportait certaines incohérences et qui était peut-être ce qu'Obed aurait qualifié de *profiteuse*, sinon de *skellum*. Dès lors, la démasquer comme l'avait fait Mma Makutsi était justifié. Et pourtant, et pourtant… La vie était rarement aussi simple que le supposait Mma Makutsi. *La subtilité*, écrivait Clovis Andersen, *est la meilleure arme pour appréhender la complexité humaine*. Une phrase certes un peu trop sophistiquée pour être souvent citée, mais qui avait son utilité et dont il convenait de se souvenir, comme le faisait Mma Ramotswe, de temps à autre.

CHAPITRE 9

Fiez-vous à votre nez !

Mr. J. L. B. Matekoni s'immobilisa pour humer l'atmosphère. Pas de doute : Mma Ramotswe était en train de lui concocter son plat favori. Cette odeur, qu'il avait détectée à l'instant même où il avait posé le pied sur le *stoep*[1], ne ressemblait à nulle autre et suffisait à faire entrer en action ses sucs gastriques. Les oignons constituaient l'ingrédient clé de la recette, mise au point à son intention par Mma Ramotswe sur les conseils de Mma Potokwane, et devaient être choisis pour leur petite taille et leur goût sucré – « Ne prenez surtout pas ces oignons gros comme des ballons de football qu'on essaie parfois de nous fourguer ! » avait bien précisé la directrice de la ferme des orphelins. On les faisait revenir lentement dans de l'huile de tournesol parfumée d'une pincée de chili en flocons, puis on introduisait le bœuf, du bon bœuf du Botswana nourri à l'herbe – « Il n'y en a pas de meilleur au monde », rappelait Mma Potokwane –, coupé en morceaux. On ajoutait un fond de volaille et une petite quantité de *biltong* d'autruche émincé, cette viande séchée très salée que l'on considérait comme un sommet de gourmandise, avant de couvrir pour laisser mijoter à petit feu.

1. « Véranda », du néerlandais.

Dans la cuisine, il trouva les enfants attablés devant une assiette de macaronis au fromage. Si le ragoût en train de cuire sur le feu était son plat préféré, les macaronis au fromage étaient ce que Puso et Motholeli aimaient le plus au monde. Ils y ajoutaient de la sauce tomate en quantité, habitude que Mr. J. L. B. Matekoni désapprouvait, mais tolérait. Petit, lui-même avait mangé toutes sortes d'aliments saugrenus, des choses qui, maintenant, lui retourneraient l'estomac s'il s'y risquait, mais qui lui semblaient délicieuses alors : sandwiches au bacon cru additionné de sucre en poudre, ananas plongé dans du *golden syrup*, pain frit tartiné de saindoux en couche épaisse, fourmis volantes, qu'il attrapait par les ailes et qui avaient le goût du beurre et craquaient agréablement sous la dent… En fait, mieux valait ne pas trop songer à tout ce que l'on avalait – ou que l'on avait pu ingurgiter enfant – se disait Mr. J. L. B. Matekoni. Si la mémoire s'effaçait avec le temps, c'était pour une bonne raison.

— Alors, qu'est-ce que la maman a préparé pour le papa aujourd'hui ? interrogea-t-il en retirant négligemment ses vieilles chaussures en daim, que Mma Ramotswe le poussait à remplacer – sans succès – depuis des années.

Motholeli leva la tête de ses macaronis.

— La maman prépare pour le papa le ragoût qu'il adore, répondit-elle.

— Et nous, on mange des pâtes au fromage ! ajouta Puso d'un ton ravi. Avec de la glace en dessert !

Mr. J. L. B. Matekoni sourit.

— Dans ce cas, on dirait que tout le monde est content ! s'exclama-t-il. As-tu dit le bénédicité, Motholeli ?

— Non, c'est le tour de Puso.

Il s'assit à table et se tourna vers le petit garçon.

— Eh bien, jeune homme, récitons-le avant que tu commences à manger tes macaronis !

Tous trois baissèrent la tête, imités par Mma Ramotswe, qui posa sa cuillère en bois.

— Bénissez ces macaronis, marmonna très vite Puso. Amen !

Sans attendre, les deux enfants attaquèrent leur assiette.

Mr. J. L. B. Matekoni croisa le regard de Mma Ramotswe et ils se sourirent.

— Parfois, quelques mots suffisent, fit remarquer Mma Ramotswe.

— Moins on en dit, mieux on se porte ! lança Motholeli.

Mma Ramotswe la regarda avec bienveillance.

— D'où te vient cette expression ? Pas de l'école, j'espère ?

— C'est toi qui dis ça, affirma la fillette, la bouche pleine.

— On ne parle pas la bouche pleine, intervint Puso tout en avalant lui-même sa bouchée.

— Tu es mal placé pour me jeter la première pierre ! répliqua Motholeli d'un ton taquin.

Mma Ramotswe se mit à rire.

— Alors comme ça, tu m'as entendue dire cette phrase ? Ma foi, tu dois avoir raison. Il y a du vrai dans l'expression, après tout !

Elle songea aux événements de la journée et, en particulier, à ce désagréable trajet en compagnie de celle que Mma Makutsi appelait désormais « Mma Pas Rosie ». C'était un surnom pratique et Mma Ramotswe comprenait les raisons qui amenaient sa collègue à l'employer, mais quelque chose continuait de la gêner. Car, même si le témoignage de la femme comportait des aspects douteux, l'on pouvait trouver des incohérences aux récits les plus réels : lorsque les gens racontaient une histoire qui leur était arrivée, ils ne la présentaient pas nécessairement telle qu'elle s'était produite, mais telle qu'ils l'avaient vue, ce qui menait parfois à des récits qui sonnaient faux. Mais ne convenait-il pas plutôt de se méfier des histoires qui paraissaient plausibles ? se demanda-t-elle. Celles qu'à première vue on ne pouvait remettre en cause, pour la bonne raison qu'elles étaient inventées de toutes pièces et avaient fait l'objet d'une préparation soigneuse ?

D'autant qu'elle avait par ailleurs décelé une certaine tristesse chez Mma Pas Rosie. Son petit éclat, dans la voiture, revêtait un côté tragique. Il avait certes sonné faux – et elle comprenait que Mma Makutsi ait levé les yeux au ciel –, mais la douleur, exposée aux yeux d'autrui, peut paraître artificielle quelquefois. Mma Makutsi était prompte à se faire une idée des gens. Elle possédait un instinct généralement fiable, mais non infaillible ; en certaines occasions, par le passé, il l'avait induite en erreur. « Fiez-vous à votre nez, mais vérifiez qu'il pointe dans la bonne direction ! » Qui avait dit cela ? Mma Ramotswe s'aperçut que c'était elle. *Mais j'ai raison*, songea-t-elle, d'abord avec modestie, puis avec une nuance de satisfaction personnelle. « Fiez-vous à votre nez, mais vérifiez qu'il pointe dans la bonne direction ! » Il faudrait expérimenter cette formule sur Mma Makutsi le lendemain et voir sa réaction. Cela lui donnerait au moins matière à réflexion… ou peut-être pas. On ne pouvait jamais savoir, avec elle.

Elle saisit la cuillère en bois et se remit à la tourner dans la marmite de ragoût. Le moment le plus bizarre de la journée avait été celui où elle s'était engagée dans Zebra Drive et où Mma Pas Rosie l'avait fait arrêter devant chez elle. La surprise avait été totale, assez forte pour susciter le rire, mais Mma Ramotswe avait résisté. Bien sûr, elle avait envisagé la possibilité que sa maison ait jadis été habitée par le médecin canadien et sa famille, mais elle l'avait vite écartée. De sa construction jusqu'au milieu des années 1960, elle le savait, la maison avait appartenu au département des Travaux publics. Elle avait ensuite servi de résidence officielle au directeur adjoint de ce département, avant d'être vendue par le gouvernement, qui n'en avait plus l'utilité. C'était alors qu'elle-même l'avait achetée grâce à l'héritage laissé par son père, un troupeau de grande qualité qui avait prospéré là-bas, loin de la ville, au poste de bétail. En résumé, cette maison n'avait jamais été habitée ni par un médecin ni par un missionnaire. De surcroît, le jardin ne comportait pas de grand jacaranda. On y trouvait des acacias et le *mopipi* qu'elle affectionnait, mais pas de jacaranda. Non, décidément, Mma Pas Rosie avait tout inventé.

Leur repas terminé, les enfants se retirèrent dans leurs chambres respectives, Motholeli pour lire et Puso pour terminer ses exercices d'arithmétique. Mma Ramotswe et Mr. J. L. B. Matekoni sortirent sous la véranda. La nuit était tombée avec la soudaineté propre à ces latitudes, rideau d'obscurité qui se déploie en quelques brèves minutes pour annoncer un monde de silhouettes sombres, de bruits étranges, de mystères et parfois de peur. Chacun d'eux prit sa place habituelle et ils contemplèrent le petit cercle de lumière que la fenêtre derrière eux projetait dans le jardin. Mr. J. L. B. Matekoni s'était servi une bière fraîche, Mma Ramotswe avait pris dans le réfrigérateur un demi-verre de limonade conservé de la veille. Le gaz avait à peu près disparu, mais il restait assez de goût pour rendre la boisson savoureuse. Elle la sirota lentement et l'acidité sur ses dents lui donna des frissons. *Le thé rouge ne produit jamais cet effet-là*, songea-t-elle.

Son époux lui raconta sa journée. Fanwell avait découvert l'origine d'un problème de moteur qui l'avait tenu lui-même en échec pendant deux jours.

— Je n'arrivais pas à comprendre ce qui se passait, avoua-t-il. Pourtant, ce n'était pas l'un de ces véhicules pleins de systèmes informatisés, non ! C'était une bonne et honnête voiture. Mais il n'y avait rien à faire, je ne comprenais pas ce qui la mettait en surchauffe, et c'est Fanwell qui a résolu le problème. En une demi-heure !

— On dirait qu'il devient un très bon mécanicien, commenta Mma Ramotswe.

— Et moi, un très mauvais, soupira Mr. J. L. B. Matekoni, avant de prendre une gorgée de sa bière.

Mma Ramotswe secoua la tête.

— Oh non, Rra, personne ne pourra jamais dire cela ! En fait, les gens disent même tout le contraire, je les entends parler… Ils disent : « Ce Mr. J. L. B. Matekoni, c'est le meilleur mécanicien du Botswana ! » J'ai entendu au moins trois personnes dire ça, rien qu'au cours des deux dernières années !

— Ces gens devaient savoir que je suis ton mari, Mma. Ils ont voulu te faire plaisir.

Elle le détrompa avec vigueur.

— Ils le pensaient vraiment, Rra ! On sent bien la différence entre un compliment sincère et des paroles vides. On la sent bien…

— Ah bon ? Et comment la sent-on, au juste ?

Mma Ramotswe fixa l'obscurité. La question était bonne. Qu'est-ce qui permettait d'avancer une telle affirmation ? L'instinct ? Un sixième sens ? Tout cela était bien joli, mais comment expliquait-on ce qu'étaient l'instinct et ce fameux sixième sens ? L'un et l'autre ne se réduisaient-ils pas, en fait, à une simple intuition, et rien de plus ?

Elle repensa à ce qui s'était passé ce jour-là avec Mma Pas Rosie. Elle était sûre que Mma Makutsi s'était fondée sur l'intuition qu'elle avait eue dès qu'elle avait vu apparaître cette femme. Ensuite, elle avait cherché des raisons concrètes de disqualifier son histoire. À l'inverse, Mma Ramotswe commençait maintenant à pressentir que, malgré certaines bizarreries dans son récit, la femme était sincère. Cette impression était née dans son esprit au moment où elle s'était mise à préparer le ragoût, et elle avait peu à peu fait son chemin. Cette pauvre femme n'avait pas menti, mais elle s'était heurtée à un mur de méfiance de la part de Mma Makutsi. D'ailleurs, Mma Ramotswe elle-même ne lui avait guère offert mieux – un peu plus de courtoisie, peut-être, mais guère mieux.

Elle se tourna vers Mr. J. L. B. Matekoni.

— À ton avis, Rra, quel effet cela fait-il de dire la vérité et de constater que personne ne nous croit ?

Il réfléchit.

— C'est horrible, déclara-t-il enfin avec force. C'est une sensation horrible, Mma.

La vigueur de la réponse la surprit.

— Cela t'est déjà arrivé, Mr. J. L. B. Matekoni ?

Il prit son temps avant d'acquiescer.

— Une fois. Et cela a été très, très désagréable.

Elle l'observa. Le mariage était une relation de confiance, l'on se montrait sincère l'un avec l'autre. Néanmoins, Mma Ramotswe avait toujours estimé que toutes les personnes mariées gardaient quelque chose au fond d'elles-mêmes, un chagrin ou un secret qu'elles ne confiaient jamais à personne, une zone privée de leur vie impossible à partager, même avec leur conjoint. Ce pouvait être un souvenir triste ou douloureux, un événement un peu embarrassant, une erreur ou une bêtise que l'on regrettait, un moment de légère honte, mais ce n'était pas au terme d'une réflexion profonde sur le mariage que l'on décidait de ne pas en parler. Nous sommes les personnes que nous avons envie d'être, certes, mais nous sommes aussi ce que nous sommes : parfois, mieux vaut garder au moins certaines choses pour soi si l'on veut ressembler à ce que l'on aimerait être. C'était là une réaction très humaine, estimait Mma Ramotswe.

Elle songea alors à ce que lui avait fait subir Note Mokoti, son premier mari, un homme violent. Elle n'en avait jamais rien dit à personne, pas même à son père, auprès de qui elle était allée chercher protection, ni à son amie, Mma Potokwane, ni à Mr. J. L. B. Matekoni. Note l'avait battue et fait souffrir, mais elle avait tout gardé pour elle, parce qu'elle avait honte et préférait oublier. Certes il y avait un temps pour parler des choses qui nous bouleversaient, mais il y en avait aussi un pour ne plus y penser. De nos jours, beaucoup de gens affirmaient que l'on ne devait rien garder pour soi, et encore moins ces choses que personne n'évoquait autrefois, mais cela rendait-il la vie plus simple ? Elle en doutait. En réalité, jugeait-elle, il existait des circonstances dans lesquelles confier ses tourments ne faisait que les maintenir vivaces, alors que les taire, les consigner dans le passé, les oublier, nous autorisait à les remplacer dans notre esprit par des choses positives, qui rendaient le monde meilleur.

Elle se demanda si elle devait pousser son mari à se confier. Il continua de lui-même.

— Tu sais que j'ai fait mon service militaire dans les brigades, n'est-ce pas ?

Elle hocha la tête. Les brigades avaient fait partie du service national que le Botswana exigeait autrefois de ses jeunes. Certaines continuaient d'exister comme programmes de formation, surtout dans les campagnes, les autres n'étaient plus qu'un souvenir du temps où le pays venait tout juste de naître et où il apprenait à marcher.

— J'étais dans une brigade qui donnait une formation de mécanique, précisa-t-il. Nous étions basés à Serowe. Ce qu'on nous enseignait me plaisait beaucoup, j'ai tout appris là-bas.

— C'est le cas de beaucoup de gens, acquiesça-t-elle. C'était du bon travail.

— Cela nous a aidés à grandir, approuva Mr. J. L. B. Matekoni. En arrivant, nous étions des adolescents, nous n'avions pas de but dans la vie, et ça nous a transformés en adultes.

Mma Ramotswe attendit. Sous certains aspects, même après de longues années de mariage, ils restaient des étrangers l'un pour l'autre. Jamais encore Mr. J. L. B. Matekoni ne lui avait parlé de son service dans les brigades.

— Cela s'est passé alors que j'étais là-bas depuis cinq ou six mois, reprit-il. On m'avait confié une responsabilité particulière : organiser les déplacements. Parfois, il fallait transporter tous les garçons en même temps et nos propres véhicules ne suffisaient pas. Nous devions alors louer un minibus en plus et j'avais une cagnotte pour le payer : de l'argent conservé dans une boîte en fer-blanc enfermée dans un tiroir du bureau. J'étais le seul à avoir la clé de ce tiroir. Enfin, c'est ce que je croyais…

Mma Ramotswe reposa son verre. Elle savait déjà ce qui allait suivre et il était clair que cette histoire serait celle d'une immense injustice. Mr. J. L. B. Matekoni était un être d'une grande probité, elle l'avait compris dès le départ. Il était scrupuleusement honnête dans ses rapports avec les gens, et surtout quand il s'agissait d'argent. Un jour, il avait parcouru trente kilomètres pour aller rembourser un client qui s'était trompé dans son règlement. Il lui avait donné cinquante pula en trop, parce qu'un billet s'était collé à un autre et n'avait pas été compté.

— J'imagine déjà ce que tu vas me raconter, Rra, dit-elle.

Il parut chagriné.

— Oui, c'est bien ce qui est arrivé. En ouvrant le tiroir, je me suis aperçu qu'il manquait la moitié de l'argent dans la boîte. Il semble que les voleurs ne prennent pas toujours toute la somme. Ils en laissent une partie, de sorte que leur victime se dit qu'elle a dû mal compter. C'est une pratique assez courante. Seulement moi, je savais que je ne m'étais pas trompé. Je savais qu'il y avait exactement six cents pula dans la boîte, j'en étais certain. Alors j'ai décidé d'en parler au directeur, tout en me demandant qui d'autre pouvait avoir la clé de ce tiroir.

— C'était la bonne chose à faire, estima Mma Ramotswe. Aller directement rapporter l'incident à l'autorité compétente. C'est ce que je conseille toujours aux gens. De cette façon, ils sont protégés.

Mr. J. L. B. Matekoni secoua tristement la tête.

— J'aurais dû, Mma. Mais je ne l'ai pas fait tout de suite. J'ai prévu d'y aller à la première heure le lendemain…

Mma Ramotswe tressaillit.

— Oh non ! Rra…

— Si. Et ce soir-là, le comptable et le directeur du camp ont procédé à un contrôle surprise. Le directeur m'a demandé la clé du tiroir et, avant que j'aie pu dire quoi que ce soit, il l'a ouvert et a constaté qu'il manquait de l'argent. Je lui ai dit que je m'apprêtais à l'avertir qu'il manquait en effet trois cents pula, mais il s'est contenté de me regarder avec l'air de dire : « Ben voyons ! » Je me suis senti extrêmement mal. J'étais sincère, mais je savais que, si j'avais été à la place du directeur, j'aurais réagi de la même façon que lui. Je n'ai rien pu faire d'autre que protester de mon innocence, en voyant bien qu'il ne me croyait pas.

Mma Ramotswe émit un gémissement.

— C'est une situation épouvantable, Rra. Un cauchemar…

— Oui. Et j'ai eu beau me défendre encore et encore, je n'ai pas réussi à le convaincre de mon honnêteté. Il m'a donné une semaine pour rembourser l'argent. Si je ne le faisais pas, il porterait l'affaire devant la police. Il a précisé qu'il me laissait cette chance parce qu'en dehors de cet incident il avait toujours été favorablement impressionné par mon travail.

— Et tu as remboursé ?

— Bien sûr ! J'ai emprunté la somme à mon oncle et je l'ai remise au directeur. En la prenant, il m'a regardé d'un air sévère et m'a dit : « Ne soyez plus jamais malhonnête comme cela ! Ne prenez jamais de l'argent qui ne vous appartient pas, même si vous pensez pouvoir le rembourser ! » J'ai éprouvé un tel sentiment d'injustice à ce moment-là, Mma ! On me prenait pour un voleur alors que j'étais tout le contraire. Je me suis senti sali…

Mma Ramotswe demanda si le vrai coupable avait été démasqué par la suite.

— Non, on n'a jamais su qui c'était, soupira Mr. J. L. B. Matekoni. Mais il y a tout de même eu quelque chose de positif : après la fin de mon service, quand j'ai quitté la brigade, il y a eu d'autres vols de ce genre et j'ai appris que le directeur s'était alors rendu compte de mon innocence. Mais tu sais quoi ? Six mois plus tard, je l'ai croisé par hasard. Eh bien, il ne m'a pas parlé de l'incident. Il aurait pu me dire : « J'ai commis une erreur, je n'aurais pas dû vous accuser de vol. » Mais non, pas du tout. Il s'est contenté de me demander ce que je devenais et les choses en sont restées là. Il aurait dû s'excuser, me révéler que les vols avaient continué ; il ne l'a pas fait. Que penses-tu de cela, Mma ?

— Pas grand-chose, répondit Mma Ramotswe. Mais j'ai remarqué que les gens mettent du temps à demander pardon. Je ne sais pas pourquoi, mais ils ne s'excusent pas facilement.

— Peut-être parce que demander pardon, c'est reconnaître qu'on a eu tort. Peut-être qu'ils se sentent ridicules alors. Ou qu'ils craignent d'avoir *l'air* ridicules.

Mma Ramotswe fut prompte à protester.

— Quand tu demandes pardon, tu n'as pas l'air ridicule. Tu montres au contraire que tu es quelqu'un de bien, de grand !

— C'est ce que je pense aussi, acquiesça Mr. J. L. B. Matekoni. Mais il y a des gens qui sont petits à l'intérieur et, quand on est petit à l'intérieur, on ne peut pas être grand à l'extérieur. C'est une attitude qu'on ne peut pas avoir, cela ne vient pas spontanément.

— Peut-être…

Mma Ramotswe regarda sa montre.

— Le dîner doit être prêt, annonça-t-elle. Si nous rentrions, Mr. J. L. B. Matekoni ?

Ils quittèrent la véranda et s'attablèrent. Le ragoût embaumait et Mr. J. L. B. Matekoni ferma les yeux, ravi à la perspective du plaisir qui l'attendait. C'étaient les oignons qui faisaient tout, songea-t-il. Il fallait les choisir petits et sucrés. C'était ça, le secret…

Mr. J. L. B. Matekoni était couché, recouvert d'un simple drap. On n'avait nul besoin de couverture par un temps aussi chaud. Lorsque Mma Ramotswe vint le rejoindre au lit ce soir-là, son mari n'était déjà plus là pour personne. Elle se glissa sous le drap en prenant soin de ne pas le réveiller, précaution inutile, car il avait le sommeil lourd. La sentir arriver, comme souvent, une heure après lui ne le dérangerait nullement.

Elle éteignit la lampe et se prépara à dormir. En temps normal, cet exercice consistait à mettre de côté toutes les pensées qui concernaient l'agence. Il était toujours tentant de songer à ce qui s'était passé au travail, mais cela se révélait fatal pour l'arrivée du sommeil. Ce qu'elle avait fait, ce qu'elle aurait dû faire, ce qu'elle ferait le lendemain matin… ces réflexions n'avaient pas leur place dans une chambre à coucher. Cette nuit-là, cependant, étendue dans l'obscurité, elle se prit à contempler le plafond recouvert d'ombre et néanmoins visible, en se remémorant ce qui avait été dit au cours de ce curieux – et très insatisfaisant – trajet en voiture. En son for intérieur, elle n'appelait plus la dame « Mma Pas Rosie », mais bien « Mma Rosie ». Et elle ne pouvait chasser de son esprit la brève image qu'elle avait saisie, en s'autorisant un coup d'œil au rétroviseur, du visage de Rosie au moment où celle-ci manifestait sa colère. « Quand elle pleurait, j'étais là, j'étais celle qui la consolait. » C'étaient des mots qu'une nounou pouvait prononcer… « Et quand son petit chien est tombé malade et qu'il est mort, c'est moi qui l'ai aidée à l'enterrer au fond du jardin et qui ai mis les pierres autour de sa tombe. » Ce n'était pas là un détail que l'on inventait ; cela sonnait comme des paroles venues du cœur. « Et c'est aussi moi qui la soignais chaque fois qu'elle était malade, parce que sa vraie mère était toujours en train de travailler ou de jouer au tennis. » Cette référence au tennis ne semblait pas appartenir à un texte préparé. On sentait, là encore, un vrai souvenir. « C'était moi, mais vous autres, vous ne le savez pas… Et d'ailleurs, vous vous en fichez, pas vrai ? » Accusation définitive, formulée avec tout le ressentiment d'un être que l'on a traité sans respect. *Que* j'ai *traité sans respect. Que mon assistante – ou codirectrice, ou ce que l'on voudra – a traité sans respect. Qui plus est, dans la voiture de mon mari…*

Elle se redressa dans le lit en regardant droit devant elle. Les voisins avaient un jacaranda dans leur jardin. Et si… ? Elle repoussa le drap, se leva et enfila sa robe de chambre en cherchant ses vieux chaussons du bout des orteils. Une pensée lui était venue et avait chassé tout le reste de son esprit. Les voisins avaient un grand jacaranda sur le côté de leur maison, à peu près selon la même configuration que sur la photographie. Et leur maison avait elle aussi été une maison BHC, très semblable à la sienne, avec une véranda disposée exactement comme sur la photo. Cette maison était sous son nez et il ne lui était même pas venu à l'esprit que, quand Rosie les avait conduites à Zebra Drive, c'était elle, et non celle où elle-même habitait, qu'elle désignait : construite un peu plus en retrait par rapport à la rue et obscurcie par une végétation abondante que nul ne prenait soin d'entretenir. Mais bien sûr, bien sûr…

Ce qui est évident, écrivait Clovis Andersen, *est souvent* très *évident – pas* vaguement *évident, mais d'une évidence aveuglante. Et pourtant, nous passons à côté, et, quand nous comprenons enfin, nous sommes stupéfaits de ne pas avoir vu cela plus tôt…*

Elle gagna le couloir, puis la cuisine. Les chiffres rouges de la cuisinière indiquaient 12:02. On était déjà le lendemain et voilà qu'elle se proposait de traverser le jardin à l'heure où les serpents règnent en maîtres, où ils sortent chasser rats et souris, ou toute autre proie, parce que, durant la saison la plus chaude de l'année, ils préfèrent vivre la nuit. Quelques jours auparavant, rentré du travail plus tard que d'ordinaire, Mr. J. L. B. Matekoni était allé inspecter ses haricots dans le potager et il avait aperçu un cobra. L'animal ne s'était pas effarouché en le voyant venir ; au contraire, il s'était faufilé entre les plants avec l'assurance tranquille d'un propriétaire des lieux. Les serpents étaient comme cela : la plupart du temps, ils prenaient soin de ne pas se placer en travers de votre chemin, mais lorsqu'il faisait trop chaud et qu'ils avaient des choses à faire, le terrain sur lequel ils se mouvaient devenait leur territoire, et non plus le vôtre, et il ne vous restait plus qu'à user de prudence.

Elle sortit, tenant à la main une torche électrique dont les piles, qui approchaient du terme de leur existence, ne prodiguaient plus qu'un ténu faisceau lumineux. Seule une faible lueur parvenait jusqu'au sol devant elle. La nuit était sombre, la lune ne présentait que son plus fin croissant, mince arceau d'argent, aucune lampe ne brillait dans les maisons alentour… Et l'on voyait scintiller les étoiles, ces constellations suspendues au-dessus du Kalahari à l'ouest, vastes champs de points blancs très légers qui papillotaient dans le ciel, dont elle n'avait jamais retenu les noms, mais qu'elle espérait savoir reconnaître un jour. Elle repéra néanmoins la Croix du Sud au-dessus de la cime des arbres à l'horizon et y trouva une forme de réconfort.

Un bruit la fit soudain sursauter, dont elle détermina vite l'origine : c'était Zebra, bien sûr, le chien de Fanwell, pour lequel Mr. J. L. B. Matekoni et les enfants avaient confectionné un semblant de niche à l'aide d'une vieille caisse retournée posée à l'extrémité du câble de sa laisse. Motholeli et Puso en avaient accepté la responsabilité, du moins pour le moment :

ils le nourrissaient et n'oubliaient pas de remplir d'eau son écuelle. Il leur en était reconnaissant et les léchait de la tête aux pieds de sa grande langue rose.

— Pas le visage ! recommandait Mma Ramotswe. Pas le visage !

Mais le chien l'ignorait, tout comme les enfants, enchantés de ces humides démonstrations d'affection.

Elle se dirigea vers lui et découvrit qu'il n'était qu'à demi dans sa niche. La moitié de son corps restait à l'extérieur et, dans la lueur très faible de sa torche, elle s'aperçut qu'il s'était emmêlé une patte dans la corde reliant son collier au câble. Elle se pencha pour tenter de le libérer – il lui lécha la main pendant qu'elle s'activait ainsi –, sans grand succès, car la corde enroulée était trop serrée. Le chien ne semblait pas souffrir, mais elle ne pouvait le laisser ainsi. Il faudrait trouver un autre système pour l'attacher, elle en parlerait à Mr. J. L. B. Matekoni dès le matin. Peut-être un enclos grillagé, au sein duquel il se déplacerait à sa guise et monterait la garde avec une relative liberté.

Elle s'efforça de démêler la corde, en vain, et comprit qu'elle n'y parviendrait pas sans libérer le chien. Elle lui retira donc son collier tandis qu'il recommençait à la lécher avec enthousiasme, comme pour lui témoigner son approbation.

— Voilà, déclara-t-elle en dégageant le lourd collier de cuir. Maintenant, nous allons pouvoir…

Elle n'acheva pas. Bondissant sur ses pattes avec un glapissement sonore, le chien s'ébroua vigoureusement et s'élança dans l'obscurité. Restée longtemps courbée vers l'avant, Mma Ramotswe se redressa trop vite et fut prise d'un léger vertige.

— Zebra ! cria-t-elle.

Sa voix fut avalée par la nuit. Elle crut entendre un aboiement lui répondre, lointain et à peine audible.

Elle lâcha le collier. Elle avait assez de préoccupations en tête pour ne pas se mettre à courir après un chien débordant d'énergie. Il reviendrait peut-être, ou peut-être pas. Ces animaux étaient de fortes têtes et, avec eux, l'on ne pouvait rien savoir.

Elle poussa un soupir. Les enfants lui en voudraient. Elle les consolerait en leur disant que le chien allait revenir, la queue entre les jambes, dès qu'il commencerait à avoir faim. Cependant, rien n'était moins sûr : tout bien pesé, elle se dit qu'il était parti pour de bon. C'était un chien très remuant, qui se souciait peu d'avoir un point d'attache. Sans doute n'avait-il pas envie de passer toute sa vie à Zebra Drive.

Elle s'éloigna de la niche. Elle était sortie avec une idée en tête et avait la ferme intention de mener son investigation, avec ou sans chien. Elle longea le potager pour se diriger vers la clôture séparant sa propriété de celle des voisins. Les cannes qui supportaient les haricots de Mr. J. L. B. Matekoni composaient une petite forêt dans la nuit. Le faisceau de la torche, qu'elle ne cessait de promener sur le sol devant elle, n'éclairait pas grand-chose, mais c'était mieux que rien. Sans lui, chacun de ses pas eût été un acte de foi, de confiance absolue dans le fait qu'il n'y avait rien par terre, ni scorpion ni serpent, ni non plus ces petits animaux fuyants qui n'avaient pas de nom mais qui piquaient ou mordaient ceux qui osaient les importuner dans leurs affaires nocturnes.

La clôture consistait en quatre fils de fer négligemment tirés et qui s'affaissaient par manque d'entretien. Le voisin, Mr. Vain Kwele, avait refusé d'y toucher lorsque Mr. J. L. B. Matekoni et elle-même avaient proposé de prendre en charge la moitié du coût de nouveaux piquets pour remplacer ceux qui souffraient des ravages des termites.

— Pas besoin ! avait-il répondu. De toute façon, il n'y a rien à protéger chez moi, ni rien que je doive empêcher de sortir. Nous savons, vous et moi, où se trouve la limite, cette clôture n'est d'aucune utilité…

Il était avare, ce Vain Kwele. Il possédait un magasin de spiritueux dans Francistown Road, et chacun savait qu'un tel propriétaire gagnait bien sa vie. Bien qu'il eût pu s'offrir une nouvelle voiture, il continuait à rouler dans un véhicule vétuste qu'il demandait régulièrement à Mr. J. L. B. Matekoni de réparer à moindres frais, voire gratuitement. Son épouse portait des robes démodées et n'avait pas de femme de ménage pour l'aider à la maison. Ses deux enfants, en revanche, étaient clairement trop gâtés : on les voyait assis à la fenêtre, en train de regarder Puso et Motholeli travailler dans le jardin potager, tout en s'empiffrant de *vetkoeks*[1] ou d'autres sucreries préparées par leur mère dépenaillée dans la cuisine sale.

— Un jour, ils vont exploser, assurait Motholeli. Ces gros d'à côté vont exploser à force de manger des *vetkoeks*.

— Bang ! renchérissait Puso. On entendra un grand bruit et ils éclateront en mille morceaux, il y aura des petits bouts de leurs corps partout. Et ce sera fini pour eux !

« Ce sera fini pour eux… » Mma Ramotswe entendait souvent Puso employer cette expression, dans toutes sortes de contextes. En général, elle accompagnait une idée de justice : les gens recevaient ce qu'ils avaient mérité, et c'était fini pour eux. Si tel ou tel sortait perdant d'une dispute, par exemple, c'était fini pour lui. L'habitude se révélait contagieuse, car Mma

1. Spécialité d'Afrique du Sud, sorte de gros beignet moelleux que l'on fourre, selon son goût, de farce salée ou sucrée. (*N.d.T.*)

Ramotswe elle-même se prenait parfois à utiliser la formule. Il y avait peu de temps, alors qu'elle parlait à Mma Makutsi d'une personne soupçonnée de malhonnêteté, elle avait conclu que cet individu rencontrerait tôt ou tard des problèmes et que, dès lors, ce serait fini pour lui. Mma Makutsi avait approuvé et ajouté avec un hochement de tête :

— Et plus vite qu'il ne le croit, Mma…

Elle n'hésita qu'un court instant devant la clôture, puis elle se pencha et écarta deux fils de fer pour se faufiler au travers. *Suis-je réellement en train de faire cela ?* se demanda-t-elle alors. *Est-ce vraiment Mma Ramotswe, citoyenne respectable du Botswana, qui franchit par effraction une clôture au beau milieu de la nuit ?* Et était-ce là une action convenable pour une femme de constitution traditionnelle ? Elle réprima un petit rire. Ce qu'elle faisait était absurde… mais il était trop tard pour revenir en arrière : elle se trouvait maintenant dans le jardin des voisins et une tâche importante l'attendait.

Une tâche bien précise. De nombreuses années s'étaient écoulées depuis lors – plus de trente –, mais Rosie avait affirmé avoir disposé des pierres autour de la tombe du chien de Susan. Eh bien, si ces pierres étaient assez grosses, si c'était le genre de pierres que l'on utilisait pour délimiter les bordures de fleurs, par exemple, il était possible qu'elles fussent encore là. Il y avait longtemps que le voisin laissait son jardin à l'abandon, il avait cessé d'entretenir les plates-bandes et autorisait les mauvaises herbes à croître en toute liberté. Il y avait même un massif de figuiers de Barbarie, que d'autres voisins avaient demandé à Vain Kwele de déraciner. Car, une fois que ces plantes-là s'implantaient sur une terre, elles se répandaient très vite. Vain Kwele n'avait rien voulu entendre, de sorte que les figuiers de Barbarie avaient colonisé toute une partie de son terrain, composant un carré hideux et impénétrable. Au fond du jardin toutefois, le long de la palissade isolant la maison de la rue, poussaient au petit bonheur une succession d'arbustes, pour la plupart sauvages, qui rendaient cette zone moins inhospitalière que le reste. C'était là, sans doute, qu'elle trouverait ce qu'elle était venue chercher. À supposer que ce qu'elle était venue chercher existât bel et bien…

Balayant le sol de la lueur de plus en plus anémique de sa torche, elle avançait avec précaution. Soudain, la lumière buta sur un objet : une bouteille de bière vide, qu'un passant, sans doute, avait jetée par-dessus la palissade. Elle aperçut aussi quelque chose de plus petit et de mouvant, un bousier qui, chargé d'un trophée, peinait à rentrer chez lui. Elle fit un pas de côté pour ne pas le gêner dans sa progression et rapprocha la torche de la terre, afin de mieux voir où elle posait les pieds.

Alors, à quelques pas devant elle, elle discerna, dans le rai de lumière chancelant, un petit rectangle de pierres enfoncées dans le sol. Cela ressemblait à une tentative de délimiter un parterre de fleurs, mais c'était bien trop étroit. Mma Ramotswe comprit qu'elle venait de retrouver l'endroit où, toutes ces années auparavant, Rosie avait enterré le chien de la fillette dont elle était chargée. Elle se pencha davantage pour examiner les pierres. Une ou deux d'entre elles étaient recouvertes de sable, mais elles apparurent lorsqu'elle chassa celui-ci de la main. Dans un pays sec, les composants du sol restaient visibles des années durant. Il ne se formait ni paillis ni terreau pour venir oblitérer les marques qu'imprimaient les êtres humains sur la terre. Ces marques demeuraient. La pluie ne les lavait pas non plus. Seul le vent finissait peu à peu par éroder tout ce qui se trouvait en surface, mais cela prenait des décennies.

Oui, pensa-t-elle. *Oui, c'est exactement ce qu'a dit Rosie*. Mma Ramotswe tenait la preuve que celle-ci n'avait pas menti et que, même si la perspective d'une gratification la motivait sans doute, cette femme était bien celle qu'elle affirmait être et que, plus encore, elle avait éprouvé de l'affection pour la petite Susan.

Elle observa le sol. *Nous pleurons pour des lopins de terre*, se dit-elle, *nous nous battons pour eux, nous y posons nos monuments afin d'affirmer les revendications que nous avons sur eux, nous sacralisons des parties de territoire de telle ou telle façon*. C'était bien ce qui s'était passé ici, trente ans plus tôt : au milieu des larmes d'une enfant, l'on avait enterré un animal que l'on avait chéri.

La lumière de la torche vacilla tout à coup puis s'éteignit. Les piles avaient fini par se vider de leurs ampères. Mma Ramotswe se redressa. Le moment était mal choisi pour s'apitoyer sur la façon dont Mma Makutsi et elle-même avaient traité Rosie. Elle rattraperait leur erreur le jour même, ou le lendemain, en allant s'excuser. Ensuite, elle réunirait Susan et Rosie et les laisserait discuter entre elles, comme elles le souhaitaient l'une et l'autre. Susan voulait sans doute remercier son ancienne nounou, mais elle pouvait aussi avoir d'autres choses à lui dire. Il y aurait des larmes, pensait-elle, mais les larmes n'avaient-elles pas leur place lorsqu'on revivait le passé ?

Elle revint sur ses pas en direction de la clôture. Sans plus d'éclairage pour la guider, elle avançait avec d'infinies précautions, tapant le sol de ses pieds pour prévenir d'éventuels serpents de son arrivée. Les pas d'une femme de constitution traditionnelle, se disait-elle, étaient de nature à chasser n'importe quel reptile, sauf… sauf la vipère heurtante, ce serpent apathique, de constitution traditionnelle lui aussi, que rien ne parvenait à convaincre de se mettre à l'abri, et il y en avait justement une qui se mouvait lentement sur sa trajectoire alors que la détective approchait de la clôture. Mma Ramotswe l'éprouva sous son pied, douce sensation de mollesse, et l'entendit siffler. Puis elle sentit un choc contre sa cheville, comme si elle avait marché sur une branche qui l'aurait fouettée en se redressant.

Elle comprit aussitôt et sauta en arrière, mais c'était trop tard. Le serpent, qui battait maintenant en retraite sous la végétation, l'avait mordue.

Elle songea alors à son père, le regretté Obed Ramotswe, et voulut l'appeler à son secours, ce qu'elle fit. Elle se mit à gémir, comme un enfant qui réclame ses parents.

— Papa, oh ! papa, papa !

Le silence lui répondit. Elle reprit, plus fort cette fois.

Elle vit soudain une lumière s'allumer dans la maison des Vain Kwele et une voix ensommeillée s'éleva :

— Qui est-ce ? Qui est là ?

— C'est moi ! C'est moi ! répondit-elle.

— Qui ça, moi ?

Sentant les larmes couler sur son visage, elle se mit à boitiller vers la porte qui s'était ouverte et projetait un rectangle jaune dans le jardin.

— Mma Ramotswe ? Mais que faites-vous là ? Il y a un problème ?

Elle expliqua en bredouillant ce qui se passait et le voisin poussa une exclamation de surprise.

— Je vais vous emmener à l'hôpital, résolut-il. Je vous y emmène tout de suite !

Elle hocha la tête. Elle serait plus vite arrivée en y allant avec lui que si elle retournait réveiller Mr. J. L. B. Matekoni. Elle savait qu'avec une morsure de serpent on ne devait pas perdre un instant. S'il s'agissait d'un mamba, il ne lui restait peut-être plus que quelques minutes à vivre. Que disaient les gens à propos des morsures de mambas ? Que l'on mourait en quatre minutes ? Auquel cas, il ne lui en restait que trois…

Dans le rectangle de lumière, elle examina sa jambe. Il n'y avait ni sang ni trace de blessure, à peine une écorchure. Mais sans doute la peau avait-elle été percée et le poison avait-il déjà pénétré dans la circulation sanguine, auquel cas elle ressentirait très vite les symptômes.

— Je suis désolée de vous déranger… murmura-t-elle.

Le voisin lui conseilla de s'asseoir.

— Je vais chercher mes clés de voiture.

Elle ferma les yeux. Éprouvait-elle le premier symptôme, ce resserrement de la poitrine au moment où la neurotoxine produisait son effet ? Cela gênerait sa respiration, puis les yeux seraient atteints et elle ne verrait plus rien, et le cœur s'accélérerait pour pomper davantage de sang dans un corps qui s'apercevrait soudain que le venin s'était diffusé dans toutes les veines.

Mais non, elle ne sentait aucune douleur. Elle regarda de nouveau sa cheville. Toujours rien de particulier, hormis l'égratignure.

— Je ne pense pas que je vais mourir, se dit-elle dans un souffle. Enfin, pas tout de suite…

CHAPITRE 10

Le Club du bétail bien gras

Mma Makutsi et Fanwell observaient Mma Ramotswe avec consternation. La cheville bandée, celle-ci était assise sous la véranda avec, à côté d'elle, sur une table basse un peu branlante, un pot de thé rouge.

— Nous avons été secoués, Mma, dit Mma Makutsi. Très secoués, vraiment !

— Oui, renchérit Fanwell. Secoués jusqu'aux fondations, Mma. Nous avons été secoués jusqu'à nos fondations.

Mma Ramotswe se mit à rire. C'était la quatrième vague de visiteurs depuis le matin et tous exprimaient le même choc. Ces réactions, certes flatteuses, lui donnaient la désagréable impression d'avoir fait beaucoup de bruit pour rien. Elle se sentait tout à fait bien et commençait à estimer que le médecin qui lui avait recommandé deux jours de repos complet se montrait trop prudent. Après cette visite, résolut-elle, une fois Mma Makutsi et Fanwell repartis, elle mettrait un terme à sa convalescence et reprendrait le cours de son existence.

— Expliquez-nous ce qui s'est passé, demanda Mma Makutsi. Vous étiez dans le jardin de vos voisins à minuit et…

— Mais d'abord, Mma, coupa Fanwell, les sourcils froncés, que faisiez-vous dans le jardin de vos voisins ? Surtout à minuit !

Mma Ramotswe écarta la question d'un geste.

— Je vous expliquerai plus tard, répondit-elle. C'est un peu compliqué. En tout cas, j'étais dans ce jardin et les piles de ma torche sont arrivées à expiration.

— Alors vous vous êtes retrouvée dans le noir…

— Oui, je me suis retrouvée dans le noir, de sorte que je ne savais pas du tout où je posais les pieds, et c'est là que j'ai marché sur un serpent. Je pense que c'était une vipère heurtante.

Ces mots titillèrent l'instinct de détective de Mma Makutsi.

— Comment pouvez-vous le savoir ? Vous étiez dans le noir !

— Je l'ai senti, répondit Mma Ramotswe. La plupart des serpents, comme vous le savez, sont minces et durs. Eh bien, celui-là était épais et moelleux. Ce qui signifie que c'était une vipère heurtante. Les vipères heurtantes sont larges.

— Elle a raison, approuva Fanwell. Les vipères heurtantes sont grosses et molles. Deux ou trois fois plus grosses que les autres serpents.

Mma Ramotswe poursuivit son récit.

— J'ai brusquement reçu comme un coup sec à la cheville, et j'ai eu l'impression que j'étais morte. J'ai pensé : voilà, c'est la fin…

Fanwell retenait son souffle.

— Oh là là, Mma ! Il paraît qu'au moment de mourir on voit toute sa vie défiler. Vous en avez entendu parler ? Est-ce que c'est ce qui vous est arrivé ?

— Mma Ramotswe n'est pas morte, fit remarquer Mma Makutsi, agacée. Sa vie n'a donc pas pu défiler devant elle, Fanwell !

— Mon voisin m'a emmenée à l'hôpital, reprit Mma Ramotswe. Il a conduit tellement vite que nous avons failli sortir de la route. Mais nous sommes arrivés en un temps record !

Elle marqua un temps d'arrêt.

— On m'a mise sur un chariot et on m'a emmenée. J'ai raconté ce qui s'était passé, ils ont tout de suite appelé un médecin qui a examiné ma jambe, mais il n'a pas vu les petits trous caractéristiques qui correspondent aux marques d'une morsure de serpent. Il m'a dit que la vipère avait dû ne faire qu'effleurer ma peau avec un de ses crochets lorsqu'elle a voulu mordre. Il paraît que cela arrive quelquefois, quand l'angle d'attaque est mauvais.

— Vous avez eu beaucoup de chance, soupira Mma Makutsi. Quand une vipère heurtante enfonce ses crochets dans la chair, c'est très grave.

— La jambe meurt, confirma Fanwell, et ensuite, c'est vous qui mourez. C'est comme ça que ça se passe, sauf si on vous la coupe à temps.

— Le médecin m'a dit qu'aucun venin n'avait été injecté, continua Mma Ramotswe, mais il est tout de même possible qu'une toute petite quantité soit passée dans l'égratignure. C'est pourquoi il veut que je reste à la maison aujourd'hui et demain, assise dans un fauteuil, pour le cas où je développerais des symptômes. Mais il n'y a rien, j'en suis sûre à cent pour cent. Je n'ai pas besoin de rester ici.

Sur le visage de Mma Makutsi, une série d'émotions s'étaient succédé au fil du récit de Mma Ramotswe. « Qu'aucun venin n'avait été injecté » : soulagement. « Une toute petite quantité » : la bouche forme un minuscule O. « Que je reste à la maison aujourd'hui et demain, assise dans un fauteuil » : hochement de tête approbateur. « Pour le cas où je développerais des symptômes » : regain d'alarme. « À cent pour cent » : sourire d'encouragement, tempéré par une légère inquiétude relative à ce refus de suivre le conseil de l'homme de l'art.

— Vous avez eu beaucoup de chance, répéta-t-elle. Et nous aussi, par la même occasion, n'est-ce pas, Fanwell ? Si ce serpent avait injecté son venin dans votre jambe, vous seriez morte à l'heure qu'il est, et nous, nous aurions perdu une grande amie.

— Et collègue, compléta Fanwell.

Il réfléchit un instant en considérant Mma Makutsi.

— Et puis vous, Mma, vous seriez directrice générale, ajouta-t-il.

— Ce n'est pas bien de penser à ce genre de chose, rétorqua Mma Makutsi avec fermeté. Mma Ramotswe a survécu à cet immense danger.

— Oui, elle est encore avec nous, ça, c'est très clair ! Elle est encore avec nous.

Fanwell laissa planer un silence avant de délivrer son verdict :

— La tête de ce serpent a été détournée par la main de Dieu. C'est la seule conclusion possible. Dieu était présent à Gaborone cette nuit, et son intervention en faveur de l'Agence N° 1 des Dames Détectives a amené le résultat que nous voyons devant nous. C'est tout ce qu'on peut dire !

Mma Ramotswe estima que l'on avait assez parlé d'elle. Elle était consciente que les choses eussent pu évoluer différemment, mais elle ne pensait pas que l'on pût gagner grand-chose à s'étendre davantage sur le sujet. Il était temps de laisser l'épisode derrière elle et de profiter de la journée. Le bandage, tout à fait inutile de toute façon, avait glissé, exposant au grand jour ce qui semblait être une cheville intacte. Elle remarqua que Mma Makutsi et Fanwell fixaient la portion de chair découverte d'un air surpris, voire déçu.

— Je crois que ce bandage n'est plus nécessaire, déclara-t-elle en se penchant pour le retirer. Les hôpitaux se sentent obligés de vous faire des pansements dès que vous venez en consultation, pour le cas où. Quelquefois, ils en mettent même à ceux qui sont juste là en visite.

C'était une plaisanterie, mais Fanwell fronça les sourcils.

— Il faudra que je fasse attention la prochaine fois que j'irai voir quelqu'un à l'hôpital, alors ! dit-il. Je n'ai pas envie de repartir avec un bandage !

— Et voilà ! s'exclama Mma Ramotswe en se levant avec entrain. Fin de l'épisode !

Elle consulta sa montre.

— Je vais rejoindre Mma Potokwane à l'hôtel *Président* pour déjeuner avec elle. Elle devait venir en ville aujourd'hui, je pense qu'elle y sera. Ensuite, j'irai à l'agence, Mma Makutsi, et je vous ferai part de certains progrès que j'ai réalisés dans l'affaire de la dame du Canada.

— C'est une enquête très complexe, commenta Mma Makutsi. J'ai eu quatre nouveaux appels de femmes qui prétendent être cette Rosie. Je dois en interroger deux aujourd'hui.

— Je pense que vous pouvez annuler ces rendez-vous, déclara Mma Ramotswe. Je vous expliquerai pourquoi quand je viendrai au bureau.

Mma Makutsi fronça les sourcils, dubitative.

— Vous êtes sûre, Mma ?

— Absolument. À mon avis, nous avons déjà rencontré notre Rosie. Et je pense aussi, ajouta-t-elle après un bref temps d'arrêt, que la maison où vivait Mma Susan est plus proche que nous ne le pensions.

La véranda surélevée de l'hôtel *Président*, que l'on atteignait de la place par un large escalier, était très animée lorsque Mma Ramotswe se présenta. À l'heure du déjeuner, l'hôtel était réputé pour ses currys et ceux-ci étaient déjà disposés sur le buffet à l'intention des affamés qui prenaient leur pause plus tôt que les autres, c'est-à-dire avant treize heures, horaire officiel du déjeuner dans la salle de restaurant. Ainsi l'hôtel était-il envahi de fonctionnaires du gouvernement qui travaillaient à quelques pas de là. Les secrétaires permanents des divers ministères (des hommes et des femmes ployant sous les responsabilités et la conscience de leur importance) se rencontraient pour échanger les dernières nouvelles et jaser, activité qui constitue une part importante de la vie de fonctionnaire, où que l'on soit dans le monde : qui se trouvait en tête de liste pour la prochaine promotion, qui avait dépassé le budget alloué à son service, à l'oreille de quel ministre pouvait-on glisser des conseils innocents afin de précipiter son inévitable départ du cabinet et dans quelle bouche ministérielle mettre, si nécessaire, les mots susceptibles de contrarier la réalisation des objectifs des nouveaux ministres, qui n'étaient même pas capables de comprendre qu'en fait les individus les mieux placés pour diriger le pays étaient les secrétaires permanents…

Aux tables moins chevronnées, ou moins officielles, les conversations portaient sur des thèmes assez différents : on parlait travail, enfants ou affaires de cœur, et l'on abordait tous les sujets quotidiens qui formaient la substance de la vie ordinaire. À l'une de ces tables, très recherchée pour la vue dégagée qu'elle offrait sur la place en contrebas, étaient installées Mma Ramotswe et Mma Potokwane, qui contemplaient avec un plaisir manifeste la large portion de curry que chacune avait devant elle. Si elles bénéficiaient de cette table de choix malgré la concurrence acharnée, c'était en raison de l'amitié qu'entretenait Mma Ramotswe avec le chef de rang. Le père de ce dernier avait en effet connu son père, Obed Ramotswe, à qui il avait acheté un taureau de nombreuses années auparavant. Ce taureau avait fondé une très belle dynastie de bétail et tous ceux de ses descendants appelés à un rôle de reproducteur s'étaient vu nommer Obed en son honneur. C'était un lien que l'on n'oubliait pas et cela représentait une raison extrêmement valable pour allouer la meilleure table à Mma Ramotswe, même si un ou deux hauts fonctionnaires estimaient qu'elle leur revenait de droit. Cela justifiait également les belles assiettées qu'on leur avait servies et un grand pot de thé offert à la fin du repas.

Mma Ramotswe raconta à son amie comment elle avait frôlé la mort cette nuit-là. Mma Potokwane secoua la tête aux mots de « vipère heurtante » et lui raconta qu'elle-même en avait trouvé une à peine deux mois plus tôt sur les marches de son bureau.

— J'étais assise sous la véranda, Mma… Ou plutôt, ajouta-t-elle avec un petit rire, avachie…

Elle s'interrompit net et, reprenant son sérieux, se pencha vers son amie.

— Il est là, Mma Ramotswe, lui souffla-t-elle. Mr. Polopetsi. Vous le voyez ? Il est en train de se faire servir un curry.

Mr. Polopetsi leur tournait le dos, mais lorsque, son assiette pleine, il se dirigea vers la terrasse, il les aperçut et leur adressa un signe de main amical, accompagné de quelques mots aimables. Puis il se dirigea vers une table où l'attendait un homme vêtu d'une veste à carreaux très voyante.

— Vous l'avez déjà vu ici ? interrogea Mma Potokwane. Est-ce le genre d'endroit qu'il fréquente ?

— Je l'y ai croisé une ou deux fois, oui, acquiesça Mma Ramotswe. En compagnie de son épouse. Son épouse est une…

— Oui, je sais qui est sa femme, coupa Mma Potokwane. On a parlé d'elle dans les journaux. Elle est promise à un bel avenir, je crois…

— Elle connaît déjà une belle réussite, confirma Mma Ramotswe.

Pensive, Mma Potokwane observa Mr. Polopetsi, qui avait entamé son repas à l'autre extrémité de la terrasse.

— Voyez-vous, Mma, commença-t-elle, Mr. Polopetsi est un… enfin, c'est quelqu'un de très modeste… on pourrait même le qualifier d'*effacé*…

Elle reporta son regard sur Mma Ramotswe.

— Non que je veuille dire du mal de lui, Mma !

Mma Ramotswe la rassura. Elle n'imaginait pas un instant que son amie puisse souhaiter dire du mal de quiconque.

— Vous avez raison, répondit-elle. Mr. Polopetsi est quelqu'un d'assez réservé… et même de très timide. Ce n'est pas le genre d'homme à chasser les lions, par exemple !

Tandis qu'elle prononçait ces mots, l'image de Mr. Polopetsi affrontant un lion surgit dans son esprit et elle sourit. Le lion ouvrait grand la bouche pour rugir et Mr. Polopetsi tremblait de frayeur. Elle se reprit aussitôt : elle non plus n'en mènerait pas large dans une telle situation, songea-t-elle. On ne devait pas diminuer Mr. Polopetsi en se le figurant ainsi. D'autant que les personnes les plus inattendues se muaient parfois en héros ! Elle se représenta de nouveau Mr. Polopetsi, lancé cette fois à la poursuite du roi des animaux, comme ces grands guerriers massaïs vêtus de rouge dont le rite de passage à l'âge adulte consistait à tuer un lion. À quoi ressemblerait Mr. Polopetsi en costume massaï ? Et de quoi aurait-il l'air, armé de cette longue lance que tiennent les guerriers massaïs ? Étrangement, c'était difficile à imaginer…

Mma Potokwane s'attaqua à son curry. Il avait juste la saveur adéquate. Comment les gens faisaient-ils, en Inde, pour supporter des currys incroyablement relevés qui enflammaient la bouche ? N'était-ce pas très mauvais pour l'estomac, de surcroît ? Mma Ramotswe se mit à recouvrir le sien de beurre qui fondit aussitôt, adoucissant encore le plat.

Elles bavardèrent tout en mangeant. Deux vieilles amies partageant un repas, que pouvait-il y avoir de plus relaxant et thérapeutique que cela, surtout quand l'une d'elles venait de vivre une rencontre avec une vipère heurtante aux intentions meurtrières ? Au cours de la conversation néanmoins, Mma Potokwane glissa une remarque que l'on pouvait estimer dénuée de tact : Mma Ramotswe avait-elle déjà songé à rédiger son testament ? Une question suscitée non par son récent face-à-face avec la mort, mais par le souci qu'avait Mma Potokwane de s'assurer qu'aucun de ses amis n'oubliait qu'il était possible de faire un legs à la ferme des orphelins. Le sujet fut cependant vite écarté et elle continua à se demander si Mma Ramotswe avait ou non pris ses dispositions.

Alors que les deux femmes concluaient leur repas par une tasse de thé, le déjeuner de Mr. Polopetsi s'acheva. Mma Ramotswe le vit se lever et serrer la main à son compagnon de table. Lorsque ce dernier s'éloigna et descendit l'escalier, Mr. Polopetsi le suivit des yeux quelques instants, puis il ramassa sa petite sacoche et se dirigea vers elles, un large sourire aux lèvres.

— Je ne pensais pas vous voir ici, leur lança-t-il d'un ton amène. Mais je suppose que c'est le lieu idéal pour un déjeuner entre dames.

Mma Potokwane se mit à rire.

— Cet endroit est très bien aussi pour les messieurs, objecta-t-elle. Du moment qu'ils savent se tenir !

— Oh ! je sais très bien me tenir, assura Mr. Polopetsi. Il ne me viendrait jamais à l'idée de me faire remarquer… surtout quand Mma Ramotswe m'a en ligne de mire !

Mma Potokwane rit de nouveau.

— Ou Mma Makutsi… ajouta-t-elle.

Mma Ramotswe esquissa un signe en direction d'une chaise vide.

— Je sais que vous avez déjà mangé, Rra, mais il reste toujours de la place pour une tasse de thé, je pense…

Mr. Polopetsi jeta un coup d'œil à sa montre.

— Je ne peux pas rester longtemps, indiqua-t-il. J'ai un rendez-vous.

Les deux femmes échangèrent un regard.

— Un rendez-vous d'affaires ? s'enquit Mma Potokwane.

Mr. Polopetsi, qui s'était assis, hocha la tête.

— Il s'agit d'une entreprise dans laquelle je me suis lancé, précisa-t-il. Le monsieur avec lequel j'ai déjeuné – celui qui vient de partir – est mon partenaire commercial.

Mma Ramotswe lui servit une tasse de thé.

— Ah oui ! fit-elle. Cette histoire de bétail…

— Le Club d'investissement du bétail bien gras, déclara Mr. Polopetsi, un accent de fierté dans la voix. Ou le Club du bétail bien gras, si l'on préfère une dénomination moins formelle. Il me semble que je vous en ai déjà parlé.

— À moi, non, contra Mma Ramotswe. Vous en avez parlé à d'autres personnes, mais pas à moi. J'ignore pourquoi.

Elle guetta la réaction de son interlocuteur, qui ne se démonta pas.

— Je peux vous expliquer exactement de quoi il s'agit, si vous voulez, dit-il.

Il s'adossa à son siège.

— Mais avant cela, Rra, suggéra Mma Ramotswe, peut-être pourriez-vous répondre à une question que je me pose. Qu'en pensez-vous ?

— Si j'ai la réponse, je le ferai avec joie ! s'exclama Mr. Polopetsi avec assurance. Je ne sais pas tout à propos de ce club, mais je connais un certain nombre de choses.

— Assez, en tout cas, pour persuader les gens de vous donner leur argent, dit Mma Ramotswe.

Si Mr. Polopetsi n'avait pas perçu la critique avant cela, il s'en rendit compte à ces mots. Il sembla blessé.

— Je ne persuade pas les gens, Mma Ramotswe ! Je leur propose une opportunité. Il y a une grande différence, vous savez !

Mma Potokwane acquiesça.

— Ah oui, il y a une grande différence, Mr. Polopetsi. Tout comme il y a une grande différence entre une vache maigre et une vache grasse. Une différence très importante, à mon avis !

Il parut dérouté.

— Oui, en effet, Mma Potokwane ! C'est la même différence qu'entre un enfant maigre et un enfant gros. Vous connaissez bien cela dans votre métier, me semble-t-il.

Mma Potokwane fit mine de prendre la remarque avec légèreté.

— Je devrais peut-être choisir mes mots avec plus de soin ! La différence dont je parlais, ajouta-t-elle plus sérieusement, c'est la *valeur* qu'auront une vache maigre et une vache grasse. Une bonne quantité de pula, Rra !

Elle marqua un temps d'arrêt avant de continuer :

— Mma Ramotswe ici présente connaît très bien ce domaine, vous savez. Son père était un grand expert du bétail... L'un des meilleurs du pays ! Vous le savez, n'est-ce pas, Mr. Polopetsi ?

Mr. Polopetsi jeta un regard inquiet à Mma Ramotswe.

— Oui, répondit-il. Je l'ai toujours su, Mma.

Un bref silence plana, puis Mma Potokwane reprit la parole :

— Et cette différence de valeur, Rra, existe en raison du prix de l'alimentation. Combien cela coûte-t-il d'engraisser une bête quand il n'y a plus d'herbe à lui faire brouter en raison de la sécheresse ? Quatre cents pula ? Cinq cents ? Plus, peut-être... Les aliments pour bétail ne sont jamais bon marché, n'est-ce pas ?

Mr. Polopetsi fronça les sourcils.

— Je n'ai jamais dit que c'était bon marché, Mma, répliqua-t-il. Tout coûte cher de nos jours, même un déjeuner à l'hôtel *Président* !

Personne ne rit de la plaisanterie.

— Donc, ce que j'aimerais bien savoir, enchaîna Mma Potokwane, c'est comment engraisser du bétail peut rapporter autant de profit, alors que le coût de la nourriture est élevé. Quand celle-ci est bon marché et abondante, d'accord, je peux comprendre. Mais quand elle coûte cher et qu'il faut la faire venir de loin… Comment peut-on réaliser de gros bénéfices dans ces conditions, Rra ?

Mma Potokwane se tourna vers Mma Ramotswe.

— Et vous, Mma, vous comprenez ? interrogea-t-elle. Comment ce Club du bétail bien gras peut-il faire gagner autant d'argent, quand on sait que personne ne gagne grand-chose dans cette activité ?

Mma Ramotswe se sentit désolée pour Mr. Polopetsi, qui paraissait désormais très mal à l'aise face à Mma Potokwane.

— Nous ne cherchons pas à vous piéger, Rra, affirma-t-elle. C'est juste que nous nous inquiétons un peu…

— Mais il y en aura d'autres, coupa Mma Potokwane. Il y en aura d'autres qui, eux, auront très envie de vous piéger. Ils vous poseront la même question, mais pas autour d'une tasse de thé à l'hôtel *Président* !

Mr. Polopetsi fixait désormais le sol.

— Mais cela fonctionne ! gémit-il. Cela fonctionne, Mma Potokwane ! Moi-même, j'ai investi de l'argent et, en quelques mois, je l'ai récupéré, avec vingt-cinq pour cent d'intérêts en plus !

Mma Ramotswe lui répondit avec douceur.

— Oui, Mr. Polopetsi, je suis sûre que vous nous dites la vérité. Et jamais je ne vous soupçonnerais de malhonnêteté ! Mais il faut que vous vous posiez la question : d'où vient le profit que vous avez réalisé ?

— De la vente du bétail engraissé.

Mma Potokwane secoua la tête.

— Je ne crois pas, Rra. À mon avis, il s'agit probablement de l'argent qu'un nouvel investisseur a apporté.

Mr. Polopetsi la regarda, l'air décontenancé.

— Mais non, puisque cet argent est employé pour acquérir de nouvelles bêtes !

— Une partie, peut-être. Mais le reste doit être utilisé pour rembourser les investisseurs précédents. Ainsi, au bout du compte, les personnes qui ont participé au début gagnent de l'argent, tandis que celles arrivées à la fin s'aperçoivent que leur mise a disparu et qu'il n'y a pas de bétail pour elles… ni de profit, par la même occasion !

Elle attendit pendant ce qui sembla une éternité, puis déclara :

— Il existe un nom pour ce genre de montage, Rra. Ça s'appelle de la vente pyramidale.

Mr. Polopetsi la contempla, comme figé sur place. Lorsqu'il prit la parole, sa voix était à peine audible.

— Il m'a dit qu'il n'y avait aucun problème. Que beaucoup de gens avaient recours à ce système…

— Qui vous a dit cela ? interrogea Mma Potokwane.

Mr. Polopetsi esquissa un geste vers la table à laquelle il était assis quelques minutes plus tôt.

— Mon partenaire.

— Ce grand magicien de la finance ! fit Mma Potokwane.

Mr. Polopetsi se redressa à ces mots, semblant retrouver soudain l'énergie de se défendre.

— C'est quelqu'un de très bien ! protesta-t-il. Quelqu'un qui aide les paysans des régions sèches ! Vous ne trouvez pas que c'est louable, ça ?

Mma Ramotswe poussa un soupir.

— Oh, Mr. Polopetsi ! C'est vous qui êtes quelqu'un de très bien, je n'en ai jamais douté ! Mais vous ne devriez pas vous mêler à ce genre de projets ! Vous souhaitez certainement aider les paysans qui souffrent de la sécheresse, mais je ne crois vraiment pas que votre ami qui était là ait la même intention en tête ! Je crois qu'il se sert de vous, Rra.

Mma Potokwane approuva les paroles de son amie d'un hochement de tête.

— Oui, Rra, on se sert de vous…

— Donc, maintenant, reprit Mma Ramotswe, vous devez nous dire combien de personnes vous avez convaincues d'investir dans le Club du bétail bien gras.

— Oh, pas tellement, murmura Mr. Polopetsi.

— Mais combien ? le pressa Mma Ramotswe.

Mr. Polopetsi déglutit.

— Quatre.

— Dont Mma Makutsi ? demanda Mma Ramotswe.

— Cinq, souffla-t-il.

Mma Ramotswe prit une inspiration.

— Nous allons devoir suivre un plan d'action, déclara-t-elle. Tout d'abord, ne contactez plus personne. Vous comprenez, Rra ? Personne !

Il baissa la tête.

— Je suis complètement idiot, murmura-t-il.

— Je le pense aussi, confirma Mma Potokwane.

Mma Ramotswe posa la main sur l'épaule de Mr. Polopetsi.

— Écoutez-moi, Rra, lui dit-elle avec douceur. Qui parmi nous peut se vanter de n'avoir jamais rien fait de stupide ?

Elle porta le regard sur Mma Potokwane, avant de revenir à lui.

— Moi-même, j'ai fait des choses insensées dans ma vie. Comme tout le monde…

C'était à son premier mariage qu'elle pensait, à son union avec Note Mokoti, ce trompettiste séducteur, violent et dangereux, cet individu déplaisant qui passait son temps à briser les cœurs les uns après les autres, cet homme cupide et dépensier revenu vers elle avec le sourire pour lui soutirer encore de l'argent, et auquel elle avait néanmoins pardonné tout en lui demandant de ne jamais reparaître dans sa vie.

Ses mots parurent réconforter Mr. Polopetsi.

— Pensez-vous pouvoir me dépêtrer de cette histoire, Mma Ramotswe ? demanda-t-il avec un regain d'espoir. Le pensez-vous vraiment ?

Mma Ramotswe pinça les lèvres.

— Je vais essayer, promit-elle. Nous commencerons par Mma Makutsi.

Mr. Polopetsi tressaillit à ce nom. Ce n'était un secret pour personne qu'il craignait un peu cette dernière, même s'il l'admirait profondément.

— Je n'aurai pas à lui parler moi-même, n'est-ce pas ? s'enquit-il d'un ton inquiet.

Mma Ramotswe réfléchit un instant.

— Je pense qu'il est toujours préférable d'affronter ses erreurs, dit-elle.

Elle vit le visage masculin se défaire et ajouta aussitôt :

— Sauf dans certaines circonstances. Je vais vous aider, Rra. Je n'ai pas peur de Mma Makutsi, moi.

Elle fut tentée d'ajouter : « Enfin, en général… », mais décida qu'on en avait assez dit. Continuer à discuter ainsi ne ferait qu'aggraver la situation. Elle garda donc le silence, ce qui, à en croire Clovis Andersen, était le plus souvent la meilleure chose à faire.

Gardez le silence et le silence vous gardera, écrivait-il dans son livre. Mma Ramotswe s'était penchée sur cet aphorisme et avait conclu qu'il ne s'appliquait peut-être pas dans tous les cas.

Elle considéra de nouveau Mr. Polopetsi. C'était quelqu'un de bien, même s'il avait tendance à se montrer naïf. Néanmoins, songea-t-elle, de tous les défauts que pouvait avoir un être humain, la naïveté était loin d'être le pire…

Elle décida de lui poser la question qui lui brûlait les lèvres.

— Mr. Polopetsi, commença-t-elle, vous nous avez dit avoir tiré vingt-cinq pour cent d'intérêts de l'argent que vous avez investi dans le Club du bétail bien gras. Avez-vous touché cet argent ?

Il parut surpris.

— Bien sûr ! Je l'ai même reçu en liquide.

Mma Ramotswe absorba l'information. Ce qui s'était passé était clair dans son esprit : Mr. Polopetsi était le recruteur innocent. On lui avait payé la somme promise afin qu'il fasse investir d'autres personnes, fort de la conviction d'un homme qui a vu de ses yeux le profit que cela rapportait.

— Et l'argent ? demanda-t-elle. Qu'en avez-vous fait ?

— Je l'ai réinvesti ! commença Mr. Polopetsi avec entrain. Mon partenaire avait un autre…

Il se tut soudain et les deux femmes le virent se décomposer.

— Votre partenaire ? fit Mma Ramotswe d'une voix douce. Le même monsieur ?

Mr. Polopetsi hocha la tête.

— Vous lui avez donc rendu l'argent qu'il vous a remis ? interrogea Mma Potokwane, qui semblait avoir du mal à le croire.

Mma Ramotswe fit la grimace.

— Il vous a proposé un autre investissement ?

Mr. Polopetsi ressemblait à présent à un petit garçon qui se rendait compte qu'il avait fait une bêtise.

— Oui, répondit-il piteusement. Il m'a dit qu'il avait eu l'opportunité d'acheter un stock de médicaments en Zambie. Il a pu les obtenir à un tarif très bas et il connaît des personnes susceptibles de les revendre ici, à Gaborone, bien plus cher.

Mma Ramotswe entendit Mma Potokwane prendre une brusque inspiration.

— Quels médicaments ? interrogea la directrice de la ferme des orphelins. De l'aspirine ?

Mr. Polopetsi se mit à rire.

— Oh non, pas du tout ! répondit-il. Des antibiotiques, des comprimés contre la tension, enfin, ce genre de choses…

— Et pourquoi étaient-ils moins chers ? s'enquit Mma Ramotswe.

Mr. Polopetsi haussa les épaules.

— Des erreurs de commande, sans doute. Parfois, les hôpitaux ou les dispensaires commandent un trop grand nombre de boîtes et ils s'aperçoivent après coup qu'ils ne pourront pas les écouler avant la date limite. Ce doit être ce qui s'est passé…

Mma Ramotswe haussa un sourcil.

— Je vois, dit-elle.

— D'ailleurs, je vais l'aider, reprit Mr. Polopetsi. Comme il est très occupé en ce moment, il m'a demandé d'aller les récupérer à sa place là-bas, derrière la frontière.

— Au-delà de la frontière ?

— Oui, à Chobe, acquiesça Mr. Polopetsi. Il va me louer une voiture. Il m'a dit qu'il avait aussi commandé des produits chimiques pour moi, pour le laboratoire du lycée, et que je pourrai rapporter les deux commandes en même temps. Cela nous sera très utile, voyez-vous, il me manque toujours des produits pour les expériences de mes cours de chimie.

Il sourit. Les gens comprenaient – et compatissaient – lorsqu'il était question de l'inefficacité administrative. Tout le monde portait le même fardeau.

— C'est un don qu'il veut nous faire…

Mma Ramotswe sentit sur elle le regard intense de Mma Potokwane et hésita à le soutenir, mais lorsqu'elle le fit, elle sut que toutes deux partageaient la même analyse de la situation. C'était si évident ! pensa-t-elle. Si aveuglant ! Elle ouvrit la bouche pour prendre la parole, mais Mma Potokwane la devança.

— Oh, Mr. Polopetsi ! Comment est-ce possible ? Comment pouvez-vous être aussi stup… ?

— Aussi imprudent… coupa Mma Ramotswe.

Les yeux de Mr. Polopetsi passèrent de l'une à l'autre. Il semblait désorienté et il le resta jusqu'à ce que Mma Potokwane, prenant une profonde inspiration, lui exposât clairement le fond de sa pensée. Un lourd silence s'installa ensuite et, durant cinq minutes, personne ne parla. Puis Mma Ramotswe s'éclaircit la gorge.

— Je vais m'occuper de cette affaire, annonça-t-elle avec fermeté.

Mma Potokwane la considéra, manifestement dubitative. *Croyez-vous vraiment que vous réussirez à ramasser les morceaux ?* semblaient dire ses yeux. Mma Ramotswe choisit d'ignorer cette interrogation et, d'un geste, demanda l'addition au serveur.

— Êtes-vous venu à pied, Mr. Polopetsi ? interrogea-t-elle.

Il existait une voiture Polopetsi, mais c'était son épouse qui la conduisait la plupart du temps. Lui-même était rarement autorisé à s'en servir.

Il hocha la tête avec un regard en biais à Mma Potokwane, comme s'il se préparait à subir de nouvelles critiques.

— Dans ce cas, reprit Mma Ramotswe, je vous raccompagne chez vous. Ma fourgonnette est garée au bout de la place, pas très loin.

— Bon, fit Mma Potokwane. Eh bien, moi, je vais retourner travailler…

Fit-elle exprès d'accentuer le mot « travailler » ? La critique impliquée par cette formulation – qu'il existait des gens pour qui *travailler* signifiait autre chose que se lancer dans des investissements plus ou moins risqués – ne manqua pas sa cible et Mr. Polopetsi, déjà rabaissé, parut encore diminué. Il n'était pas grand à l'origine, on le vit rétrécir. Sa veste, dans laquelle il flottait un peu d'ordinaire, l'enveloppa dès lors à la manière d'un immense sac, ses mains disparurent sous les manches, les épaulettes s'affaissèrent, manquant de support, lâches voire pendantes.

Sur la place, le soleil du début d'après-midi cognait et, sous les arbres et autour des entrées d'immeubles, commençaient à se former de courtes zones d'ombre où les passants allaient se réfugier pour échapper un moment à la touffeur du jour. Quelques commerçants qui avaient installé leurs étals bien à l'abri sous les acacias continuaient à proposer leur marchandise, mais la plupart avaient remballé leur stock et s'en étaient allés après avoir travaillé toute la matinée.

Mma Ramotswe et Mr. Polopetsi avançaient d'un pas lent dicté par la chaleur.

— La pluie… dit Mr. Polopetsi.

Elle ne discerna pas ces mots qui émergeaient du costume trop large.

— Qu'y a-t-il, Mr. Polopetsi ?

— J'ai parlé de la pluie, Mma. J'espère qu'elle finira bientôt par arriver…

Elle leva les yeux.

— Moi aussi, Rra. Certains affirment que cette canicule est là pour nous punir. Que c'est la façon qu'a trouvée Dieu de nous punir.

— C'est idiot. Ce sont des bêtises, Mma !

— Bien sûr, Mr. Polopetsi ! La chaleur est liée à la direction des courants marins et à divers éléments du même genre.

Mr. Polopetsi émit un petit bruit pour signifier son approbation, un son étrange dont elle se demanda d'où il venait. Sortait-il d'une des manches flottantes de la veste ? Non, c'était impossible, évidemment. Elle le regarda. Il avait une très petite bouche, remarqua-t-elle. Lui fallait-il beaucoup de temps pour prendre ses repas ? Pour lui, la consommation d'aliments devait être très lente… Mma Ramotswe se reprit : d'où lui venait une pensée aussi saugrenue ? L'esprit était une chose bizarre, se dit-elle, où se formaient toutes sortes d'idées dénuées de consistance.

Ils parvinrent à la hauteur d'un étal de vêtements qui proposait une pile bien nette de tee-shirts de différentes couleurs portant l'inscription « Botswana ».

— Nous n'en avons pas besoin, déclara Mma Ramotswe en les désignant. Nous savons où nous sommes !

Mr. Polopetsi parut perplexe.

— Nous sommes à Gaborone, Mma.

— C'est ce que je dis…

Elle promena le regard sur les autres articles exposés. Derrière la table, la vendeuse se leva aussitôt de son tabouret pliant. Elle avait un visage très laid, qu'un large sourire illumina cependant.

— J'ai beaucoup de jolies choses, Mma, lança-t-elle. Et il y en a même pour votre mari…

Mma Ramotswe eut un petit rire.

— Oh ! ce n'est pas mon mari, Mma, c'est juste… Elle s'interrompit. Elle n'était pas sûre que Mr. Polopetsi l'ait remarqué, mais cette réaction n'était pas très flatteuse pour lui. Elle laissait penser qu'elle trouvait ridicule l'idée qu'elle ait pu se marier avec un homme aussi… aussi petit. Elle se reprit.

— Malheureusement, Mma ! dit-elle. En fait, je serais très heureuse d'avoir un homme aussi gentil comme époux !

La femme jeta un bref coup d'œil à Mr. Polopetsi, puis à Mma Ramotswe, et comprit.

— Oh oui, ma sœur ! s'exclama-t-elle. Avec un visage sympathique comme celui-là, on voit tout de suite que c'est un bon parti ! Beaucoup de nos sœurs seraient d'accord là-dessus !

Mr. Polopetsi sourit sans répondre et parut grandir un peu dans ses vêtements. Pas complètement, mais le phénomène fut néanmoins sensible.

Il saisit une cravate, en regarda le prix, puis la reposa en secouant la tête. Mma Ramotswe la prit à son tour et l'examina. Elle était rouge sombre avec un petit motif d'aigle.

— Elle est jolie, commenta-t-elle.

— Les aigles ont beaucoup de succès en ce moment, approuva la vendeuse. Tout le monde en porte !

— Les hommes sympathiques en portent, rectifia Mma Ramotswe avec un sourire. Les autres choisissent des vautours, sans doute.

La femme éclata d'un rire bruyant et rauque qui s'accordait parfaitement avec son physique disgracieux. Mr. Polopetsi sourit.

— Cette cravate est très élégante, dit-il. Très élégante. Mais trop chère pour moi, Mma.

Mma Ramotswe tint la cravate contre la chemise de Mr. Polopetsi, masquant celle qu'il portait.

— Elle est plus colorée, souligna la dame. Vous voyez quelle différence ça fait ! Vous voyez, Mma ?

— Oh oui, Mma.

Elle consulta l'étiquette.

— Et elle n'est pas si chère que ça… estima-t-elle.

— C'est une affaire ! confirma la vendeuse. Acheter bon marché, vendre bon marché, c'est ma politique !

Mma Ramotswe sourit. Elle avait lu dans un magazine que toute entreprise se devait d'énoncer sa politique à travers une sorte de profession de foi. Elle aimait ces mots, « profession de foi », qui sonnaient bien et dénotaient une réflexion et un engagement. Elle en avait discuté avec Mma Makutsi, qui était tombée d'accord avec elle.

— À l'Institut de Secrétariat du Botswana, on nous disait qu'il fallait toujours se fixer des objectifs, avait-elle déclaré. Et on nous conseillait de mettre ces objectifs en mots. C'est là que j'ai formulé ma première profession de foi, Mma.

— Et cette profession de foi, quelle était-elle, Mma Makutsi ?

La réponse avait fusé :

— Désolée, Mma, c'est confidentiel !

Cette réaction avait surpris Mma Ramotswe. Tout l'intérêt d'une profession de foi était d'annoncer au monde quelles étaient vos intentions. Ainsi, vous vous jugiez vous-même, mais, plus important encore, vous invitiez les autres à vous juger en fonction de la façon dont vous réalisiez ou non les objectifs professés. Par exemple, en imprimant sa profession de foi sur les factures de tous ses clients, la compagnie d'électricité du Botswana souhaitait faire savoir que « Vous apporter toute l'énergie qu'il vous faut » était son objectif, sa mission. Une mission somme toute modeste. Ce n'était pas comme si elle avait proclamé une volonté d'« Illuminer le monde », ou quelque chose de ce genre…

Mais une profession de foi confidentielle ? À n'en pas douter, cela inciterait les gens à penser qu'un coup fourré, voire un danger, se tramait en sous-main. « Parvenir au sommet coûte que coûte » : certaines personnes se comportaient comme si tel était leur objectif dans la vie, et peut-être était-ce la réalité, d'ailleurs. La profession de foi de Mma Makutsi ressemblait-elle à cela ? Non, avait résolu Mma Ramotswe après réflexion. Il fallait plutôt chercher du côté du classement ; Mma Makutsi portait un intérêt intense aux systèmes de classement et évoquait souvent leurs subtilités. Peut-être sa profession de foi était-elle : « Chaque chose à sa place ». Mais dans ce cas, pourquoi la tenir secrète ? Nul ne pouvait se sentir menacé par une personne soucieuse de classer les documents selon un ordre logique, sauf peut-être les gens qui aimaient que les choses ne fussent pas à leur place, à supposer qu'une telle catégorie de population existât. Mma Ramotswe avait alors songé à Violet Sephotho : oui, il existait bien des individus contraints de tenir leur profession de foi confidentielle, dans la mesure où celle-ci incluait à n'en pas douter des intentions trop honteuses pour être révélées, des intentions liées à une certaine quantité de maris volés ou à d'autres objectifs du même acabit.

Elle s'aperçut tout à coup que Mr. Polopetsi s'adressait à elle.

— Cette cravate irait très bien à Mr. J. L. B. Matekoni, Mma, disait-il. Il serait très élégant avec elle.

Elle sortit plusieurs billets de son sac et les tendit à la vendeuse, qui lui rendit la monnaie.

— Ce n'est pas pour lui que je l'achète, indiqua-t-elle. C'est un cadeau pour vous, Mr. Polopetsi.

Sur ces mots, elle lui tendit la cravate et il la dévisagea, bouche bée.

— Eh ben, dites donc, Rra ! s'exclama la commerçante. Cette dame-là est vraiment très gentille, je peux vous le dire !

Mr. Polopetsi parut désireux de réagir, mais aucun son ne franchit ses lèvres. Il contempla la cravate et son motif d'aigle, puis, toujours sans un mot, entreprit de retirer celle qu'il portait pour la remplacer par la nouvelle.

— Très chic ! commenta Mma Ramotswe.

Mr. Polopetsi recouvra enfin l'usage de la parole.

— Mais… pourquoi à moi ? interrogea-t-il.

La détective réfléchit un instant.

— Parce que vous m'avez été d'une aide précieuse par le passé, Rra, répondit-elle. Parce que vous m'avez offert votre compagnie. Parce que nous avons travaillé ensemble. Parce que vous êtes un homme bon et bienveillant, et que les gens ont tendance à partir du principe qu'il est normal de l'être et à ne jamais remercier les personnes comme vous. Pour toutes ces raisons, Rra, je vous offre une cravate.

Ils se remirent en marche en silence. Mma Ramotswe remarqua que les épaules de la veste semblaient plus étoffées maintenant et que la démarche de son compagnon était plus assurée.

— Je pense que la pluie arrivera plus vite que nous ne le pensons, déclara-t-elle, alors qu'ils atteignaient la fourgonnette.

— La pluie… répéta Mr. Polopetsi en hochant la tête.

Elle démarra et prit la direction du lycée où il enseignait à temps partiel.

— Vous n'avez pas à vous inquiéter, Rra, affirma-t-elle tandis qu'ils roulaient. Je viens d'avoir une très bonne idée : je sais comment je vais m'y prendre pour vous sortir de ce pétrin dans lequel vous vous êtes embourbé.

Il tourna vers elle un visage anxieux.

— Je ferai tout ce qui est en mon pouvoir, Mma.

— Je pense en effet que vous allez devoir y mettre du vôtre, répondit Mma Ramotswe.

CHAPITRE 11

Les chiens n'ont pas d'âme à l'intérieur, ce ne sont que des tas de viande

Il régnait une chaleur étouffante dans les sous-sols de la Société du logement du Botswana.

— Cela fait une éternité qu'on nous promet la climatisation ! soupira l'employé qui guidait Mma Ramotswe le long d'un étroit couloir dépourvu d'aération. Les cadres, là-haut, ils vont très bien ! Il y a l'air conditionné dans les étages. Alors qu'ici, rien du tout !

Il secoua la tête.

— Mais c'est toujours la même histoire, n'est-ce pas, Mma ? Les petits employés, la chaleur ne les gêne pas, hein ? Et ça ne les dérange pas non plus de boire l'eau du robinet, pas besoin de leur installer des fontaines à eau comme là-haut… Et puis, ça ne leur fait rien d'être les derniers à choisir leurs dates de vacances, pas vrai ? Tout ça n'a pas d'importance pour eux…

Mma Ramotswe émit un petit claquement de langue.

— Vous avez raison, Rra, dit-elle. Ce n'est pas facile d'être un subalterne.

Sauf quand on s'appelle Mma Makutsi, ajouta-t-elle en son for intérieur. Quand on s'appelait Mma Makutsi, on s'octroyait des promotions régulières jusqu'à devenir codirectrice adjointe ou autre – Mma Ramotswe ne se souvenait plus du titre qu'elle s'était attribué, elle avait perdu le fil des positions successives qu'avait occupées son assistante au cours de sa fulgurante carrière…

— Figurez-vous que j'attendais une promotion, poursuivit le jeune homme. J'espérais me retrouver enfin là-haut, dans les bureaux, et puis, il n'y a pas longtemps, on m'a expliqué que je n'avais pas les qualifications pour ça. Que ce n'était pas possible sans diplôme. Mais vous savez quoi, Mma ? Ce n'est pas parce qu'on a un diplôme qu'on est plus compétent pour faire le travail qu'ils font là-haut. On ne sait pas mieux additionner des loyers sous prétexte qu'on sort de l'université. Les diplômes ne rendent pas plus compétent pour négocier avec les entrepreneurs ou affronter les constructeurs qui ne respectent pas les délais et cherchent à vous escroquer. Oh non, Mma, ces choses-là ne s'apprennent pas à l'université ! Tout ce qu'on enseigne à l'université, c'est à faire de longues phrases et à employer des mots savants !

— Hmm… fit Mma Ramotswe.

Elle éprouvait de la compassion pour cet homme. Elle-même avait quitté l'école à seize ans et eût certes aimé faire des études, mais cette absence de formation ne l'avait pas handicapée outre mesure. Bien sûr, si elle avait rêvé d'atteindre le niveau d'une personne comme Clovis Andersen, par exemple, et d'écrire un livre sur le métier de détective privé, elle aurait indéniablement eu besoin d'un diplôme. Mr. Andersen, elle le savait par la petite biographie publiée en quatrième de couverture des *Principes de l'investigation privée*, était licencié de l'université d'État de Ball, à Muncie, dans l'Indiana. Elle-même ne pourrait jamais aspirer à rien d'aussi prestigieux, mais pour exercer son activité actuelle, l'éducation qu'elle avait reçue, estimait-elle, suffisait amplement.

— Et quand les étudiants ont fini leur parcours, enchaînait l'employé, ces grands professeurs les expédient dans le monde en leur disant : « Maintenant, allez-y ! Servez-vous de ces mots savants et de ces belles phrases pour obtenir les meilleurs postes, les places les mieux payées ! Et une fois que vous y serez, n'oubliez pas de continuer à parler comme ça pour protéger votre position. Tant que vous le ferez, personne n'osera vous déloger. C'est une règle très importante que nous avons établie ! » Voilà ce qu'ils disent, Mma. Je l'ai entendu, je le sais de source sûre !

— Selon moi, les promotions devraient se faire au mérite, déclara Mma Ramotswe. Chacun devrait être jugé de la même façon, qu'il ait ou non un placard rempli de diplômes. La seule question à se poser devrait être : est-ce que cette personne est apte à effectuer ce travail ? C'est tout ce que l'on devrait se demander.

Ces paroles réjouirent l'employé.

— Oh ! Mma, ça fait du bien de rencontrer quelqu'un qui a du bon sens !

Elle n'avait pas cherché à le flatter, elle avait parlé ainsi par conviction personnelle. Toutefois, l'enthousiasme qu'elle venait de susciter se révélerait utile. Employés et secrétaires étaient, à son sens, les personnes les plus puissantes du pays, même s'ils se plaignaient de leur faible statut ou de l'absence de climatisation. Une secrétaire pouvait sans peine nier l'existence d'un certain dossier si on ne la caressait pas dans le sens du poil, et il suffisait à une réceptionniste de prétendre qu'aucun rendez-vous n'était disponible pour vous empêcher d'accéder à une personne importante. C'était arrivé récemment à Mma

Ramotswe. Elle souhaitait s'entretenir avec un haut fonctionnaire de la municipalité dans le cadre d'une enquête, mais la réceptionniste, d'humeur peu coopérative pour des raisons inconnues, sans doute liées à sa vie sentimentale, avait affirmé que le fonctionnaire en question ne recevait pas ce jour-là. Mma Ramotswe avait alors demandé à le voir le lendemain et s'était entendu répondre que tous les rendez-vous étaient pris. Et la semaine suivante ? Désolée, Mma, mais c'est plein, nous sommes dans une période très chargée. Et le mois prochain ? Non, le mois prochain non plus…

En désespoir de cause, Mma Ramotswe était rentrée à l'agence et avait demandé à Mma Makutsi d'aller tenter sa chance le lendemain.

— Vous êtes très douée pour affronter les gens qui ne sont pas commodes.

— C'est très gentil à vous de me dire cela, avait répondu Mma Makutsi. Il est vrai que je n'ai pas de temps à perdre avec les personnes récalcitrantes.

Le jour suivant, Mma Makutsi s'était vu proposer un créneau sur-le-champ, ou, du moins, après avoir délivré une sévère leçon sur le thème de la prise de rendez-vous et suggéré à la réceptionniste de s'inscrire sans délai à l'une des formations de gestion de secrétariat qu'organisait l'Institut de Secrétariat du Botswana. Elle-même – Mma Makutsi – se ferait un plaisir de lui faciliter les formalités et se proposait même d'écrire au maire pour appuyer la requête. La réceptionniste avait su reconnaître sa défaite et déposé les armes. Un rendez-vous avait été trouvé grâce à une annulation qu'elle venait justement d'enregistrer.

Avec l'employé de la Société du logement, Mma Ramotswe était sûre de ne pas rencontrer de difficultés de ce genre. Il lui avait déjà indiqué qu'il pensait savoir où trouver l'information qu'elle recherchait.

— Personne ne sait vraiment ce que nous avons dans les archives, lui dit-il. À part moi, bien sûr ! Moi, je connais l'emplacement de chaque document, Mma. Tout est là-dedans ! conclut-il en se tapotant le crâne. Il y a des gens qui ont besoin de tout consigner dans des registres, poursuivit-il. Mais vous savez ce qui se passe ensuite, Mma Ramotswe ? Je vais vous le dire, moi ! Vous connaissez les fourmis ? Nos féroces fourmis… vous voyez de quoi je parle ? Eh bien, elles adorent les registres, Mma. Elles ne connaissent pas de meilleure gourmandise ! Pour elles, c'est l'équivalent de notre crème glacée !

Il se mit à rire de son mot d'esprit.

— C'est vrai qu'ici il faut se méfier des fourmis, approuva Mma Ramotswe.

— Oh ! que oui ! Les fourmis nous surveillent, vous savez… Elles nous guettent jour et nuit. Il suffit que l'on baisse la garde pour qu'elles arrivent et alors… Alors, adieu le Botswana !

Ils étaient parvenus à l'extrémité du couloir et se trouvaient devant une porte marquée « Archives ».

— C'est là ! déclara l'employé. C'est là que nous allons trouver ce que vous cherchez, Mma !

Il introduisit la clé dans la serrure et ils débouchèrent dans une vaste pièce dont les murs étaient tapissés du sol au plafond d'étagères encombrées de boîtes à archives et de classeurs, mais aussi, çà et là, de soigneuses piles de documents reliés par de la ficelle.

— Et voilà, Mma ! Voilà la paperasserie ! Et vous savez ce que l'on dit de la paperasserie ?

— Qu'elle est synonyme de tracasseries ? hasarda Mma Ramotswe. En tout cas, qu'elle fait perdre beaucoup de temps !

— C'est ça, acquiesça l'employé avec un sourire. Mais il y a des gens qui la trouvent très utile… Alors dites-moi, Mma, quelle est l'adresse de la maison sur laquelle vous enquêtez ?

— Zebra Drive, parcelle 2408, répondit-elle.

Elle lui fournit également les dates qui l'intéressaient et il l'écouta avec attention. Puis il demanda :

— Pourriez-vous me chronométrer, Mma ?

Mma Ramotswe le dévisagea, surprise, avant de comprendre.

— Vous voulez que je chronomètre le temps que vous mettez à trouver ce que je vous demande ?

Il hocha la tête avec vivacité.

— C'est l'idée, Mma. On appelle ça une étude de temps et mouvements.

Elle baissa les yeux vers sa montre.

— Très bien, Rra, je vous chronomètre. Allez-y !

L'employé se dirigea d'un pas vif vers l'une des plus hautes étagères et s'empara directement d'une boîte à archives, qu'il ouvrit pour feuilleter à la hâte une liasse de documents dont il finit par sélectionner une feuille.

— Arrêtez le chrono, Mma ! cria-t-il.

— Cela fait quarante-cinq secondes, Rra.

Il revint vers elle, très fier.

— Vous avez là une liste de transactions qui concernent la parcelle 2408 de Zebra Drive. Cela démarre à la construction de la maison et ça s'arrête à sa vente, lorsque la Société a commencé à réduire son parc de logements. On y mentionne tous les locataires successifs. Tout est là, Mma, conclut-il. Toute l'histoire de ce lieu !

Elle étudia la feuille qu'il lui avait remise. C'était facile à interpréter et l'information qu'elle cherchait lui sauta vite aux yeux.

— Je vois qu'elle a été louée à l'hôpital, dit-elle en désignant la ligne en question.

L'employé regarda par-dessus son épaule.

— Oui, confirma-t-il. La Société a loué la maison à l'hôpital pendant douze ans. Et là, vous voyez, en bas, il y a la liste des sous-locataires que l'hôpital y a logés. Nous tenons toujours à savoir qui signe le contrat de sous-location.

Elle lut les noms inscrits et repéra celui qui l'intéressait. Rendant le document à l'employé, elle le remercia pour son obligeance.

— Je suis heureux d'avoir pu vous être utile, Mma Ramotswe, répondit-il. Cela fait partie du service.

— Votre aide m'a été particulièrement précieuse, insista-t-elle.

Il eut un haussement d'épaules modeste puis, après un silence, reprit la parole :

— Vous êtes détective privée, Mma, n'est-ce pas ? C'est vous qui dirigez l'agence qui est dans Tlokweng Road, à côté du garage…

— Oui, en effet.

Il la considéra d'un regard scrutateur.

— Pensez-vous pouvoir me rendre un service, Mma ?

Elle ne s'attendait pas à entendre cette question aussi vite, mais il lui était difficile de refuser. Elle espéra que la requête ne sortirait pas trop de l'ordinaire ; les gens lui demandaient parfois des choses très insolites.

Déjà, l'employé enchaînait en baissant la voix.

— C'est au sujet d'une jeune femme, Mma. Une jeune femme très jolie. Tellement jolie que beaucoup d'hommes pensent qu'elle ferait une bonne épouse.

— Et vous êtes de ceux-là, Rra ?

Il parut gêné.

— On peut le dire comme cela, oui…

— Eh bien, je vous souhaite de réussir ! s'exclama Mma Ramotswe. Pour ma part, je n'ai, hélas, pas le pouvoir de rendre une femme amoureuse d'un homme en particulier.

— Oh ! ce n'est pas ce que je vous demande, Mma. Je sais bien que ce n'est pas possible !

— Alors qu'aimeriez-vous que je fasse ?

Il hésita.

— Eh bien, cette femme a un petit ami, Mma. Un bon à rien. Dès qu'on le voit, on comprend que c'est un bon à rien.

— Je vois… Et évidemment, la jeune femme n'est pas de cet avis, n'est-ce pas ?

Il poussa un soupir.

— Je ne crois pas qu'elle se rende bien compte de ce qu'elle fait… Mais je suis sûr que, si l'on pouvait lui montrer quelques faits concrets concernant cet homme – des preuves que c'est un bon à rien –, elle verrait plus clair et se débarrasserait de lui.

Mma Ramotswe le considéra, déconcertée.

— Je suis désolée, Rra, mais je ne peux pas faire cela.

La réaction du jeune homme fut moins violente que prévu.

— Très bien, Mma, murmura-t-il en baissant la tête. Je me suis dit que je pouvais toujours poser la question…

— Je suis sûre que vous trouverez une autre jeune femme, Rra. Il y en a beaucoup de très bien, vous savez ! Des femmes qui seraient ravies d'épouser un beau garçon comme vous !

— Et est-ce que vous pourriez m'en trouver une, Mma ?

Elle fronça les sourcils.

— Vous n'avez pas de tantes qui fassent cela pour vous ?

Il secoua la tête.

— J'en avais deux, Mma, mais elles ne sont plus de ce monde, ni l'une ni l'autre. C'est pourquoi je vous le demande. À vous.

Ces mots sonnaient comme un appel venu du fond du cœur. Embarrassée, Mma Ramotswe s'apprêtait à répondre que l'Agence N° 1 des Dames Détectives n'était pas une agence matrimoniale, mais en observant l'homme qui lui faisait face, elle se radoucit.

— Je peux toujours essayer, dit-elle.

— Oh ! Mma, je n'en réclame pas davantage ! J'aimerais que vous me trouviez une gentille fille qui n'ait pas un caractère difficile ni des oncles cupides qui réclament trop de bétail pour la dot… Pourriez-vous tâcher de faire ça pour moi ?

— Oui, Rra. Cela prendra peut-être un peu de temps, mais je ferai mon possible.

— Vous avez droit à plus de quarante-cinq secondes, pas de problème ! répondit-il en riant.

Bon sens de l'humour, pensa-t-elle. On voyait parfois cela dans les petites annonces matrimoniales, ce devait être important. Soit, elle spécifierait ce détail si elle parlait de lui à des jeunes filles en quête de mariage. Cela, et aussi sa célérité lorsqu'il s'agissait de régler les problèmes. C'étaient là deux points très positifs qu'elle pourrait, en bonne conscience, porter à l'attention des jeunes femmes susceptibles de lui convenir. En espérant qu'elles existaient, bien sûr.

Mais il n'y avait pas de raison, la seule difficulté était de les localiser. Et, ma foi, une faveur en appelait une autre, ainsi fonctionnait le monde…

Mma Ramotswe se sentait d'excellente humeur lorsqu'elle franchit le seuil de l'agence. La confirmation que la maison recherchée se trouvait bien dans Zebra Drive – aussi incroyable que cela parût ! – représentait un immense progrès dans une enquête jusque-là assez vague et peu satisfaisante. Lorsqu'elle aurait parlé à Mma Rosie, elle pourrait offrir à Mma Susan ce qu'elle était venue chercher au Botswana. À supposer que cette dernière fût vraiment en quête de son passé… Mma Ramotswe commençait à éprouver certains doutes. Des doutes dont elle s'occuperait toutefois le moment venu. Pour l'heure, elle avait obtenu un bon résultat et pouvait s'en réjouir.

Par ailleurs, sa jambe avait recouvré son apparence normale. La possibilité que le venin ait pénétré dans son système circulatoire semblait donc écartée. Il s'en était fallu de peu et le dénouement de cet épisode aurait pu se révéler fort différent, mais tout allait bien maintenant et c'était une raison supplémentaire de se sentir reconnaissante. Les statistiques constituaient pour elle une discipline assez abstraite, mais il devait être possible, imaginait-elle, d'évaluer les probabilités pour une personne de marcher sur une vipère heurtante à un moment donné de son existence. Le fait que cela lui fût déjà arrivé signifiait certainement que les chances de recommencer étaient infinitésimales. Elle était donc plus en sécurité désormais qu'avant cette malheureuse rencontre nocturne, du moins l'espérait-elle. Peut-être pourrait-elle discuter de cette question de statistiques avec Mr. Polopetsi qui, en tant que chimiste, possédait à n'en pas douter des connaissances dans ce domaine.

En ce qui concernait ce dernier, bien sûr, les problèmes étaient loin d'être résolus, mais au moins, elle avait une idée du moyen de le sortir des difficultés qu'il s'était lui-même créées. L'heureux dénouement n'était pas garanti, mais elle essaierait et, si son plan fonctionnait, elle était à peu près sûre que Mr. Polopetsi ne se relancerait pas de sitôt dans des entreprises hasardeuses. Il faudrait se hâter de passer à l'action car, plus on attendrait, plus on compterait de victimes entraînées dans le système pyramidal mis en place par l'ami de Mr. Polopetsi. Elle disposait néanmoins de quelques jours pour effectuer les arrangements nécessaires, qui incluraient un tête-à-tête visant à convaincre Mr. Polopetsi d'accepter les risques encourus. Elle n'était guère pressée d'avoir cette conversation, mais n'avait pas le choix.

On se soucierait toutefois de Mr. Polopetsi plus tard. Dans l'immédiat, il fallait annoncer à Mma Makutsi et à Charlie que l'on n'avait plus besoin de chercher la maison de Susan. Celle-ci avait été localisée. Lorsqu'elle arriva à l'agence, elle les trouva tous les deux : Mma Makutsi assise à son poste, Charlie appuyé au meuble de classement, en train de guetter l'ébullition de l'eau.

Mma Makutsi l'accueillit avec un large sourire.

— Ah ! s'exclama-t-elle, vous voilà de retour ! Saine et sauve, après la terrible épreuve que vous avez traversée !

— Oh ! ce n'était pas si terrible que ça, Mma Makutsi ! assura Mma Ramotswe. Mais oui, me voilà de retour…

— Et il y a des nouvelles intéressantes ! lança Charlie en échangeant avec Mma Makutsi un regard de conspirateur.

— En effet, confirma Mma Ramotswe. Je reviens avec des nouvelles très intéressantes.

Le jeune homme parut dérouté.

— Euh… non, Mma… Je n'ai pas dit que *vous* rapportiez des nouvelles intéressantes. J'ai dit qu'*il y avait* des nouvelles intéressantes.

— Et même très intéressantes, renchérit Mma Makutsi. Nous avons reçu quelque chose par la poste. Charlie est allé ramasser le courrier cet après-midi.

Ce dernier désigna du menton la table de travail de Mma Ramotswe.

— C'est sur votre bureau, Mma. C'est une invitation.

Mma Ramotswe alla s'asseoir. Plusieurs lettres l'attendaient, déjà ouvertes, car Mma Makutsi dépouillait systématiquement tout le courrier. C'était, disait-elle, le b.a.-ba prôné par l'Institut de Secrétariat du Botswana.

— Quand une même personne ouvre toutes les lettres, expliquait-elle, cela réduit les risques de perte d'informations. C'est prouvé scientifiquement.

Mma Ramotswe saisit la première enveloppe de la pile et en reconnut sans peine l'expéditeur : la chambre de commerce de Gaborone. L'année précédente, elle avait appartenu pendant un temps à une commission de cet organisme et, depuis lors, elle recevait régulièrement des invitations à des conférences ou à des événements susceptibles de l'intéresser. Il devait s'agir, cette fois encore, d'une de ces réceptions qu'elle avait l'habitude de refuser poliment, parce qu'elles duraient trop longtemps et que l'on en ressortait toujours affamé.

— « Le président de la chambre de commerce de Gaborone a le grand plaisir de vous convier, avec la personne de votre choix, à la remise du prix de la Femme de l'année, attribué cette année à »…

Pleine d'appréhension, elle voulut suspendre sa lecture, mais le nom lui avait déjà sauté aux yeux. Elle poussa un soupir de soulagement.

— … « à Ms. Gloria Poeteng. »

Elle se tourna vers Mma Makutsi, dont le visage s'éclairait d'un sourire radieux.

— Ma foi, dit-elle, voilà une excellente nouvelle !

— Il s'en est fallu de peu, répondit Mma Makutsi. Les choses auraient pu basculer dans l'autre sens. À ce qu'il paraît, Violet Sephotho est allée partout et elle n'a pas cessé de demander aux gens de voter pour elle.

— Et ça n'a pas marché ! conclut Charlie. Je suis sûr qu'elle n'a pas eu une seule voix !

Mma Ramotswe était loin de partager cet avis.

— Oh ! je crois qu'elle a ses supporters, objecta-t-elle. Mais l'autre dame, cette Gloria Poeteng, a dû aller voir plus de gens qu'elle, tout simplement !

— Quoi qu'il en soit, Mma, nous devons y être, vous et moi ! décréta Mma Makutsi. Nous représenterons l'agence. Il faut accepter cette invitation.

Mma Ramotswe secoua la tête.

— Violet y sera, fit-elle remarquer. N'oubliez pas qu'elle arrive tout de même en deuxième position !

— Je le sais bien, Mma. Et c'est justement ce qui me donne très envie d'y aller. Ce sera un grand plaisir de la voir ne recevoir que le deuxième prix. Elle ne va pas aimer cela, vous savez…

L'idée d'aller se repaître de la déconfiture d'une tierce personne, même quand cette dernière s'appelait

Violet Sephotho, ne plaisait guère à Mma Ramotswe, mais Mma Makutsi n'en démordit pas.

— De toute façon, il est très important que l'agence soit représentée, insista-t-elle. C'est bon pour les affaires.

Mma Ramotswe jugea préférable de céder. Elle comprenait les sentiments de Mma Makutsi, à laquelle, des années durant, Violet Sephotho avait signifié son mépris. Depuis l'époque où elles usaient ensemble les bancs de l'Institut de Secrétariat du Botswana, cette femme n'avait manqué aucune occasion de se moquer d'elle et de la rabaisser et avait même tenté de détourner d'elle Phuti Radiphuti. Rien n'excusait une telle conduite et l'on ne pouvait reprocher à Mma Makutsi de souhaiter assister à sa défaite, voire d'y prendre un certain plaisir. Bien sûr, il ne fallait pas se réjouir du malheur d'autrui – l'évêque avait d'ailleurs consacré à ce thème son dernier sermon à la cathédrale anglicane et Mma Ramotswe était tombée d'accord avec lui. Elle avait oublié ses paroles exactes et eût été incapable de les rapporter à Mma Makutsi, mais elle se souvenait assez bien de l'idée générale.

— Très bien, c'est d'accord, Mma, décida-t-elle. Nous irons. Pouvez-vous envoyer la réponse… ou préférez-vous que je m'en occupe ?

— Je m'en charge, et avec grand plaisir ! répliqua Mma Makutsi en se levant pour venir chercher la feuille. Je vais le faire sans délai.

— Sans délai ! répéta Charlie. Ouah, ce sont des bons mots, ça ! Sans délai… « Pourriez-vous s'il vous plaît payer cette facture sans délai ? » « Sortez d'ici sans délai ! » « Je vous prie d'améliorer votre attitude sans délai ! »

Mma Makutsi lui décocha un regard menaçant. Leurs relations de travail s'étaient certes améliorées au-delà de toute espérance – progrès qu'elle attribuait au fait que Charlie commençait enfin à mûrir –, mais quelques points d'achoppement subsistaient encore. En particulier, elle n'appréciait pas de voir le jeune homme la singer, même s'il jurait toujours ses grands dieux que ce n'était pas du tout ce qu'il faisait.

Tel n'était cependant pas le problème qui préoccupait Mma Ramotswe pour l'heure. Non, elle songeait plutôt aux trésors de tact que, depuis quelque temps, il lui fallait déployer pour demander à Mma Makutsi d'accomplir telle ou telle tâche. Cette fois encore, elle avait hésité à la prier de répondre à l'invitation de la chambre de commerce. Comme elle brûlait d'envie de le faire, Mma Makutsi n'avait pas rechigné. La difficulté résidait plutôt dans les travaux routiniers qui impliquaient, sans ambiguïté, qu'une personne donne les ordres et qu'une deuxième les exécute. Avait-elle le droit de demander à Mma Makutsi de prendre une lettre sous sa dictée, par exemple ? À l'époque où celle-ci était la secrétaire de l'agence, tout était simple. Ensuite étaient arrivées les promotions : assistante détective d'abord, puis détective associée et, pour finir, codirectrice principale (était-ce bien cette dénomination ? Mma Ramotswe n'en aurait pas donné sa main à couper…). Or, pouvait-on dire à une codirectrice principale : « Prenez sous ma dictée, s'il vous plaît, Mma Makutsi » ?

Mma Ramotswe était sûre que non. Cependant, s'il ne fallait plus compter sur Mma Makutsi pour prendre les lettres ou les rapports en sténo, à qui s'adresser ? Charlie ? Le problème de Charlie était son orthographe catastrophique. Le garçon ne demandait pas mieux que de noter sous la dictée de Mma Ramotswe, mais cela lui réclamait un temps infini dans la mesure où, n'ayant bien sûr jamais appris la sténo, il inscrivait chaque mot avec une intense concentration et un froncement de sourcils qui suggéraient que le texte dicté lui posait un problème fondamental et terriblement épineux.

Ainsi, si Mma Makutsi était trop haut placée pour assurer le secrétariat de base et si Charlie, malgré toute sa bonne volonté, n'en avait pas les compétences, qu'allait-elle faire ? Rédiger elle-même son courrier ? Dans les entreprises, de nombreux cadres supérieurs le faisaient de nos jours : Mma Makutsi lui avait montré un article du magazine spécialisé auquel elle s'était abonnée, le *Bulletin du secrétariat*, où l'on expliquait que le rôle de la secrétaire s'était métamorphosé. Il s'agissait désormais d'un poste à responsabilités, de sorte que les personnes qui s'en remettaient autrefois à d'autres pour dactylographier leur courrier devaient dès lors se débrouiller seules.

— C'est l'avenir, avait assuré Mma Makutsi. C'est dans cette direction que l'on s'oriente, je l'avais prévu depuis longtemps, Mma. Ce n'est pas une nouveauté pour moi !

Bien sûr, la règle ne s'appliquait pas au classement. Celui-ci était, comme elle le répétait souvent, un art, qu'elle était à la fois désireuse et fière de pratiquer. Plus encore, il n'était pas donné à tout le monde de l'exercer : il convenait de posséder la bonne tournure d'esprit.

— Certains s'en croient capables, Mma, disait-elle, mais ils se trompent. Le classement n'est pas un travail mécanique. Il faut être apte à comprendre *pourquoi* telle lettre doit *nécessairement* se retrouver dans tel dossier !

Ce jour-là toutefois, la réponse à l'invitation avait été dactylographiée de bon cœur et Mma Makutsi la relisait avec application.

— Je signe pour nous deux, annonça-t-elle. Ça vous épargnera cette peine, Mma Ramotswe.

— Oh ! ce n'est pas une grande peine, Mma, protesta Mma Ramotswe.

La remarque passa inaperçue. La lettre fut pliée et glissée dans l'enveloppe.

Mma Ramotswe regarda par la fenêtre. Le ciel s'était assombri, ce qui laissait présager l'arrivée de la pluie, non pour le jour même, peut-être, mais pour très bientôt. La pluie, immense soulagement pour le pays tout entier, bénédiction que la terre, désespérément, appelait de ses vœux…

— Vous avez parlé de nouvelles intéressantes, Mma Ramotswe, se souvint soudain Charlie.

— Ah oui ! *Une* nouvelle intéressante…

Elle s'enfonça dans son siège.

— La maison de Mma Susan… commença-t-elle.

— Vous l'avez trouvée, Mma ? coupa Charlie avec un large sourire.

— Oui, Charlie, je sais laquelle c'est.

Le jeune homme applaudit avec enthousiasme.

— Bravo, Mma ! Franchement, je croyais qu'on n'y arriverait jamais. Avec toutes ces maisons…

Mma Ramotswe se tourna vers Mma Makutsi.

— Vous en êtes sûre, Mma ? s'enquit celle-ci, dubitative. Ces maisons se ressemblent toutes, vous savez !

— Sûre et certaine, Mma. Je suis allée vérifier aux archives de la Société du logement du Botswana. Tout y est. Et le nom du médecin figure sur le bail, Mma. Celui du père de Mma Susan.

— Eh ben voilà, c'est réglé ! s'exclama Charlie. Alors elle est où ?

— À l'endroit exact que nous a indiqué Mma Rosie. À côté de la mienne ! C'est une incroyable coïncidence, je sais, mais j'ai tout vérifié. C'est la maison de mes voisins.

Mma Makutsi se mit à jouer distraitement avec une feuille de papier posée sur son bureau.

— N'empêche que ça ne prouve rien pour ce qui est de cette femme, objecta-t-elle.

— Quelle femme ? s'enquit Charlie.

— Celle qui prétend être Rosie. Celle que nous avons emmenée dans la voiture. Celle dont le témoignage ne tient pas debout.

Mma Ramotswe poussa un profond soupir. Une polémique se profilait et, comme chaque fois, elle aurait recours à une certaine tactique : s'imaginer à la place de son contradicteur. Cette méthode, qu'elle tenait de son père, était simple et très souvent efficace. Obed Ramotswe la pratiquait lorsqu'il négociait la vente de bétail. *Quand on se met à la place de l'acheteur*, disait-il, *on repère tout de suite les défauts de l'animal que l'on cherche à vendre. Et, de cette façon, on est apte à répondre. Oui, c'est vrai, cette vache est un peu maigre, mais il faut dire qu'elle vient d'être mise en surpâturage et elle a donc besoin d'un peu de temps pour retrouver son poids de base. Et oui, ce taureau boite, mais il faut voir l'aspect positif : un taureau qui boite évite de trop bouger, ce qui fait qu'il garde toute l'énergie dont il a besoin pour accomplir sa véritable mission. Un tel taureau reste concentré sur sa tâche en permanence, et c'est vraiment une bonne chose, non ?*

À présent, assise à son bureau face à Mma Makutsi, qui était installée au sien à l'autre extrémité de la pièce, elle s'imaginait que c'était elle, là-bas, à l'autre table, derrière ces grosses lunettes rondes, avec toute une enfance passée dans les terres reculées de Bobonong et un diplôme de l'Institut de Secrétariat du Botswana, sans parler du fameux quatre-vingt-dix-sept sur cent. Que voyait-on lorsqu'on occupait une telle position, et avec quels yeux le voyait-on ? On voyait un bureau derrière lequel était assise Mma Precious Ramotswe, qui vous renvoyait votre regard. Mma Ramotswe, qui avait créé cette agence et en était toujours propriétaire, que tout le monde connaissait comme *la* détective privée de Gaborone, alors que personne ou presque ne savait qu'il existait aussi dans le métier une certaine Mma Makutsi qui avait traité avec un relatif succès de nombreuses affaires délicates, mais sans jamais en recevoir le crédit, une Mma Makutsi qui devait supporter Charlie et son impétuosité de jeune homme, répondre au téléphone et passer ensuite la communication à Mma Ramotswe, parce que nul ne demandait jamais à lui parler à elle. Voilà ce que l'on voyait…

Cette réflexion porta ses fruits.

— Mma Makutsi, déclara Mma Ramotswe, je comprends que vous ayez des doutes sur cette femme.

— Bien, répondit Mma Makutsi. Parce qu'elle est louche, et pas seulement dans mon imagination. Je n'invente rien.

Mma Ramotswe s'empressa de la rassurer.

— Jamais vous n'inventeriez, Mma ! Vous êtes toujours très méticuleuse avec les faits.

— Ça, c'est vrai, approuva Mma Makutsi. Je suis très méticuleuse avec les faits.

— Cependant, continua Mma Ramotswe. Cependant, comment… ?

Mma Makutsi la fixait et les verres de ses lunettes lancèrent un avertissement : un éclat de lumière venu de la fenêtre qu'ils répercutèrent à travers la pièce, tel un signal envoyé avec une loupe tendue face au soleil.

Le problème ne pouvait pas être éludé, aussi Mma Ramotswe persista-t-elle malgré tout.

— Comment aurait-elle pu nous désigner la bonne maison si c'était un imposteur ?

La question demeura suspendue dans l'air, aussi tangible que le malaise qu'elle créait.

Mma Makutsi aspira ses joues et, l'espace d'un instant, sans s'en rendre compte, Mma Ramotswe l'imita. C'était la conséquence de son exercice d'empathie. Lorsqu'on s'imaginait être Mma Makutsi, aspirer ses joues au moment où l'on rencontrait une difficulté semblait la réaction la plus naturelle.

— Elle a pu connaître la vraie Rosie, déclara enfin Mma Makutsi. Elle peut avoir été une amie de cette femme, ou même sa sœur. Dans ce cas, elle saurait beaucoup de choses sur la famille. Et elle saurait où elle vivait, parce que la vraie Rosie le lui aurait dit.

Mma Ramotswe réfléchit à cette idée. Mma Makutsi avait raison – jusqu'à un certain point –, mais on pouvait avoir raison tout en étant déraisonnable. Sa théorie était plausible, mais alors, n'importe quelle autre explication, aussi improbable fût-elle, devenait plausible elle aussi, et l'on ne pouvait pas passer sa vie à soupçonner tout le monde. Partir de ce postulat rendrait l'existence infernale. Penser *Vous n'êtes pas celui ou celle que vous prétendez être* chaque fois que l'on rencontrerait quelqu'un était impossible. Il faudrait demander à tous les individus croisés, au moment où on les croisait, des preuves de leur identité…

— Je pense que nous allons être obligées de lui faire confiance, Mma. Elle a parlé d'une sépulture de chien au fond du jardin, et la sépulture y est, vous savez…

— Il y a des chiens enterrés dans tous les jardins, riposta Mma Makutsi.

À la détermination qui perçait dans sa voix, Mma Ramotswe comprit que la partie n'était pas gagnée.

— Mais des sépultures, Mma, il n'y en a pas partout ! Ce n'est pas vrai ! Il est très inhabituel de poser des pierres là où l'on ensevelit les chiens ! On ne le fait jamais. On les recouvre de terre et c'est tout. Même s'ils ont été nos amis fidèles, on n'en garde pas vraiment de traces après leur mort.

— Ça, c'est parce qu'ils n'ont pas d'âme, Mma, affirma Mma Makutsi. Les chiens n'ont pas d'âme à l'intérieur, ce ne sont que des tas de viande.

Mma Ramotswe regarda par la fenêtre. Il faudrait nettoyer les vitres, la poussière s'y accrochait. Malgré tout, on distinguait bien la branche de l'acacia au-dehors : cette branche sur laquelle se posaient souvent les deux colombes. Celles-ci avaient-elles une âme ? Ces compagnes loyales… Ne pleuraient-elles pas quand leur partenaire mourait, et comment pouvait-on pleurer un être disparu si l'on n'avait pas d'âme ? Or, si les oiseaux avaient une âme, n'était-il pas plus probable encore que les chiens en eussent une ? Les chiens qui, s'ils étaient doués de parole, auraient tant de choses à nous dire sur le monde et ses odeurs…

— Je ne crois pas qu'un chien soit juste un tas de viande, déclara Mma Ramotswe.

— Eh bien, je suis désolée d'avoir à vous le dire, Mma, mais vous vous trompez.

Il était rare que l'on en arrivât là. Il était rare que l'on se retrouvât dans une telle impasse, et Mma Ramotswe n'avait pas l'intention d'y rester.

— Peut-être que nous avons tort toutes les deux, Mma, dit-elle avec douceur. Peut-être que vous avez un tout petit peu raison et que j'ai un tout petit peu raison moi aussi. Ou alors, peut-être que nous avons complètement tort toutes les deux et que la vérité est ailleurs…

Mma Makutsi parut considérer la question.

— C'est possible, dit-elle. Mais peu probable. Je pense que j'ai raison au sujet de cette femme, Mma. Toutefois, je ne vais pas insister. Faites comme si c'était la Mma Rosie authentique, mais vous risquez d'avoir une mauvaise surprise. C'est ce que je pense, mais rassurez-vous, je ne viendrai pas vous dire : « Je vous avais prévenue. » Non, je ne vous dirai pas cela, Mma.

Mma Ramotswe ferma les yeux. Cela aidait, estimait-elle, de fermer les yeux. Dans toute situation où l'on se retrouvait confronté à des choses que l'on n'aimait guère ou que l'on ne pouvait maîtriser, il fallait fermer les yeux. Cela fonctionnait toujours.

— C'est très gentil de votre part, Mma Makutsi, dit-elle en les rouvrant. Mais peut-être ferions-nous bien de boire un peu de thé… Parce que le thé est toujours bienvenu lorsqu'on a beaucoup réfléchi, comme nous venons de le faire.

Mma Makutsi sourit.

— Vous avez raison sur ce point, Mma, acquiesça-t-elle.

Même si vous restez persuadée que j'ai tort sur d'autres… songea Mma Ramotswe.

Elle ne pouvait le dire cependant et elle s'en abstint, sans doute parce que Mma Makutsi était parvenue à lui faire conclure qu'après tout elle se trompait peut-être…

Mma Makutsi quitta le bureau une heure plus tôt que de coutume ce jour-là, de sorte que Mma

Ramotswe eut tout le loisir d'appeler Susan afin de lui fixer rendez-vous. Pouvait-on se retrouver le lendemain, lui demanda-t-elle, au café de Riverwalk ? C'était un bon endroit pour discuter et elle avait des choses importantes à lui communiquer.

Avait-elle trouvé la maison ? Oui. Et Rosie ? Avait-elle retrouvé Rosie ? Il y eut un instant d'hésitation.

— Probablement. Oui, probablement.

Mais on en parlerait le lendemain matin.

— Oh, je suis si heureuse ! s'exclama Mma Susan.

Ces mots laissèrent Mma Ramotswe dubitative. Souvent les personnes qui affirmaient être heureuses ne l'étaient pas. Ou plutôt, elles pouvaient l'être au moment précis où elles le disaient, mais c'était tout. La joie était comme un rayon de soleil : on ne le remarquait que lorsqu'il y avait des nuages dans le ciel.

Au moment où elle reposait le combiné, un bruit se fit entendre derrière la porte, une sorte de raclement, suivi d'un choc. Elle se leva et traversa la pièce. Son intuition lui conseillait la prudence. Certes, même si l'après-midi touchait à sa fin, il faisait encore grand jour, certes, Mr. J. L. B. Matekoni travaillait au garage à côté, tout comme Fanwell, mais tout de même, il y avait ce bruit inquiétant…

Le chien de Fanwell, Zebra, leva la tête vers elle. Il était assis sur le seuil, sa langue pendant comme une grande main rose et mouillée. Il haletait.

— Ah, c'est toi !

Zebra la contemplait avec, dans les yeux, une confiance absolue.

— Est-ce que tu as une âme, Zebra ? lui demanda-t-elle.

Il y eut un mouvement et elle releva les yeux. Mr. J. L. B. Matekoni, qui venait de surgir du garage, la considérait, perplexe.

— Pourquoi demandes-tu à ce chien s'il a une âme ?

Mma Ramotswe poussa un soupir.

— Oh, c'est compliqué… Vois-tu… Eh bien, en fait, Mma Makutsi dit que les chiens ne sont rien d'autre qu'un tas de viande. C'est ce qu'elle prétend.

— Elle se trompe, rétorqua-t-il aussitôt.

— Je le crois aussi. Il me semble que les chiens pourraient avoir une âme.

Mr. J. L. B. Matekoni essuya le cambouis qui maculait ses mains.

— C'est comme les voitures, affirma-t-il. Les voitures ont une âme… Enfin, certaines. Pas les modernes. Les voitures modernes… ma foi, j'ai l'impression que les Japonais ne leur en mettent pas. Peut-être pour faire des économies.

Elle se mit à rire, puis une pensée lui vint.

— Mr. J. L. B. Matekoni, dit-elle, crois-tu que nos âmes grandissent avec l'âge ?

Cette fois, il prit le temps de réfléchir, mais lorsqu'il répondit, elle estima qu'il avait trouvé les mots parfaits.

— Nos âmes se dilatent, oui, elles s'étendent comme les branches d'un arbre, vers l'extérieur. De sorte que de plus en plus d'oiseaux viennent y faire leur nid. Et de plus en plus de chants retentissent.

Il s'interrompit, manifestement mal à l'aise tout à coup.

— Je dis n'importe quoi, Mma…

— Pas du tout.

Elle baissa les yeux sur Zebra. Sa langue pendait plus encore que d'ordinaire et ses yeux, étrangement, s'étaient agrandis. Elle ne put s'empêcher de sourire et eut l'impression qu'il lui rendait ce sourire, mais c'était juste la façon qu'avaient certains chiens de regarder, se reprit-elle : ils se réjouissaient du moindre fragment d'attention venu des humains et leur sourire n'était qu'un reflet de cette satisfaction.

Ainsi, Zebra avait retrouvé le chemin du garage, sans doute parce qu'il cherchait Fanwell. Elle pourrait bien sûr le ramener à Zebra Drive, mais cette solution serait-elle autre chose que provisoire ? Zebra était, dans un sens, un chien orphelin, et souvent, pour ces êtres-là, il n'y avait pas vraiment de lieu où vivre, ou alors… L'idée lui vint avec soudaineté, mais elle était d'une limpidité absolue. Bien sûr qu'il existait un endroit pour lui, c'était si évident !

CHAPITRE 12

N'oubliez pas d'oublier…

Quand Mma Ramotswe arriva au café de Riverwalk, Susan s'y trouvait déjà, installée sous l'un des larges parasols qui ombrageaient la terrasse, d'où elle contemplait les étals du marché.

— Je regrette de ne pas avoir besoin d'écharpes, lui dit-elle en la voyant approcher. Ces femmes en fabriquent de tellement belles…

— Et des hippopotames en bois, Mma ? Vous ne regrettez pas de ne pas avoir besoin d'hippopotames ou d'éléphants en bois ?

Susan se mit à rire.

— Peut-être ! Il y a tout de même des gens qui les achètent, n'est-ce pas ? Je viens de voir quelqu'un choisir un gros hippopotame avec des défenses sculptées dans de l'os…

Mma Ramotswe s'assit en face d'elle. La chaise, trop étroite comme l'étaient bien des chaises, n'était pas confortable. On rencontrait toujours ce problème dans les cafés : l'ameublement n'était pas conçu pour les personnes de constitution traditionnelle. Qu'était-on censé faire quand on était l'une d'elles ? Rester debout, tandis que les clients aux silhouettes modernes buvaient tranquillement leurs consommations, perchés sur ces petites chaises ou ces étroits tabourets ?

Elle contempla l'alignement d'animaux en bois sculpté qu'une commerçante pleine d'optimisme avait disposés au pied de son étal : lion après lion, girafe après girafe, chacun dans la même pose que son voisin.

— Il y a des gens qui aiment ce genre d'objets, Mma Susan, déclara-t-elle. Ça leur rappelle l'Afrique, j'imagine…

Susan acquiesça.

— Peut-être…

Elle laissa planer un silence, puis reprit :

— Pour ma part, je préfère les souvenirs qui ne se sculptent pas dans le bois.

Mma Ramotswe attendit de l'entendre préciser sa pensée.

— Le ciel, poursuivit Susan en levant les yeux. Et puis l'air… Cet air très particulier que vous avez ici. L'air du matin, avant la chaleur du jour. Et aussi l'odeur de la pluie, quand elle finit par arriver. C'est une odeur incomparable, Mma.

Mma Ramotswe l'approuva.

— Une odeur extraordinaire, en effet.

— Et ces choses-là ne s'enferment pas dans le bois, n'est-ce pas ?

Mma Ramotswe secoua la tête.

— Non.

— Elles ne se peignent pas non plus. Ne se dessinent pas. On ne peut même pas les photographier.

— Non, répéta Mma Ramotswe. On ne peut rien faire de tout cela.

La serveuse s'était approchée, mais elle hésitait à les interrompre. Mma Ramotswe se tourna vers elle et commanda un thé. Susan, elle, avait déjà son café devant elle.

— Vous dites que vous avez trouvé la maison, Mma Ramotswe ? lança-t-elle une fois la jeune fille repartie.

La détective le lui confirma et lui expliqua où elle se situait.

— C'est juste à côté de chez moi. Au début, je n'y ai pas cru, mais parfois, les choses que l'on cherche se trouvent là, juste sous notre nez !

Elle posa le doigt sous son nez pour illustrer son propos et une irrépressible envie d'éternuer la saisit aussitôt. Ce fut un éternuement puissant, vigoureux, une convulsion de toute la partie supérieure du corps, purificatrice par son intensité.

— Vous allez bien, Mma ? s'alarma Susan.

Mma Ramotswe s'essuya les yeux.

— Oui, oui, merci, Mma… J'ai éternué.

— Oui, je m'en suis rendu compte.

Déjà, la serveuse réapparaissait auprès des deux femmes, l'air affolé.

— Vous voulez de l'eau, Mma ? demanda-t-elle.

Mma Ramotswe secoua la tête.

— Non merci, Mma. Je vais attendre mon thé.

La jeune fille ne fit pas mine de s'en aller.

— Parce que c'était un sacré éternuement ! insista-t-elle. Peut-être qu'un peu d'eau…

— Ce n'est pas la peine, Mma, ça va, assura Mma Ramotswe. Merci.

— Mais c'est gratuit, Mma ! On ne fait pas payer les verres d'eau.

La détective échangea un coup d'œil avec Susan.

— Dans ce cas…

La serveuse était l'efficacité même.

— Je vous apporte un verre d'eau, Mma ! conclut-elle avant de s'éclipser.

Susan sourit.

— Ce genre de situation ne se voit nulle part ailleurs, vous savez, affirma-t-elle. Il y a des endroits où vous pouvez éternuer pendant des heures sans que personne se soucie de vous. Mais ici…

Mma Ramotswe se tamponna encore les yeux.

— Tout ça parce que j'ai touché mon nez ! Je crois que c'est ce geste qui m'a fait éternuer.

La serveuse revint avec le verre d'eau.

— C'est pour votre éternuement, rappela-t-elle en le posant sur la table. Il faut le boire, Mma, avant que ça recommence.

— Ça ne va pas recommencer, dit Mma Ramotswe. C'était juste… un éternuement isolé.

— Quand on éternue une fois, maintint la jeune fille, ça peut reprendre. Ma tante, ma tante qui est morte maintenant, elle a beaucoup éternué avant de mourir.

Mma Ramotswe but une gorgée d'eau, puis se tourna vers elle.

— Merci, Mma, dit-elle. C'était exactement ce dont j'avais besoin.

La serveuse hocha la tête et repartit, satisfaite.

— Ce dont j'ai vraiment envie, c'est de ce thé, soupira Mma Ramotswe. Mais nous n'allons pas continuer à parler de moi et de mes éternuements !

— *Un seul* éternuement, rectifia Susan. Je trouve que cette serveuse n'aurait pas dû vous effrayer comme cela avec l'histoire de sa tante.

Mma Ramotswe sourit.

— Elle ne m'a pas effrayée, Mma.

Avec un hochement de tête, Susan entra alors dans le vif du sujet.

— Mais cette maison… commença-t-elle. C'est vraiment la bonne ?

Mma Ramotswe n'en doutait pas et elle lui transmit sa conviction.

— C'est bel et bien la bonne, oui ! Je suis allée vérifier à la Société du logement du Botswana, elle est enregistrée dans les archives. Elle a été louée à l'administration de l'hôpital, qui l'a allouée à votre père. Elle se trouve dans Zebra Drive, alors je pense que…

Susan l'interrompit.

— Zebra Drive ?

— Oui. C'est là que j'habite moi-même. Une toute petite rue, avec peu de maisons. Je m'y suis installée quand je suis venue vivre à Gaborone et que j'ai ouvert mon agence.

Elle marqua un temps d'arrêt, observant son interlocutrice.

— Ce nom vous dit quelque chose, Mma ?

Susan fronça les sourcils, hésitante.

— J'ai l'impression de l'avoir déjà entendu, oui. Mes parents ont dû le citer devant moi, mais c'était il y a si longtemps… Ils adoraient le Botswana. Ils en parlaient souvent. Ils trouvaient que c'était un très bon pays.

— Mon regretté père l'aimait beaucoup lui aussi, acquiesça Mma Ramotswe.

Oui, ajouta-t-elle en elle-même. *Il l'aimait infiniment…*

Susan se retourna pour jeter un coup d'œil vers l'entrée du café.

— Ils prennent leur temps pour vous apporter ce thé, fit-elle remarquer.

— Ils doivent être débordés à l'intérieur.

— Ils ont dû nous oublier, plutôt.

Mma Ramotswe sourit.

— Peut-être que je devrais me remettre à éternuer. Cela ferait sortir la serveuse.

Une fois de plus, Susan reprit la conversation interrompue.

— Parlez-moi de Rosie, dit-elle. Vous l'avez retrouvée ?

Mma Ramotswe lui expliqua que la maison avait été identifiée par une femme qui affirmait être Rosie. D'autres indices incitaient en outre à croire qu'il s'agissait de la vraie Rosie.

— Dites-moi, avez-vous eu un chien quand vous étiez petite ? interrogea-t-elle ensuite.

Susan secoua la tête.

— Non.

— Vous en êtes sûre ?

La serveuse choisit cet instant pour apporter enfin le thé.

— Je ne vous avais pas oubliée, expliqua-t-elle, mais la bouilloire est en panne, vous comprenez, et l'eau met du temps à bouillir.

— Surtout quand on la regarde… ironisa Susan.

— L'essentiel, c'est que mon thé soit arrivé, se félicita Mma Ramotswe.

— Et maintenant, vous ne voulez pas manger quelque chose avec ? suggéra la serveuse.

— Non, répondit Mma Ramotswe. Nous sommes très bien, Mma, nous avons tout ce qu'il nous faut.

— Vous êtes sûre ?

— Oui, Mma, parfaitement sûre.

La jeune fille s'éloigna sans dissimuler sa contrariété.

— C'est une drôle de serveuse… commenta Mma Ramotswe.

Cette histoire de chien lui donnait à réfléchir. Rosie l'avait racontée avec beaucoup de naturel dans la voiture, lors de son accès de mauvaise humeur, et elle n'en était que plus crédible. D'autant que Mma Ramotswe avait vu les pierres disposées en rectangle au fond du jardin. Il pouvait s'agir de tout autre chose, bien sûr, mais elle avait considéré cette découverte comme une validation.

— Pourquoi me demandez-vous si j'avais un chien, Mma ?

Elle le lui expliqua et Susan l'écouta avec attention.

— Je ne me rappelle rien de tout cela ! soupira-t-elle quand Mma Ramotswe eut terminé. Pourrais-je voir cette femme pour qu'elle me donne des détails ?

— Oui. Je vais essayer de vous organiser une rencontre très vite.

Mma Ramotswe aspira une gorgée de thé. Il était froid. Elle consulta sa montre. Elle avait parlé de Susan à son voisin, qui avait accepté de les recevoir, et elle ne voulait pas le faire trop attendre.

— Nous devons y aller, Mma, annonça-t-elle. Ma fourgonnette est garée près d'ici. Nous pouvons aller voir… votre maison.

Susan posa sur elle un regard qu'elle trouva vaguement déconcertant. C'était comme si elle hésitait, et pourtant, n'était-ce pas pour revoir les lieux de son enfance qu'elle avait parcouru tout ce chemin depuis le Canada ? Il existait des gens qui ne souhaitaient pas trouver ce qu'ils cherchaient, elle avait déjà observé ce phénomène. C'était étrange, mais cela arrivait. Et pourquoi ? Peut-être parce que, au fond d'eux-mêmes, ce n'était pas vraiment cela qu'ils cherchaient…

Mma Ramotswe s'entendait assez bien avec Mr. Vain Kwele et son épouse, Daffodil, même s'ils n'avaient guère de contacts. Daffodil avait la particularité de ne manifester aucun enthousiasme pour l'entretien de sa maison et elle semblait dénuée d'amour-propre dans ce domaine. Elle passait le plus clair de son temps à feuilleter de vieux magazines assise sous la véranda, tandis que Vain, dont le lucratif magasin de spiritueux était tenu par un gérant aussi compétent que scrupuleux, consacrait le sien à des activités qui lui étaient propres, notamment à une collection de cartes géographiques. Ces dernières occupaient une pièce entière de la maison, où les multiples boîtes qui les contenaient s'empilaient sur des étagères de fortune. Mma Ramotswe n'y était entrée qu'une ou deux fois, brièvement, et elle avait surtout remarqué la poussière accumulée.

— Ça, c'est la faute du Kalahari, lui avait expliqué Vain. Que voulez-vous faire ? Nous vivons juste à côté ! La poussière vient de là…

Mma Ramotswe avait proposé de leur prêter son aspirateur, qui était très puissant, mais elle avait essuyé un refus poli.

— C'est très gentil à vous, Mma, mais aspirateurs et cartes géographiques ne font pas bon ménage. Vous imaginez si le vôtre m'aspire une carte ? S'il l'avale complètement ? Qu'est-ce que je ferai, moi, hein ?

On eût dit qu'il craignait que des régions voire des pays entiers ne fussent perdus de cette façon : d'immenses étendues de territoire ainsi siphonnées, effacées de la vue et de la mémoire…

— Je n'insiste pas, Rra. Je cherchais juste à vous rendre service.

— Vous êtes très aimable, Mma.

Évidemment, elle savait qu'il faudrait bien plus qu'un aspirateur pour mettre cette maison en ordre. Rien ne pourrait survenir sans un changement radical dans le comportement de Daffodil. Toutefois, Mma Ramotswe n'avait pas son mot à dire à ce sujet et elle s'était résignée : la propriété mitoyenne à la sienne irait indéfiniment à vau-l'eau…

Elle gara la fourgonnette devant la grille et s'engagea avec Susan dans l'allée nue et poussiéreuse qui menait à la véranda des Kwele. Vain les attendait. Il accueillit la visiteuse avec une effusion de courtoisie et indiqua que son épouse était sortie, mais qu'il lui raconterait tout quand elle rentrerait. Il demanda à Susan où elle habitait désormais et exprima le souhait d'aller un jour à Toronto, dont il avait beaucoup entendu parler.

— D'ailleurs, je possède plusieurs cartes du Canada, ajouta-t-il.

— Dans ce cas, vous saurez comment venir le jour où vous déciderez de nous rendre visite, répondit-elle en souriant.

— Le problème, c'est qu'elles doivent être périmées, objecta-t-il. On ne doit jamais s'en remettre à des cartes anciennes pour naviguer. On risquerait de trouver un barrage ou, pire, un grand trou à l'endroit précis où on avait prévu d'aller. Si je viens, il me faudra acheter une nouvelle carte.

Il introduisit les deux femmes dans le salon, les invita à s'asseoir et s'adressa encore à Susan.

— Mma Ramotswe m'a parlé de votre démarche. Et c'est un bon début, vous avez déjà retrouvé la maison où vous avez vécu. Après toutes ces années, c'est quelque chose, non ?

Mma Ramotswe se contentait d'observer. Quelqu'un lui avait dit – n'était-ce pas Mma Makutsi ? – que l'on devait regarder où allaient les yeux des gens. Quand on suivait le regard d'une personne en prêtant attention aux points où il se posait, on apprenait beaucoup. Là, assise dans le salon des Kwele, la détective vit le regard de Susan glisser sur la pièce sans s'attarder nulle part puis s'immobiliser sur la porte donnant sur l'arrière de la maison. Sa cliente ne semblait donc pas s'intéresser au salon, qui aurait pourtant dû faire remonter les souvenirs plus que le reste. N'était-ce pas la pièce où l'on passait le plus de temps ?

— Je peux vous faire visiter, si vous voulez, reprit Vain. J'imagine que c'est très différent de l'époque où vous y étiez, mais les murs sont tout de même restés à la même place.

— Ce serait gentil à vous, acquiesça Susan.

De nouveau, après s'être poliment posés sur son interlocuteur, ses yeux glissèrent vers la porte du fond.

— Alors commençons ! lança Vain en se levant. Enfin, si vous êtes prête, Mma !

Les deux femmes l'imitèrent.

— La cuisine est par là, reprit-il. Je pense que c'est aussi là qu'elle se trouvait à votre époque. Les cuisines ne bougent pas, me semble-t-il... Vous êtes d'accord avec moi, Mma ?

— On ne serait pas très content si l'on voyait sa cuisine partir en promenade ! plaisanta Mma Ramotswe.

Vain se mit à rire.

— C'est sûr ! On se demanderait : « Mais où est-elle encore allée aujourd'hui ? Comment vais-je faire pour préparer le repas si elle se sauve sans arrêt, moi ? »

Susan ne rit pas. Ce fut à peine si elle esquissa un sourire.

— Voilà, enchaîna Vain. C'est la cuisine.

Mma Ramotswe ne put s'empêcher de remarquer la saleté du sol. C'était Daffodil, bien sûr. Aucune Motswana qui se respectait n'aurait laissé sa cuisine dans un tel état. Mma Ramotswe ne savait rien du passé de cette femme, sinon qu'elle venait de la région de Lobatse. Peut-être était-ce cela : peut-être n'était-on pas aussi à cheval sur la propreté dans le Sud. À moins que Daffodil ne fût née dans une maison négligée, avec une mère qui ne jouait pas bien son rôle de mère. Une bonne mère apprenait à ses filles à garder la cuisine propre, et une *très* bonne mère essayait également d'inculquer cela à ses fils, de nos jours, car il n'était pas juste que les femmes assument l'ensemble des tâches domestiques ; les hommes devaient commencer à y prendre leur part. Peut-être les choses évolueraient-elles bientôt dans ce sens. Peut-être l'Afrique comprendrait-elle enfin l'injustice qu'il y avait à ce qu'une moitié de l'humanité accomplît toutes les corvées dans les maisons. Peut-être les hommes cesseraient-ils de prendre de grands airs et de palabrer en attendant que les femmes leur préparent à manger… Ou peut-être que non. En regardant Charlie, par exemple, on pouvait nourrir des doutes : l'autre jour encore, celui-ci leur avait confié qu'il comptait bien se marier un jour, parce que c'était agréable d'avoir une femme qui s'occupait de tout pour son mari. Évidemment, Mma Makutsi avait explosé, mais il s'était montré sincèrement surpris quand elle l'avait réprimandé. Oui, parler de changement était prématuré…

Susan se posta au milieu de la cuisine et regarda par la fenêtre qui donnait sur le jardin arrière.

— Dans ces maisons-là, les cuisines sont toutes faites sur le même mode, poursuivit Vain. La Société du logement reproduisait les mêmes plans d'un bout à l'autre du pays, mais c'est assez bien conçu, je trouve. Une place pour le réfrigérateur, une pour la cuisinière, trois placards de rangement, un espace pour la table…

Il se tut et jeta un coup d'œil à Mma Ramotswe. Lui aussi avait remarqué le regard de Susan.

— Vous vous rappelez le jardin, Mma ? s'enquit-il. Devant la fenêtre, là, il y avait des cordes à linge, mais ma femme a préféré les déplacer sur le côté, là où il y a de l'herbe. Comme ça, le linge ne se salit pas trop quand il tombe.

Susan sortit soudain de son mutisme.

— Il y avait la maison des domestiques de ce côté-ci, non ? Une sorte de petit bloc…

Vain hocha la tête. C'était un classique, et ça le restait : à l'arrière d'une maison de cette taille, on trouvait toujours une construction de dimensions réduites – deux pièces et un cabinet de toilette – où logeaient les employés, bonne ou jardinier, selon les arrangements domestiques de la famille. Car avoir quelqu'un à son service n'était ni un signe extérieur de richesse ni un privilège : même les foyers les plus modestes avaient une femme de ménage. C'était là un moyen important de procurer du travail à des personnes qui ne pourraient gagner leur vie autrement.

— Nous l'avons fait démolir, répondit Vain. Ma femme ne veut pas de bonne à la maison. Elle n'a pas envie de l'avoir toujours dans les jambes et elle dit qu'en plus ces gens-là ont tendance à voler. Mon épouse a très peur des voleurs.

— Vous savez, beaucoup de femmes de ménage sont honnêtes à cent pour cent, protesta Mma Ramotswe. J'en ai une moi-même. Mma Makutsi en a une. Il y en a beaucoup.

Vain lui décocha un regard chargé de reproche.

— Je n'ai pas dit qu'elles étaient toutes malhonnêtes, Mma. Je n'ai pas dit ça. J'ai juste dit qu'il y en a qui le sont. C'est tout.

— Je suis désolée, Rra, s'excusa Mma Ramotswe. Ce n'était pas un reproche.

— Pourquoi l'avez-vous détruite ? interrogea Susan d'une voix tendue.

— Il aurait fallu remplacer le toit, expliqua Vain. Cela nous aurait coûté plus cher que de la faire démolir.

Susan se dirigea vers la porte.

— Pouvez-vous me montrer où elle était exactement ?

Vain parut déconcerté, mais il acquiesça.

— Il y a pas mal de broussailles, prévint-il. C'est exprès. Nous ne voulons pas que les gens aillent croire que nous roulons sur l'or sous prétexte que notre jardin est joliment entretenu. Quand ils voient que vous avez de quoi arranger votre jardin, ils viennent frapper à votre porte pour vous réclamer de l'argent.

— Mais cela attire les serpents, fit remarquer Mma Ramotswe. Quand on laisse pousser les mauvaises herbes, ils viennent s'y installer. Ils adorent les jardins qui n'ont pas un très bel aspect… Je n'ai pas dit que c'était le cas du vôtre, Rra, non, je n'ai pas dit ça…

Vain fronça les sourcils.

— Il n'y a pas de serpents dans mon jardin, Mma Ramotswe, affirma-t-il. Celui sur lequel vous avez marché l'autre nuit ne vivait pas ici, il était de passage. Il arrive que des serpents traversent notre jardin.

Ils sortirent et, suivant un petit chemin rendu presque invisible par des années d'abandon, atteignirent une zone où le sol était plat. Là, certains signes indiquaient qu'il y avait eu une construction, vestiges du béton qui en constituait jadis les fondations, en partie recouvert de terre, mais qui apparaissait çà et là pour former un rectangle bien régulier.

On voyait aussi des parpaings brisés, de ceux que l'on utilisait dans les bâtiments bon marché et qui s'effritaient sous le passage du temps. Par endroits reposaient les fragments d'un toit en tôle ondulée que l'on avait dû découper pour fabriquer un poulailler ou autre. Enfin on reconnaissait la structure d'une termitière, édifiée pour tirer parti des morceaux de bois que la démolition avait éparpillés, mais abandonnée depuis un bon moment par les fourmis parties créer ailleurs une nouvelle cité miniature.

Mma Ramotswe remarqua tout de suite l'intérêt que ce lieu suscitait chez Susan. Elle observa l'expression de sa cliente, qui considéra un moment l'endroit où s'était élevée la petite maison, puis détourna les yeux. Dans son expression, Mma Ramotswe lut alors de la douleur.

— Ça va, Mma ? s'enquit-elle.

La question parut tirer Susan de ses pensées. Elle se tourna vers Mma Ramotswe et lui sourit.

— Bien sûr, Mma ! Je réfléchissais, c'est tout...

Alors, promenant le regard autour d'elle, elle désigna l'angle mitoyen au jardin de Mma Ramotswe.

— Nous, nous avions des poules, vous savez. Elles étaient là. On les avait reléguées dans cette partie-là parce qu'il y avait un coq qui réveillait tous les matins ma mère avec ses...

— Ses fanfaronnades ! coupa Vain. Ces bêtes-là font un bruit fou, pas vrai ? *Coq coq coq*...

Mma Ramotswe le dévisagea, amusée. Ce n'était pas ainsi que l'on avait l'habitude d'imiter le chant du coq.

— Un coq qui ferait ce bruit-là ne serait pas en très bonne santé, ironisa-t-elle.

Vain prit la moquerie avec bonne humeur.

— Vous devez avoir raison, Mma. Je ne suis pas très doué pour les cris d'animaux.

— *Cocorico*, ça vous dit quelque chose ? Quant à la femme du coq, elle fait *cot cot codec…*

À l'instant où elle se tut, Mma Ramotswe remarqua que Susan s'était détournée. Elle la vit tirer un mouchoir de son sac et s'essuyer les yeux d'un geste furtif. Elle regretta alors son échange trop léger avec Vain. Ce n'était pas le moment de discuter du langage des volailles.

Elle posa la main sur l'épaule de Susan. Elle se souvenait du récit de cette dernière au sujet de ses parents : une mère décédée, un père dans une maison, privé de sa mémoire, tout son passé effacé.

— Je comprends, Mma, souffla-t-elle.

Susan se retourna à demi et, sans la regarder, toucha la main sur son épaule, comme pour signifier qu'elle appréciait sa sollicitude.

— C'était il y a si longtemps ! dit-elle à mi-voix. Tout a l'air différent, maintenant.

— C'est comme ça ! répondit Mma Ramotswe. Nous aimerions que tout reste identique, mais les choses changent. Les êtres humains transforment le monde…

Elle songea à Mochudi. Souvent elle parcourait le court trajet qui la séparait de son enfance. Comme elle revoyait régulièrement le village où elle avait grandi, les légères transformations qui survenaient ne la surprenaient pas ; une nouvelle route, un immeuble neuf, la couleur d'un mur qui changeait… On acceptait ces choses parce qu'elles faisaient partie du vieillissement naturel de l'environnement, mais ensuite, il suffisait de regarder une vieille photographie des lieux tels qu'on les avait connus jadis pour se rappeler que le monde nous glissait entre les doigts. Lentement, il nous glissait entre les doigts…

Ils repartirent vers la maison. Vain parlait d'une personne qui avait habité en face, de l'autre côté de la rue, mais Mma Ramotswe ne l'écoutait pas. Elle réfléchissait à la futilité de la quête de Susan. Pourquoi dépenser tant d'argent – le voyage depuis le Canada avait dû lui coûter très cher – pour s'arrêter au fond d'un jardin laissé à l'abandon et se souvenir d'un poulailler et d'une maison de domestiques ? C'était une envie d'enfant gâté, dans un monde où l'on aurait pu faire un bien meilleur usage de cet argent.

Elle se reprit. Elle n'avait pas à juger les motivations qui poussaient ses clients à s'adresser à elle. Si elle commençait à le faire, elle risquait de perdre l'envie de mener ses enquêtes et, dès lors, l'Agence N° 1 des Dames Détectives n'aurait plus qu'à fermer boutique. Si elle devait assumer la responsabilité de l'usage que faisait chaque épouse soupçonneuse des informations qu'elle lui livrait sur la vie secrète de son mari, par exemple, elle se verrait obligée de refuser trop d'affaires. Elle savait fort bien qu'elle n'avait pas le pouvoir de sauver les couples, et que Mma Makutsi et elle-même ne faisaient que fournir à leurs clientes des munitions à utiliser dans leurs disputes, voire leurs épreuves de force. Elle devait vivre avec cela. Les gens avaient le droit d'être informés de la mauvaise conduite des autres, ils avaient le droit de savoir si on les trahissait, si on les trompait, bref, si on les négligeait d'une manière ou d'une autre. Certains souhaitaient une vengeance – à laquelle Mma Ramotswe ne serait jamais favorable – tandis que d'autres demandaient à recouvrer leur liberté, et d'autres encore à connaître au moins leur situation exacte. Ils en avaient le droit, tout comme nul ne pouvait empêcher Mma Susan de se lancer dans ce curieux voyage nostalgique pour découvrir des choses qu'elle avait eues et n'avait plus. La façon dont les gens dépensaient leur argent, songeait Mma Ramotswe, ne la concernait en rien. Bien sûr, nous avions envie qu'ils le fissent judicieusement, mais lorsque tel n'était pas le cas, nous n'avions pas à leur faire la leçon.

Vain leur servit du thé sous la véranda.

— C'est une très bonne idée de revenir en arrière, affirma-t-il en passant une tasse à Susan. Moi-même, figurez-vous, je suis allé revoir mon école primaire. Et vous savez quel effet cela fait, n'est-ce pas ?

Il regarda Mma Ramotswe, comme pour guetter une confirmation.

— On trouve cela très petit, acquiesça-t-elle. Tout paraît avoir rétréci.

Il hocha la tête avec vigueur.

— Exactement ! Tout est plus petit !

Il avala une gorgée de son thé.

— Et pourquoi, à votre avis, Mma Ramotswe ?

— Parce que nous-mêmes, nous étions petits à l'époque, répondit-elle.

Elle réfléchit. Oui, nous étions petits, de sorte qu'autour de nous tout semblait immense. Maintenant, nous avions grandi et les choses avaient rétréci. Mais était-ce vraiment ainsi que le phénomène fonctionnait ?

Vain demeura un instant songeur.

— Probablement, approuva-t-il. Enfin, c'est possible, devrait-on plutôt dire.

Il marqua un nouveau temps d'arrêt, avant de reprendre :

— À votre avis, est-ce que, pour une petite personne, le monde paraît plus grand que pour nous ?

Je ne parle pas des enfants, je parle de ces gens qui n'ont jamais grandi parce qu'ils étaient faits pour rester petits. Il y a un homme comme ça dans les compétitions de danses de salon : sa partenaire est très, très grande et elle doit se pencher en avant pour le tenir. Les gens adorent…

— Les gens sont parfois cruels, commenta Mma Ramotswe.

— Oh non, ils ne sont pas cruels ! protesta Vain. Ça les fait rire, c'est tout.

— Mais lui, il ne voit peut-être pas les choses de cette façon, Rra.

Vain haussa les épaules.

— Peut-être même qu'il ne les voit pas du tout, Mma. D'en bas, il ne doit pas voir grand-chose, à mon avis.

— Je ne pense pas qu'il voie le monde autrement que nous, estima Mma Ramotswe. À mon avis, nous voyons tous le monde de la même façon, une fois que nous avons cessé d'être des enfants.

Elle se demanda soudain si elle-même, en tant que personne de constitution traditionnelle, voyait le monde autrement qu'une personne maigre. Elle n'en était pas convaincue.

Elle jeta un coup d'œil à Susan.

— Alors, êtes-vous contente d'avoir pu revoir cette maison ? lui demanda-t-elle.

C'était une question directe et elle regretta de l'avoir posée en présence d'une tierce personne, mais il fallait détourner la conversation des réflexions décousues de Vain.

Susan assura que oui.

— C'était très intéressant pour moi, ajouta-t-elle. Cela m'a aidée à me rappeler.

— Seulement, lança Vain avec brusquerie, pensez à oublier ! Oui, n'oubliez pas d'oublier !

Mma Ramotswe fronça les sourcils.

— Mma Susan est venue au Botswana pour se souvenir, objecta-t-elle. Pas pour oublier.

— Je disais ça comme ça, marmonna Vain. Parfois, on a autant besoin d'oublier que de se souvenir.

Mma Ramotswe contempla sa tasse. Le thé était tiède. Vain faisait-il partie de ces hommes qui ne savaient même pas porter de l'eau à ébullition ? Ces hommes-là existaient. On en rencontrait de moins en moins, mais ils existaient.

Ce fut à cet instant que l'idée surgit dans son esprit, comme cela arrivait souvent lorsqu'elle enquêtait sur une affaire : un soudain éclair de lucidité. C'était pour surmonter son chagrin d'amour que Susan était venue au Botswana. Cela semblait si clair, tout à coup ! Elle avait fait ce voyage parce qu'elle était malheureuse et que l'on éprouvait le besoin de fuir quand on était malheureux, tant rester au même endroit se révélait douloureux. Il ne s'agissait pas de retrouver son enfance ni de revoir le Botswana. Il s'agissait d'amour et de blessures qui se refusaient à cicatriser, qui ne cicatriseraient peut-être jamais, ces blessures que l'amour infligeait parfois. Ainsi, lorsque Vain – sans s'en rendre compte, assurément – lui avait parlé de la nécessité d'oublier, il lui avait donné l'exact conseil dont elle avait besoin. Elle-même allait devoir l'expliciter pour Susan, avec délicatesse, bien sûr, et au bon moment, c'est-à-dire certainement pas en cet instant.

CHAPITRE 13

Ces gens-là sont très malins

Mma Ramotswe aimait dresser des listes et, comme toutes les personnes dans ce cas, elle tendait à les considérer d'un œil optimiste. Ainsi, celles des choses réglées – enquêtes résolues, etc. – en incluaient parfois qui ne l'étaient pas tout à fait, et celles des tâches à accomplir avant midi en comprenaient certaines qui ne seraient sans doute pas terminées avant quatre heures de l'après-midi, voire le lendemain midi. Elle n'était pourtant pas femme à s'illusionner… ou peut-être que si, mais comment voulez-vous vous frayer un chemin à travers les complexités de l'existence sans vous autoriser à le faire de temps en temps, ici et là ?

Mma Ramotswe notait ses listes sur de petits morceaux de papier, qu'elle fixait ensuite au tableau blanc de la cuisine de Zebra Drive. Ce tableau, sur lequel Puso dessinait des avions et des voitures, accueillait aussi les autres listes de la famille, l'idée étant que chacun le consulte le matin pour savoir ce qui l'attendait ce jour-là. Il pouvait y avoir un mot signalant à Mr. J. L. B. Matekoni qu'il devait téléphoner à la compagnie d'assurances, l'Aigle du Botswana, pour renouveler la police de la maison, un autre rappelant à Motholeli d'emporter dix pula à l'école pour payer le nouveau manuel de mathématiques, un troisième indiquant à Puso qu'il fallait mettre les chaussettes de football au linge sale. Parfois, les listes destinées à Mma Ramotswe elle-même se composaient des produits qui menaçaient de manquer à la maison (de la lessive, du beurre, ou encore la sauce *peri-peri* du Mozambique, très épicée, dont Mr. J. L. B. Matekoni aimait assaisonner son poulet…) ou de personnes auxquelles il fallait téléphoner (la tante de Mahalapye, la cousine de Maun de Mr. J. L. B. Matekoni – celle qui devait se faire opérer de la cataracte –, Mma Potokwane, pour convenir d'un thé ensemble si elle venait en ville…). Les listes, estimait Mma Ramotswe, reflétaient l'histoire de nos vies : elles donnaient une image de l'individu que nous étions à travers les choses que nous accomplissions chaque jour.

Celle qu'elle dressa ce matin-là sur une petite feuille de papier, assise sous la véranda où elle buvait son premier thé de la journée, concernait les missions qui l'attendaient. Elle débutait par un nom, *Polopetsi*, mot unique qui traînait derrière lui tout un continent d'angoisse. La ligne suivante, *Parler à Mma Rosie pour lui faire rencontrer Mma Susan*, correspondait à une tâche plus simple, qui serait réglée en un rien de temps. Enfin venait le *Mma Potokwane / Zebra*, qui s'annonçait plus problématique.

Elle relut les trois lignes et entreprit d'en modifier l'ordre. Cela aidait, considérait-elle, de placer les affaires les plus délicates en tête de liste afin de s'en débarrasser plus vite. On commencerait donc par *Polopetsi* pour terminer avec *Mma Rosie*, même si, à bien y réfléchir, l'entretien avec cette dernière ne serait pas très agréable. Mma Rosie n'avait pas apprécié l'attitude de Mma Makutsi vis-à-vis d'elle et elle s'en souviendrait, même si Mma Ramotswe avait le sentiment que ses propres rapports avec elle n'avaient pas été discourtois.

Non, décidément, aucune de ces tâches ne serait de tout repos…

Elle avait prié Mr. Polopetsi de se présenter à l'agence à la première heure ce jour-là et, lorsqu'elle arriva, il l'attendait déjà. Il portait la même veste qu'à l'hôtel *Président* et arborait la cravate à motif d'aigle que Mma Ramotswe lui avait offerte. En le voyant, elle lui trouva encore cet aspect flétri qui en disait long sur son état d'anxiété. Elle l'avait prévenu que la solution qu'elle proposait se révélerait douloureuse et le message n'était pas tombé dans l'oreille d'un sourd.

— Qu'allez-vous faire, Mma ? interrogea-t-il d'une voix sourde tandis qu'elle glissait la clé dans la serrure de la porte de l'agence.

— Mettre la bouilloire en marche, Rra, répondit-elle. Cette journée doit commencer par une tasse de thé !

— Mais ensuite, Mma ? Qu'allez-vous faire ensuite ?

Elle poussa la porte et lui fit signe de la suivre à l'intérieur.

— Je vais aller voir la police, Rra. Et vous viendrez avec moi. J'ai déjà pris rendez-vous.

Mr. Polopetsi poussa un gémissement.

— Oh, Mma, je n'ai rien volé… Jamais je ne volerais quoi que ce soit ! Vous me connaissez, je suis honnête, Mma ! Vous le savez, que je suis honnête !

Elle s'efforça de le rassurer.

— Bien sûr que je le sais, Mr. Polopetsi ! Et c'est justement pour cela que je vais faire ce que j'ai prévu. Si vous étiez malhonnête, croyez-vous que je me donnerais toute cette peine pour vous ? Non, poursuivit-elle, répondant à sa propre question. Mais comme vous êtes quelqu'un de bien, je vais me mettre en quatre pour vous aider, Rra. En quatre !

Mr. Polopetsi baissa les yeux.

— Oh, Mma, je ne vous mérite pas ! murmura-t-il. Je ne mérite pas d'avoir une amie aussi dévouée… Vous êtes comme Jésus-Christ en personne !

Elle ne put dissimuler son étonnement à ces mots.

— Non, je ne crois pas, Rra. Vous êtes gentil, mais jamais je ne…

— D'accord, peut-être pas comme Jésus-Christ… Alors comme sa sœur, Mma.

Elle fronça les sourcils.

— Il n'avait pas de sœur, Rra. Personne n'a jamais parlé d'une sœur.

— Peut-être qu'ils ont préféré ne pas la mentionner, suggéra Mr. Polopetsi. Ou peut-être qu'elle-même ne voulait pas de publicité.

Elle haussa un sourcil. Mr. Polopetsi disait parfois des choses étranges, tout comme Mma Makutsi, d'ailleurs et, quand on y pensait, Fanwell et Charlie. En fait, tout le monde, semblait-il, pouvait dire des choses étranges.

— Bon, laissons ce sujet de côté, voulez-vous ? reprit-elle avec vivacité. La police ne vous arrêtera pas…

Elle s'interrompit avant de prononcer le mot *encore*.

— Nous allons lui apporter notre aide, voyez-vous, et, en échange, je demanderai que l'on se montre clément envers vous.

Mr. Polopetsi parut dubitatif.

— Je ne vois pas comment je pourrais aider la police, Mma, bougonna-t-il. Je ne vois vraiment pas !

Elle le lui expliqua et il l'écouta avec gravité.

— Et vous croyez que ça va marcher, Mma ?

Elle fit de son mieux pour paraître confiante.

— Je l'espère, Rra, répondit-elle, avant de le fixer avec intensité. De combien d'argent disposez-vous, Mr. Polopetsi ? De combien au total ? En économies, en bétail… Possédez-vous du bétail ?

Il grimaça.

— J'ai cinquante bêtes à moi, Mma, indiqua-t-il. Elles appartenaient à ma femme, mais elle m'en a fait cadeau.

Mma Ramotswe ne put réprimer une exclamation.

— Cinquante bêtes, Rra ! Mais c'est un très beau troupeau ! Et elles se portent bien ?

Il hocha la tête et désigna la fenêtre d'un mouvement du menton.

— Elles paissent au bord du Limpopo, là-bas. Il y a encore de l'eau là où elles sont.

Elle sortit la calculatrice qu'elle conservait dans son premier tiroir et pianota quelques chiffres.

— Dans ce cas, vous allez pouvoir rembourser tout le monde, conclut-elle en relevant la tête. Vous avez de quoi rendre à toutes les personnes que vous avez recrutées pour le Club du bétail bien gras l'argent qu'elles vous ont confié.

La bouche de Mr. Polopetsi s'ouvrit en silence et il parut rétrécir encore davantage pour presque disparaître dans sa veste. Bientôt on ne verrait plus que celle-ci et l'on ne détecterait une présence à l'intérieur qu'au moment où elle commencerait à se mouvoir, comme par miracle.

— Je suis vraiment désolée, Rra, ajouta Mma Ramotswe. Mais c'est le seul moyen…

Elle se tut. Elle savait ce qu'il éprouvait, bien sûr. La douleur de devoir vendre ses bêtes, tous les Batswanas la comprenaient d'instinct. C'était un peu comme vendre son enfant : pas tout à fait aussi grave, mais presque.

Tous deux burent leur thé sans rien dire. Puis Mma Ramotswe poussa un soupir, se leva et annonça qu'il était temps de partir.

— Je suis prêt, fit une voix au fond de la veste.

C'était une voix fluette et lointaine, vaguement similaire à celle des chaussures de Mma Makutsi.

— Je suis mort d'angoisse, mais je suis prêt…

— Il ne faut pas vous faire de souci, assura Mma Ramotswe en tâchant de paraître enjouée.

Des mots qui, elle le savait, manquaient foncièrement de force de conviction.

Mma Ramotswe connaissait Mphapi Bogosi, le commissaire de police, depuis l'enfance. Petit garçon, Mphapi adorait jouer au tennis et, comme il n'y avait qu'une seule raquette dans le village, il s'entraînait contre un mur. Par la suite, lorsqu'il avait pu accéder à un vrai court, face à un véritable adversaire, son talent s'était épanoui. À l'âge de dix-huit ans, il entrait dans l'équipe nationale et il y était resté jusqu'au jour où une blessure au genou l'avait contraint de se retirer de la compétition. Il avait alors intégré la police, dont il avait gravi les échelons assez vite. Il dirigeait désormais la brigade des stupéfiants et celle des mœurs.

— On ne m'a pas encore chargé du rock and roll, mais ça viendra !

Cette phrase, qu'il avait dû prononcer un jour, avait été citée dans le journal.

La route de Mma Ramotswe et celle du commissaire s'étaient souvent croisées, mais jamais sur le plan professionnel. La voir fonder l'Agence N° 1 des Dames Détectives, de nombreuses années auparavant, l'avait beaucoup amusé et il avait exprimé des doutes, non pas par condescendance, mais parce qu'il estimait l'entreprise vouée à l'échec.

— Jamais les gens ne paieront pour régler leurs problèmes ! avait-il affirmé. Quand on rencontre une difficulté, c'est les amis que l'on va voir. Et on leur demande de la résoudre gratuitement !

Par la suite, il avait volontiers reconnu son erreur et il la complimentait même très souvent sur sa réussite.

— Si tu décides un jour de prendre ta retraite, Mma Ramotswe, viens chez nous ! lui avait-il dit. Nous créerons un poste pour toi : « chargée des affaires délicates ». Enfin, quelque chose de ce genre…

— Non, Rra, je ne pourrais pas travailler dans la police. Je ne me résoudrais jamais à arrêter les gens. J'aurais de la peine pour eux et je les laisserais repartir avec un simple avertissement.

Il s'était mis à rire.

— Même les « vrais méchants » ?

Elle avait hésité.

— Ceux-là, je ne sais pas… Mais bien sûr, les gens vraiment méchants sont souvent les plus malheureux. On n'est pas méchant sans raison, Rra.

— On est méchant parce qu'on est né comme ça. Parce qu'on a une mauvaise nature. C'est dans la constitution, pour ainsi dire.

Elle avait secoué la tête.

— Tu insinues que ces gens-là étaient déjà de mauvais bébés ? Qu'ils étaient méchants en sortant du ventre de leur mère ?

Ces mots avaient fait réfléchir le commissaire, qui avait néanmoins fini par hocher la tête.

— Oui, avait-il répondu. Ils devaient être méchants dès le départ. Il y a des bébés comme ça, qui hurlent tout le temps, qui sont en colère pour rien. Ils n'ont pas encore le pouvoir de nuire, mais dès qu'ils commenceront à faire des choses, ils se conduiront mal.

Il avait souri à Mma Ramotswe.

— Mais je n'en suis pas sûr, Mma Ramotswe. Peut-être est-ce toi qui as raison là-dessus : peut-être que la méchanceté vient plus tard.

— Elle vient chez les enfants auxquels on fait du mal, qu'on élève mal, dont les parents boivent ou se battent sans arrêt. Les bébés regardent tout ça et…

— Et ils se disent que c'est la façon normale de se comporter. Tu as raison, Mma Ramotswe !

À présent, face à la porte marquée « Commissaire P. Bogosi », elle songeait au petit garçon qu'elle avait connu à Mochudi et à tout le chemin qu'il avait parcouru. Comment aurait-elle pu imaginer que l'enfant qui frappait inlassablement sa balle de tennis contre le mur aurait un jour une porte comme celle-ci, avec son nom dessus, que des policiers en uniforme lui obéiraient au doigt et à l'œil et qu'il aurait à son service une secrétaire pour annoncer : « Le commissaire est prêt à vous recevoir, Mma. »

Elle entraîna Mr. Polopetsi avec elle dans le bureau. Aussitôt, son ami se leva, un large sourire aux lèvres, et vint lui serrer la main, avant de se tourner vers Mr. Polopetsi pour faire de même. De sous la veste froissée sortit une main encore à demi dissimulée par la manche et que le commissaire dut aller chercher sous le tissu.

— Je te présente Mr. Polopetsi, déclara Mma Ramotswe. C'est la personne dont je t'ai parlé. C'est lui qui détient les informations.

Mr. Polopetsi promena un regard nerveux autour de lui. La pièce était sommairement meublée, mais comportait une petite bibliothèque où apparaissaient tous les volumes du Code pénal du Botswana, un livre intitulé *La Réalité de l'addiction* et un gros classeur portant l'étiquette *Zambie / Angola*.

Le commissaire les invita à prendre place sur les sièges métalliques disposés face à son bureau. Ces chaises n'étaient pas conçues pour qu'on s'y sente à l'aise : elles étaient destinées à des individus qui devaient se préparer à vivre sous peu dans un environnement moins confortable encore.

— J'aimerais bien que ces sièges soient moins durs, soupira le commissaire. Il faut espérer qu'un jour quelqu'un voudra bien nous aider à apporter des améliorations ici !

— Pour moi, c'est parfait, assura Mma Ramotswe. Quand on est de constitution traditionnelle, tu sais…

Le commissaire partit d'un grand éclat de rire avant qu'elle ait pu achever. Mr. Polopetsi, qui paraissait toujours aussi effrayé, se contenta de lui jeter un coup d'œil.

— Et le tennis, comment ça va ? interrogea Mma Ramotswe.

— Je continue à entraîner des jeunes, répondit le commissaire. Nous en avons de très doués en ce moment, dont un en particulier qui a un revers dévastateur. Tu te souviens de ce Suédois qui vit ici ? Mr. Ogren ? Eh bien, il a créé une école de tennis à Maun et il y a quelques très bons éléments qui sortent de chez lui.

— C'est du beau travail, commenta Mma Ramotswe. Le tennis, c'est…

Elle chercha ce qu'il y avait à dire sur le tennis. C'était quoi, le tennis ? Quel genre de commentaire pouvait-on en faire ? Le commissaire vint à sa rescousse.

— C'est très bon, compléta-t-il. Si tout le monde jouait au tennis, moi, je serais au chômage ! Il n'y aurait pas de crime, pas de drogue, rien ! Un jeune qui joue au tennis n'a aucune raison d'être attiré par la délinquance.

Le silence se fit un moment, puis Mr. Bogosi s'éclaircit la gorge et s'adressa à Mr. Polopetsi.

— Alors, si j'ai bien compris ce que m'a dit Mma Ramotswe, vous avez été approché par un certain personnage. Un personnage qui, me semble-t-il, vous a proposé une petite escapade en Zambie.

Mr. Polopetsi hocha la tête.

— C'est exact, monsieur le commissaire. Mais je n'ai pas imaginé une seconde…

— Oh, j'en suis certain ! l'interrompit Mr. Bogosi avec un geste négligent. Mma Ramotswe m'a expliqué que vous n'étiez pas homme à participer à ce genre de combines. Et j'ai confiance en son jugement.

Il marqua un bref temps d'arrêt sans quitter son interlocuteur des yeux.

— Toujours est-il que, manifestement, vous vous êtes retrouvé en mauvaise compagnie.

— Je ne savais rien de tout ça, Rra ! gémit Mr. Polopetsi, désespéré. Je ne me doutais de rien !

— C'est sûr, acquiesça le commissaire. Voyez-vous, ces gens-là sont très malins. Ils choisissent des personnes qui ne sont pas d'un naturel méfiant. Vous n'êtes pas le seul, Mr. Polopetsi. Beaucoup d'autres se font embobiner comme vous !

Mma Ramotswe se pencha en avant.

— Il fera tout ce qui est en son pouvoir pour t'aider, assura-t-elle. Il est d'accord.

Le commissaire sourit.

— Parfait ! Dans ce cas, nous pouvons…

— Seulement, coupa Mma Ramotswe, il y a cette autre histoire dont je t'ai parlé. Cette affaire commerciale. Tous ceux qui ont investi par l'intermédiaire de Mr. Polopetsi vont être remboursés. Aucun ne portera plainte.

— Dans ce cas, dit le commissaire, nous pouvons laisser ça de côté. Les affaires commerciales ne nous intéressent pas de toute façon, sauf quand il y a fraude.

Il examina Mr. Polopetsi avec plus d'intensité encore, comme pour évaluer s'il pouvait être un fraudeur.

— Il n'y a pas eu escroquerie, affirma Mma Ramotswe avec vivacité. Du moins, pas de la part de Mr. Polopetsi. Il y a juste eu un malentendu et, comme je te l'ai dit, toutes les personnes qu'il a contactées vont être remboursées.

— Très bien. Alors nous allons pouvoir nous concentrer sur l'affaire qui nous intéresse, déclara le commissaire. Cet homme dont nous avons parlé tout à l'heure vous a demandé d'introduire dans notre pays un stock de médicaments illégaux.

— Je ne veux pas aller en Zambie, murmura Mr. Polopetsi d'un ton misérable.

Le commissaire lui assura que ce ne serait pas nécessaire.

— Tout ce que nous vous demandons, c'est une déclaration stipulant exactement ce que ce monsieur vous a demandé, avec l'adresse où vous deviez vous rendre en Zambie et le nom des gens que vous deviez rencontrer là-bas. Nous avons d'autres pièces à conviction contre lui et, une fois que vous aurez signé votre déclaration, nous pourrons procéder à son arrestation pour tentative d'importation illégale. Cela suffira à le faire incarcérer.

— Et il faudra que je vienne témoigner au tribunal ? s'alarma Mr. Polopetsi.

Le commissaire hocha la tête.

— Mais je serai là, ne vous inquiétez pas.

— Et je serai là moi aussi, renchérit Mma Ramotswe.

— Voilà, fit le commissaire. Vous voyez, tout sera très simple.

— Mr. Polopetsi va le faire, assura Mma Ramotswe avec fermeté. Il n'y aura pas de problème.

Le commissaire s'adossa à son siège.

— Mma Ramotswe m'a dit que vous étiez chimiste, Mr. Polopetsi ? C'est vrai ?

— *J'enseigne* la chimie, rectifia Mr. Polopetsi. Je travaillais autrefois dans un laboratoire pharmaceutique, mais j'ai arrêté.

— C'est intéressant, commenta le commissaire. Nous-mêmes, nous avons un laboratoire ici, dans ce bâtiment, un laboratoire de police… Le problème, c'est que nous ne parvenons pas à trouver quelqu'un pour s'en occuper ! Il faut dire que cette personne n'aurait pas beaucoup de travail, c'est pourquoi le gouvernement refuse de payer pour un poste à temps plein. Du coup, le labo reste inutilisé et, quand nous avons des analyses à effectuer, nous sommes obligés de les envoyer – à grands frais, dois-je préciser – au-delà de la frontière. C'est un gaspillage d'argent, si vous voulez mon avis. Ah ! si seulement nous pouvions trouver quelqu'un pour effectuer ce travail, quelqu'un qui ne serait pas trop gourmand… Ma foi, cela nous arrangerait bien !

Il considéra le bout de ses doigts.

— Cela représenterait quelques heures par semaine à peine, ajouta-t-il. Pas grand-chose. Et ce ne serait pas très bien payé, j'en ai peur…

À cet instant, le visage de Mr. Polopetsi s'illumina.

— Mais moi, cela me conviendrait tout à fait, Rra ! Je serais ravi de faire ça ! J'adore travailler en laboratoire !

— Ma parole ! s'exclama le commissaire. Il y a des jours où les choses s'arrangent de bien étrange façon ! Quelle coïncidence ! J'évoque mes problèmes de laboratoire et vous, justement, vous êtes là, en face de moi ! C'est vraiment incroyable !

— Oui, c'est incroyable, confirma Mma Ramotswe.

CHAPITRE 14

Je voudrais des *vetkoeks*, Mma

Les irrégularités du chemin menant à la ferme des orphelins, pires encore que d'ordinaire en cette saison sèche qui se prolongeait, secouaient la petite fourgonnette blanche de Mma Ramotswe avec la détermination farouche d'un pitbull tenant un lièvre dans la gueule. À l'arrière, la main crispée sur le collier de Zebra, Fanwell rebondissait allègrement, tout comme le chien.

— Moins vite, Mma !

Ses cris se perdaient dans les bruits de ferraille et autres protestations qui s'élevaient du châssis et la détective, adepte de la théorie stipulant que, sur une mauvaise route, mieux valait rouler à vive allure – ce qui permettait de voler entre les bosses plutôt que de s'enfoncer chaque fois dans les creux –, veillait bien à ne pas lever le pied de l'accélérateur.

Au moment où ils atteignirent la grille d'entrée, Fanwell avait renoncé à tenir Zebra et se cramponnait de toutes ses forces au rebord. Quant au chien, il avait pris le parti de s'étendre sur le plancher de la fourgonnette et tentait apparemment de s'endormir. Lorsque le véhicule s'immobilisa enfin sous un acacia, il se redressa d'un bond, renifla l'air et émit un aboiement sourd.

— On dirait qu'il a apprécié le trajet, lança Mma Ramotswe en coupant le moteur. Les chiens adorent voyager en voiture, pas vrai ?

— À mon avis, ça l'a mis K.-O., répondit Fanwell d'une voix faible. Tout comme moi…

Ils descendirent de la fourgonnette et gagnèrent le petit bâtiment depuis lequel Mma Potokwane régnait sur son domaine. Assis sous l'étroite véranda, deux enfants de cinq ou six ans, un garçon et une fille, regardaient Zebra approcher. Lorsque Mma Ramotswe s'arrêta devant eux, ils relevèrent la tête pour la dévisager avec de grands yeux chassieux autour desquels plusieurs mouches s'étaient posées.

Fronçant les sourcils, elle se pencha pour chasser les insectes.

— Il ne faut pas laisser les mouches se poser sur votre visage, conseilla-t-elle avec douceur en setswana. Si vous trouviez quelque chose, un petit mouchoir, par exemple, pour les chasser ?

Les enfants la contemplèrent sans réagir.

— Ils ne parlent pas le setswana, lança une voix à l'intérieur du bureau. On vient de nous les amener et ils n'ont pas encore prononcé un mot !

— Peut-être le kalanga ? suggéra Mma Ramotswe.

Mma Potokwane fit son apparition sous la véranda, secouant la tête.

— Nous y avons pensé, mais, apparemment, ce n'est pas ça non plus. L'une de nos assistantes maternelles le parle un peu et elle a essayé de leur faire dire quelque chose, mais ils ne la comprenaient pas du tout.

Mma Ramotswe tira un mouchoir de la poche de son chemisier et le tendit à la fillette, qui le saisit avec précaution, commença par tamponner les yeux de son frère, puis essuya les siens.

— C'est mieux, approuva Mma Ramotswe d'un ton encourageant. Et maintenant, ne laissez plus les mouches s'approcher, d'accord ?

— Je crois qu'ils ont tous les deux une infection oculaire, l'informa Mma Potokwane. L'infirmière doit venir regarder. Elle leur mettra des gouttes. En général, c'est efficace.

Elle se tourna vers Fanwell.

— Mais tu es là, toi ! s'exclama-t-elle avec entrain. On ne te voit pas beaucoup en ce moment, hein ? Comment va ta tante ?

La tante de Fanwell avait été l'amie d'enfance de Mma Potokwane et celle-ci demandait toujours de ses nouvelles.

— Très bien, Mma, répondit Fanwell. Elle a encore grossi.

— Je suis ravie de l'apprendre ! se félicita Mma Potokwane. C'est vrai qu'elle a toujours aimé manger ! Elle était déjà bien enveloppée quand nous étions petites. Bien enveloppée !

Elle jeta un coup d'œil à Zebra.

— Et ce chien ? reprit-elle. Qu'est-ce qu'il veut, lui ?

— Ce que veulent tous les chiens, répondit Mma Ramotswe. Un endroit où habiter, des êtres humains pour s'occuper de lui et lui donner à manger… Et peut-être aussi, ajouta-t-elle, hésitante, des enfants avec qui jouer…

Mma Potokwane parut un instant interloquée, puis elle agita l'index devant le visage de son amie.

— Vous ne seriez pas en train d'essayer de me dire quelque chose, Mma Ramotswe ?

Mma Ramotswe affecta la nonchalance.

— Essayons-nous de dire quelque chose à Mma Potokwane, Fanwell ?

Le garçon réagit aussitôt.

— Oui, Mma. Nous voulons lui demander de…

Mma Ramotswe lui coupa la parole.

— Ce que veut dire Fanwell, c'est que nous nous demandions s'il n'y aurait pas une assistante maternelle qui ait envie d'un chien pour jouer avec les enfants. Celui-ci est très affectueux.

Mma Potokwane considéra Zebra, qui lui renvoya son regard en agitant la queue en tous sens.

— Il vous aime bien, Mma ! commenta Fanwell.

L'un des enfants – le garçon – s'était approché de Zebra et tendait la main vers lui pour lui toucher la tête. Lorsqu'il le fit, le chien, d'abord surpris, se tourna vers lui et entreprit de lui lécher le visage et les yeux avec entrain. L'enfant émit un petit gloussement joyeux.

— C'est le premier son qui sort de sa bouche, murmura Mma Potokwane. Le premier depuis qu'il est arrivé.

— Vous voyez ! s'exclama Fanwell. Ce chien sait y faire avec les enfants. Il s'en occupe très bien, regardez, il est en train de nettoyer les yeux du petit garçon !

— *Inja*, articula soudain ce dernier.

— C'est du zoulou ! s'exclama Mma Ramotswe. Ou du ndébélé, ou du swati… enfin, une langue zouloue.

— Dans ce cas, je peux leur parler ! s'écria Fanwell. Mon grand-père a travaillé dans les mines quand il était jeune et on parlait zoulou là-bas. Quand j'étais petit, il m'apprenait plein de mots et je m'entraînais avec lui. Je suis très fort en langues, *Bomma*. Vous croyez peut-être que je suis nul, mais je connais plein de mots.

— Demande-leur comment ils s'appellent, suggéra Mma Potokwane. Et sache que ni l'une ni l'autre, nous ne pensons que tu es nul !

Fanwell tendit la laisse de Zebra à Mma Ramotswe et s'accroupit auprès des enfants. Ceux-ci le fixèrent avec gravité.

Lentement, il prit la main du garçon et dit quelques mots. L'effet fut immédiat : la fillette saisit sa main libre tandis que le garçon s'agrippait à l'autre. Elle lui chuchota alors quelque chose à l'oreille et Fanwell hocha la tête.

— Elle voudrait de l'eau, indiqua-t-il aux deux femmes. Elle nous dira leurs noms une fois qu'on leur aura donné à boire.

Mma Potokwane disparut dans son bureau et en revint avec un bol d'eau, qu'elle tendit à la fillette. Celle-ci en but la moitié et le passa au garçon, qui vida le reste et le rendit à Fanwell. D'autres chuchotements suivirent.

— Elle dit qu'ils sont frère et sœur, traduisit Fanwell. Elle, elle s'appelle Buhle. Ça veut dire « Belle ». Et son frère…

Il se pencha de nouveau pour souffler quelques mots à la fillette, qui lui répondit à l'oreille.

— Sfifo, reprit-il à haute voix. Je ne sais pas si ça veut dire quelque chose. C'est un nom, en tout cas.

Mma Potokwane lui demanda de déterminer d'où venaient les deux enfants.

— Et leurs parents, ajouta-t-elle. Demande-leur où sont leurs parents.

Fanwell leur posa ces questions. Le garçon demeura silencieux, mais sa sœur parla spontanément.

— Je n'ai pas tout compris, déclara ensuite Fanwell en relevant la tête, mais elle dit que ses parents sont morts. Ils sont morts il y a plusieurs mois. Elle dit qu'ils étaient très maigres.

Mma Potokwane échangea un regard avec Mma Ramotswe. C'était l'euphémisme que l'on employait : la maladie de la maigreur.

Fanwell continua de traduire.

— Ils viennent du Swaziland et c'est une tante qui les a amenés au Botswana et qui les a laissés ici. Buhle dit qu'il n'y avait personne pour s'occuper d'eux là-bas. Et la tante est repartie.

Mma Potokwane poussa un soupir.

— Cela n'a rien d'un cas isolé, hélas ! expliqua-t-elle. On ne trouve personne pour s'occuper des enfants des autres, alors on les largue au Botswana et on retourne très vite là d'où on vient…

— Ce n'est pas juste pour vous, fit remarquer Mma Ramotswe.

— Ce n'est surtout pas juste pour ces enfants ! répliqua Mma Potokwane. Un enfant est un enfant. On ne doit pas s'en débarrasser comme cela !

Mma Ramotswe regarda Zebra.

— Je vais remmener le chien, Mma, résolut-elle. Vous ne pouvez pas prendre en charge tous les malheurs du monde…

Mma Potokwane se tourna vers elle. Elle avait conscience de tout ce qu'elle devait à Mr. J. L. B. Matekoni, qui avait soigné pendant des années la vieille pompe à eau, qui réparait régulièrement le minibus, passait des heures à arranger le système d'eau chaude et entretenait les chauffe-eau avec un tel talent qu'ils résistaient bien au-delà de la durée de vie qui leur était normalement impartie. Sans compter les innombrables services que lui rendait Mma Ramotswe elle-même sans jamais réclamer de contrepartie. Un chien aurait beaucoup de succès auprès des enfants et ceux-ci lui donneraient l'amour dont il avait besoin. Il n'y avait donc qu'une seule réponse possible.

— Non, il va rester là, déclara-t-elle. Il pourra jouer le rôle de père pour ces deux petits-là. Il les aimera.

— Vous avez le cœur sur la main, Mma, dit Mma Ramotswe. Personne au monde n'est plus généreux que vous.

Elle le pensait vraiment et, tout en prononçant ces paroles, elle songea que l'on complimentait rarement ses amis. C'était étrange, d'autant qu'il était très simple de le faire et que cela contribuait à rendre le monde moins brutal...

— Le chien est tout content, Mma Potokwane ! s'écria Fanwell, ravi. Vous verrez, il va vous être très utile ici ! Il va rendre tous les enfants heureux !

Mma Potokwane hocha la tête.

— À présent, il est temps de prendre le thé, décida-t-elle. Nous venons de trouver des solutions à plusieurs problèmes en très peu de temps. Il faut boire du thé avant que d'autres ne surgissent.

— Oh, j'espère qu'il n'y en aura pas d'autres ! protesta Mma Ramotswe.

— Moi aussi, renchérit Fanwell. Je vous remercie beaucoup, Mma Potokwane, de bien vouloir adopter ce pauvre chien !

Et de deux ! songea Mma Ramotswe. Mr. Polopetsi, puis Zebra : deux noms qu'elle pouvait biffer de sa liste sans avoir rencontré de complications. Restait maintenant la plus simple des trois tâches : réunir Susan et Rosie. Cela ne poserait pas de difficulté et conduirait à un dénouement tout aussi satisfaisant.

Au cours de l'heure qui suivit, un mauvais pressentiment l'envahit cependant, d'abord insidieux. Au moment où elle déposa Fanwell devant la maison de son oncle, dans Old Naledi, elle se sentait beaucoup moins confiante.

Pour commencer, elle n'était même plus certaine de pouvoir retrouver Rosie. Elle savait que celle-ci travaillait dans une boulangerie du côté du mont Kgale, mais elle n'avait ni son numéro de téléphone ni son adresse. Et elle ne se rappelait même plus très bien où se situait la boulangerie en question, avec tous les nouveaux commerces qui fleurissaient un peu partout. En outre, l'expérience lui avait enseigné que l'on rencontrait souvent des difficultés lorsqu'on allait chercher quelqu'un sur son lieu de travail. Les gens changeaient d'emploi, partaient en vacances sans prévenir, et il leur arrivait même de donner de faux noms à leur employeur pour éviter de payer leurs impôts.

Par chance, Fanwell était sûr de savoir où se trouvait la boulangerie en question et il lui fournit des instructions précises pour s'y rendre.

— Vous remontez Kudumatse Road, Mma, et vous entrez dans Extension 23. Vous savez, c'est le quartier où vivait le gars qui trompait sa femme avec cette dame, là… Celui qui était marié avec une vraie catcheuse, vous vous rappelez, Mma ? Charlie m'a raconté toute l'histoire…

Mma Ramotswe hocha la tête. L'Agence N° 1 des Dames Détectives avait été approchée par une femme au mari volage et avait vite tiré au clair ce qui se passait.

— J'ai eu de la peine pour lui, poursuivit Fanwell. Il ne devait pas se douter de ce qui l'attendait ! Il est toujours à l'hôpital, Mma ?

— Non, il est sorti. Je l'ai aperçu au supermarché de Riverwalk l'autre jour. Il avait une longue liste de courses à la main.

— Il a compris qu'il valait mieux filer doux, j'ai l'impression…

Mma Ramotswe sourit.

— Il faudra bien faire attention quand tu choisiras ta femme, Fanwell.

— C'est sûr ! Je ne vais pas me marier avec une fille qui aime la bagarre, moi !

— Voilà qui est sage…

Il eut un large sourire, qui disparut soudain.

— Mais vous croyez qu'une femme aura envie de se marier avec moi un jour, Mma Ramotswe ? interrogea-t-il.

Elle n'hésita pas une seconde.

— Pas une, Fanwell, plusieurs ! Tu n'auras que l'embarras du choix ! Tu sais, beaucoup de jeunes femmes seraient très heureuses de trouver un bon garçon comme toi !

— Et Charlie ? Vous croyez qu'il se mariera un jour ?

Ces mots rappelèrent à Mma Ramotswe l'employé de la Société du logement du Botswana, qui l'avait sollicitée pour lui trouver une fiancée. Elle avait accepté de l'aider, mais comment s'y prendrait-elle ? Et comment assumer la responsabilité de toutes les déceptions que l'on rencontrait en ce monde, de tous les espoirs et les désirs de ceux qui ne trouvaient pas ce qu'ils cherchaient ? Était-ce là le rôle qui lui incombait dans la vie ?

Fanwell la dévisageait, guettant sa réponse qui ne venait pas.

— Je vous ai posé une question, Mma, insista-t-il. Est-ce que quelqu'un pourra avoir envie d'épouser Charlie ?

Elle lui expliqua qu'elle pensait que oui, mais que cela ne se ferait pas sans difficulté.

— Charlie joue au coq avec les femmes, Fanwell, comme tu as pu t'en rendre compte. Et souvent, les hommes qui font les coqs ne sont pas doués pour juger des qualités importantes chez une femme. C'est exactement la même chose avec les femmes qui aiment séduire. Souvent, elles n'ont pas la moindre idée des qualités qui font un bon mari.

Fanwell demeura pensif.

— Un bon mari ? Comme Mr. J. L. B. Matekoni ? Mr. J. L. B. Matekoni est un bon mari pour vous, je crois, Mma.

Mma Ramotswe sourit.

— C'est le meilleur mari du Botswana, Rra, c'est bien connu !

— Meilleur que Phuti Radiphuti, alors ? Phuti Radiphuti est un bon mari pour Mma Makutsi, je pense, mais peut-être pas aussi bon que Mr. J. L. B. Matekoni… Peut-être que Phuti Radiphuti est un bon mari de deuxième division.

Mma Ramotswe s'empressa de mettre les choses au point.

— Je ne pense pas que l'on puisse comparer les gens entre eux, Fanwell. Je ne dirais pas qu'il y en a un meilleur que l'autre.

Elle fronça les sourcils pour ajouter d'un ton sévère :

— Je ne voudrais pas que quelqu'un aille raconter à Mma Makutsi que j'ai dit que son mari n'était pas aussi bien que le mien.

— Oh, je ne lui répéterais jamais ça, Mma ! protesta Fanwell. Jamais je ne lui dirais une chose pareille en face !

Il marqua un temps d'arrêt, pensif, puis reprit :

— Mais tout de même… si vous deviez choisir entre les deux, Mma. Disons que vous seriez une femme sans mari et que vous auriez ces deux hommes-là devant vous : Mr. J. L. B. Matekoni et Phuti Radiphuti… Lequel choisiriez-vous ? Auquel des deux viendriez-vous dire : « Je voudrais que vous soyez mon mari » ?

Elle écarta la question d'un geste.

— On ne demande pas ces choses-là aux gens comme ça, Fanwell. Ça me fait penser à ces casse-tête où l'on dit : « Il y a trois personnes dans un ballon dirigeable et, pour que le ballon ne s'écrase pas, il faut en jeter une par-dessus bord. » Le genre de colle à laquelle il est impossible de répondre. Pratiquement impossible.

Ce problème de conscience parut plaire au garçon.

— Oh, mais c'est très intéressant, comme question, ça ! s'exclama-t-il. C'est super !

Il réfléchit un instant.

— Alors, disons qu'il y a un ballon dirigeable de ce genre qui vole au-dessus du delta de l'Okavango avec, en bas, plein d'hippopotames et de crocodiles partout. Disons que, dans ce ballon, il y a…

Il se gratta la tête et poursuivit :

— OK, Mma, dans le panier suspendu au ballon, il y a Mma Potokwane, Nelson Mandela – avant sa mort, bien sûr – et puis…

Il laissa planer quelques instants de suspense avant de révéler l'identité du troisième passager.

— … et puis Violet Sephotho. Oui, la troisième personne, c'est Violet Sephotho ! Et c'est vous qui pilotez, Mma. C'est vous qui devez décider lequel des trois vous allez faire passer par-dessus bord. Lequel choisissez-vous ?

— Et tu ne penses pas savoir d'avance quelle sera ma réponse ?

Fanwell prit un air assuré.

— Oui, je crois que je sais, Mma.

— Dans ce cas, pourquoi poser la question ? conclut Mma Ramotswe en riant. Allez, Fanwell, dis-moi par où je dois passer pour arriver à cette boulangerie !

— C'est facile : une fois que vous serez dans Extension 23, vous prendrez une rue qui part sur la gauche et qui s'appelle Monganakodu Road. Là, vous verrez une grande église sur le trottoir de gauche. C'est une église où les gens chantent tout le temps. Eh bien, la boulangerie est juste derrière. C'est là que vous la trouverez, Mma. Ça s'appelle *Chaud et croustillant*.

Elle le remercia et s'éloigna. Aussitôt, ses pensées allèrent au ballon dirigeable et à ses passagers. Bien sûr qu'elle serait obligée de jeter Violet Sephotho par-dessus bord pour sauver la vie des deux autres personnes, bien plus méritantes, mais ce ne serait pas facile. Si elle n'approuvait certes pas la personnalité de Violet, elle n'oubliait pas néanmoins que celle-ci était un être humain et que cela lui conférait certains droits. Jamais Mma Ramotswe ne traiterait autrui avec brutalité et il était certain que Violet Sephotho ne se laisserait pas faire quand elle comprendrait qu'on voulait la pousser dans le vide. En cas d'extrême nécessité, Mma Ramotswe ne s'y résoudrait qu'à contrecœur, en s'excusant auprès de Violet au moment où elle la ferait basculer par-dessus la rambarde.

— Je suis vraiment désolée, Violet. J'aimerais pouvoir faire autrement, mais je n'ai pas le choix. Il faut que ce soit vous. Je suis navrée…

Elle se reprit. Non, elle ne pousserait pas Violet dans le vide, même si le ballon tombait à pic. Elle attendrait et s'en remettrait à la chance, prierait pour un atterrissage pas trop mouvementé sur la terre ferme, en espérant qu'il y aurait plus de peur que de mal. Elle était incapable de faire basculer qui que ce fût dans le vide.

Sans informer Mma Makutsi de sa démarche, elle se rendit donc à la boulangerie en suivant les instructions de Fanwell. C'était à elle, et à elle seule, de gérer Mma Rosie et elle prendrait bien garde à ne pas titiller sa susceptibilité.

Toutes les places à l'ombre étaient occupées, de sorte qu'elle dut se garer en plein soleil. Lorsqu'elle descendit de la fourgonnette et traversa la rue, elle sentit, dans l'air immobile de l'après-midi, une bonne odeur de pain à peine sorti du four, ainsi qu'une autre, plus délicieuse encore, qu'elle reconnut avant même d'avoir atteint l'autre côté : des *vetkoeks*, ces beignets fourrés qu'elle adorait… Elle s'immobilisa pour mieux humer l'atmosphère. Elle était en mission et devait chasser de son esprit toute idée de nourriture, mais les *vetkoeks*… Depuis quand n'en avait-elle pas mangé ? Deux semaines ? Presque, et c'était beaucoup. Elle n'éprouverait donc aucune culpabilité à en acheter un – ou deux, peut-être – et à les déguster une fois de retour dans la fourgonnette. D'ailleurs, cet achat pouvait être considéré comme une étape légitime de l'enquête, de même que l'on commandait une consommation lorsqu'on guettait d'un café une personne que l'on avait prise en filature.

Elle poussa la porte de la boulangerie et, cette fois, la sublime odeur l'enveloppa tout entière. Devant elle, sur le comptoir, elle découvrit sur un plateau une fournée de *vetkoeks* encore chauds dont les pores exsudaient de succulentes gouttelettes de nectar qui semblaient être comme la sueur sirupeuse de la gourmandise.

La vendeuse qui se tenait derrière le comptoir l'accueillit avec courtoisie et Mma Ramotswe lui rendit son salut.

— Je voudrais des *vetkoeks*, Mma, ajouta-t-elle.

— Ma foi, vous êtes au bon endroit, répondit la femme en désignant le plateau. Ils sont tout frais, Mma ! Et tout bonnement délicieux ! Ce sont les meilleurs du pays…

La détective sourit.

— C'est un titre important que vous revendiquez là ! fit-elle remarquer.

— Mais nous le méritons, Mma ! assura la vendeuse d'un ton solennel. Nous sommes confiants, nous ne lancerions jamais une telle affirmation à la légère.

Mma Ramotswe hocha la tête.

— Je suis sûre que vous dites vrai, Mma. Mais j'ai d'abord une question à vous poser : est-ce que Rosie est là ? On m'a dit qu'elle travaillait ici.

En voyant son interlocutrice hésiter, elle songea qu'elle avait dû se tromper de boulangerie. Puis la femme désigna l'arrière-boutique.

— Elle est derrière, indiqua-t-elle. Vous voulez lui parler ?

— Oui. Pourriez-vous aller la chercher, Mma ? Je n'en aurai pas pour très longtemps.

La femme disparut, laissant Mma Ramotswe en contemplation devant le plateau de *vetkoeks*. Il y avait dans la boutique d'autres pâtisseries presque aussi appétissantes, comme ces gros gâteaux d'anniversaire recouverts de sucre glace qui trônaient dans la vitrine. Ceux destinés aux garçons étaient décorés de petits ballons de football et de voitures ; d'autres, pour les filles, s'ornaient de fanfreluches en sucre rose. Mma Ramotswe sourit. Si elle parlait de ces gâteaux à Mma Makutsi, celle-ci ne manquerait pas de s'indigner. Et elle-même, dans un sens, n'était guère favorable à l'idée d'orienter les enfants vers tel ou tel rôle. Un petit garçon n'avait-il pas le droit d'aimer les fanfreluches, une fille de jouer au football ou aux voitures ? Dans la pratique toutefois, il existait peu d'enfants désireux de suivre des instincts aussi indépendants. Jamais Puso n'accepterait de porter des vêtements trop colorés, par exemple – le kaki était sa couleur préférée –, et Motholeli ne manifestait aucun intérêt pour le football, malgré les incessantes tentatives de son frère pour l'inciter à soutenir l'équipe des Zèbres du Botswana. « Ils sont débiles, disait-elle. Ne me demande pas de perdre mon temps avec des histoires de football débiles... » Les voitures, bien sûr, c'était autre chose. La fillette les adorait et elle avait bien l'intention de devenir garagiste le moment venu, après avoir fait son apprentissage, espérait-elle, au Tlokweng Road Speedy Motors, sous la conduite de Mr. J. L. B. Matekoni.

Rosie surgit soudainement, époussetant la farine de ses mains, vêtue d'un volumineux ensemble blanc composé d'un pantalon et d'une blouse. Elle sembla d'abord perplexe, comme si elle tentait de se remémorer qui pouvait bien être la femme qu'elle découvrait là, puis elle dut se souvenir, car ses sourcils se froncèrent au point de ne plus former qu'une ligne contrariée. Ce n'était pas bon signe, pensa Mma Ramotswe.

— Je suis désolée de venir vous déranger en plein travail, commença-t-elle. J'aurais préféré aller vous voir chez vous, mais j'ignore où vous habitez.

Mma Rosie pinça les lèvres.

— Ce n'est pas ici, marmonna-t-elle. J'habite ailleurs.

— Oui, bien sûr. Je sais qu'ici vous travaillez. Et au fait, si je peux me permettre, les *vetkoeks* que vous confectionnez ont l'air vraiment très, très bons.

Elle n'espérait guère voir cette astuce fonctionner, mais on pouvait toujours essayer… L'espace d'un instant, un sourire de satisfaction erra sur les lèvres de Rosie. *Tout le monde aime être complimenté sur son travail*, songea Mma Ramotswe. Il n'existait que très peu d'exceptions à cette règle.

— Oui, ils sont très bons, confirma Rosie. Ils ont beaucoup de succès.

— Cela ne m'étonne pas. D'ailleurs, je suis sûre qu'il y a des *vetkoeks* au paradis… à supposer qu'il existe un paradis…

La femme esquissa de nouveau un vague sourire, puis la question fusa :

— Qu'est-ce que vous voulez, Mma ?

La vendeuse, toujours présente derrière son comptoir, suivait à n'en pas douter la conversation, même si elle faisait mine de se concentrer sur sa tâche, qui consistait à balayer deux ou trois miettes tombées au sol.

— Peut-être pourrions-nous aller discuter dehors ? suggéra Mma Ramotswe en baissant la voix.

La vendeuse releva la tête.

— C'est une affaire privée, Mma, ajouta Mma Ramotswe à son intention.

Sans un mot, l'autre se remit au travail.

Rosie hésita, puis retira sa blouse et la posa sur le comptoir, qu'elle contourna pour rejoindre la détective. Toutes deux sortirent et se postèrent à l'ombre d'un store en mauvais état, sur un côté de la boulangerie. Mma Ramotswe commença alors, avec tout le tact dont elle était capable :

— Je suis vraiment désolée, Mma, qu'il y ait eu une incompréhension entre Mma Makutsi et vous…

Elle ne put aller plus loin.

— Une incompréhension ? explosa Rosie. C'est comme ça qu'on appelle la pire des goujateries, de nos jours ? Une *incompréhension* ?

Mma Ramotswe poussa un soupir.

— Je suis navrée, Mma. Je vois bien que vous êtes très en colère. Et tout ce que je vous demande, c'est de comprendre…

— De comprendre une incompréhension ? C'est ça que je suis censée faire ? Je suis venue vous voir parce que vous me l'avez demandé – vous me l'avez demandé dans le journal – et voilà que je me retrouve suspect numéro un d'une femme très bizarre avec des lunettes énormes.

— On ne vous a jamais suspectée de quoi que ce soit, protesta Mma Ramotswe d'un ton aussi conciliant que possible. Et je vous ai présenté des excuses, Mma. Je suis sincèrement désolée.

— *Vous* êtes désolée, Mma ? Et l'autre, alors, celle aux lunettes ? Où est-ce qu'elle est ? Est-ce qu'elle est venue s'excuser, elle ? Non ! Elle est toujours là-bas, derrière son bureau, occupée à soupçonner des gens qui n'ont rien fait !

Mma Ramotswe garda le silence. Pour désamorcer la colère, songea-t-elle, il fallait la laisser s'évacuer. La colère était comme un volcan : on attendait qu'il ait terminé de cracher sa lave avant de s'approcher du cratère.

Mma Ramotswe reprit la parole pour évoquer Susan.

— Elle voudrait vous rencontrer, Mma. Et elle n'a rien à voir avec Mma Makutsi. C'est Mma Susan, c'est à elle qu'il faut penser maintenant.

Mma Rosie réfléchit quelques instants.

— Et cette Mma Makutsi, alors ?

Mma Ramotswe répondit que l'on n'avait nul besoin de la mêler à cette affaire.

— Ce sera une rencontre entre la dame canadienne et vous, Mma. Cela ne vous concerne que toutes les deux.

Rosie jouait avec les cordons de son chemisier, qu'elle enroulait nerveusement autour de ses index.

— Alors dites-lui de venir me voir !

Mma Ramotswe réprima un soupir de soulagement.

— Oh, je suis très contente, Mma ! C'est une très bonne nouvelle. Je vais aller voir tout de suite Mma Susan et…

Rosie leva une main.

— Non, pas Mma Susan. C'est Mma Makutsi qui doit venir me voir. Je veux qu'elle s'excuse. Quant à cette Mma Susan… eh bien, j'ai changé d'avis. Je ne veux surtout pas la rencontrer.

Mma Ramotswe leva les yeux vers le ciel. *L'amour-propre*, songea-t-elle. L'amour-propre tenait une place importante dans la vie des gens, alors qu'il n'était d'aucune utilité. Mais pouvait-on espérer voir les défauts humains disparaître de notre existence ? La fierté, la jalousie, la colère, le ressentiment : autant d'émotions dont chacun encombrait son existence et sans lesquelles celle-ci serait tellement plus facile… Elles existaient néanmoins et il importait de trouver la manière de les contourner.

Mma Ramotswe lutta pour contenir son irritation.

— Mais pourquoi nous avoir contactées, Mma, si vous n'aviez pas l'intention de la rencontrer ?

Rosie haussa les épaules.

— Par curiosité, Mma, c'est tout. J'étais curieuse.

Elle se tut, avant d'ajouter :

— Maintenant, ça m'a passé.

Mma Ramotswe ne sut que répondre. Ce n'était pas la première fois qu'elle voyait un espoir s'effondrer dans une affaire, mais ce genre de situation la prenait toujours au dépourvu.

Rosie parut soudain se remémorer quelque chose.

— Parce qu'en plus elle n'était pas facile, cette gamine !

— Ah bon ?

— Oui, c'était une forte tête. Elle désobéissait. Et moi, je disais toujours : celle-là, elle va poser des problèmes en grandissant !

Mma Ramotswe attendit, mais le silence se prolongea, aussi prit-elle la parole :

— Les enfants sont souvent difficiles, Mma. Nous-mêmes, nous ne devions pas être très faciles quand nous étions petites, n'est-ce pas ? Mais ensuite, on grandit et on s'améliore…

Mma Rosie secoua la tête.

— Certaines personnes, oui, mais pour d'autres, Mma, il n'y a rien à faire : elles sont mauvaises.

— Vous pensez réellement qu'il existe des enfants mauvais, Mma ?

Cette question parut surprendre Mma Rosie au plus haut point.

— Évidemment ! Et des quantités ! s'exclama-t-elle.

— Ah… fit Mma Ramotswe.

Mma Rosie consulta alors sa montre avec ostentation.

— Bon, il va falloir que je retourne travailler, moi ! Je ne peux pas rester à discuter dehors toute la journée !

— Bien sûr, Mma, acquiesça la détective. Vous avez été très aimable de m'accorder ce moment. Mais j'aimerais bien acheter quelques *vetkoeks* avant de partir.

— La vendeuse va s'occuper de vous.

— Et peut-être changerez-vous d'avis…

Rosie secoua la tête.

— Je ne change jamais d'avis, Mma.

De retour dans la boulangerie, Mma Ramotswe demanda une demi-douzaine de *vetkoeks*. La serveuse les prit sur le plateau et les glissa dans un sac de papier brun, sur lequel se formèrent aussitôt de larges taches de graisse, signe annonciateur d'un grand bonheur à venir. Mma Ramotswe paya et retourna à la fourgonnette. *Juste un*, se dit-elle. Elle en mangerait un tout de suite, et puis un autre un peu plus tard, peut-être une fois qu'elle aurait parlé à Mma Makutsi : une récompense pour l'accomplissement d'une tâche qui, elle en avait l'intuition, ne serait pas aisée.

Elle s'installa au volant et sortit un premier beignet du paquet. Il ne dura guère. Elle hésita. Ce *vetkoek* n'avait pas été très gros – elle l'estimait même plus petit que la normale –, ce qui justifiait amplement de s'en accorder un deuxième. Ce serait, songea-t-elle, celui d'hier, puisqu'elle n'en avait pas eu la veille, alors qu'elle aurait très bien pu en manger un. Donc, il n'entrait pas en ligne de compte, de même que le troisième, car elle n'avait eu droit à aucun *vetkoek* l'avant-veille non plus. Cependant, il convenait de fixer une limite. Une limite ferme.

Elle termina son troisième beignet et lécha les dernières traces de sucre sur ses doigts. Elle éprouvait une agréable sensation de satiété : trois petits *vetkoeks*, ce n'était pas excessif, et cela permettait de tromper la faim et de s'équiper pour les épreuves à venir. Quelles qu'elles soient…

Elle glissa la clé dans le contact et suspendit son geste. Le malaise qu'elle avait éprouvé dans la dernière partie de sa conversation avec Rosie la saisit de nouveau, accompagné d'une pensée plus dérangeante encore : et si Mma Makutsi et elle-même se trompaient *toutes les deux* ? Et si, dans cette affaire, il était question de tout autre chose ?

CHAPITRE 15

N'ayez pas peur de professer le pardon !

— Ces choux sont encore petits, reconnut Mma Makutsi, mais ils grossiront d'un coup dès que la pluie viendra, Mma Ramotswe, vous verrez...

Les deux femmes se tenaient dans le potager que Mma Makutsi et Phuti Radiphuti avaient ménagé dans les broussailles du bush vierge où s'élevait leur maison. Ou, pour être plus précis, dans le potager qu'avait créé leur jardinier, un individu taciturne coiffé d'un vieux chapeau, qui demeurait respectueusement en retrait pendant que son employeur faisait admirer son œuvre.

— Mr. Moepi s'y connaît en choux, poursuivit Mma Makutsi en le désignant d'un signe de tête. Que dit-on des gens doués pour le jardinage ? Qu'ils ont la main verte, c'est ça ? Verte comme les feuilles, comme l'herbe... La main verte !

Le jardinier fixait ses pieds.

— Il est extrêmement modeste, précisa-t-elle.

Mma Ramotswe jeta un coup d'œil à Mr. Moepi. Mma Makutsi avait une fâcheuse tendance à parler des gens en leur présence comme s'ils n'étaient pas là.

— Ce jardin a belle allure, Rra, le complimenta-t-elle avec un sourire. Même avec l'aridité que nous connaissons en ce moment, vous réussissez à en faire quelque chose !

— Oui, il est très fort, confirma Mma Makutsi. Et la saison prochaine, il va cultiver des haricots, comme Mr. J. L. B. Matekoni !

Le jardinier se dandina d'un pied sur l'autre.

— Bon, rentrons maintenant ! décida Mma Makutsi. Laissons Mr. Moepi arroser ses choux. Nous récupérons l'eau d'écoulement de la cuisine, voyez-vous. Mr. Moepi ne gaspille rien dans ce jardin, n'est-ce pas, Rra ?

L'homme rajusta son chapeau.

— Non, absolument rien, vous voyez ? conclut Mma Makutsi.

Les deux femmes se dirigèrent vers la maison.

— C'est un très bon jardinier, dit encore Mma Makutsi. Comme vous avez pu le constater, il ne parle pas beaucoup, mais il est doué. Il vient de Lobatse. Il a longtemps travaillé dans un hôpital psychiatrique. Il était déjà jardinier là-bas.

— Ah oui ? Je crois savoir que c'est un grand plaisir de cultiver la terre pour ce genre de patients. Et il paraît que ça leur fait du bien.

— Dans certains cas, oui, dit Mma Makutsi. Mais dans d'autres, ça n'aide pas. Mr. Moepi m'a raconté qu'un jour un patient l'avait assommé avec un râteau.

— Oh, mais c'est terrible !

— C'est désolant, oui, mais ce sont des choses qui arrivent, Mma… Et l'on ne peut blâmer personne.

Mma Ramotswe l'assura qu'elle ne pensait pas en termes de blâme.

— Vous comprenez, reprit Mma Makutsi, quand on n'a pas toute sa tête, on n'est pas maître de ses gestes. C'est comme lorsqu'on dort : parfois, on se réveille et on s'aperçoit que, dans son sommeil, on a fait des choses qu'on n'avait pas l'intention de faire.

Mma Ramotswe acquiesça.

— Vous avez sans doute raison, Mma. Et ce doit être bien triste pour ces gens.

Elles étaient parvenues devant la maison. Itumelang dormait, expliqua Mma Makutsi, mais si elle le souhaitait, Mma Ramotswe pouvait tout de même aller le voir.

— Avec grand plaisir ! répondit Mma Ramotswe. Mais tout d'abord, il faut que nous parlions, vous et moi.

Mma Makutsi se raidit.

— De l'affaire Mma Susan ?

Mma Ramotswe hocha la tête.

Mma Makutsi désigna trois chaises disposées autour d'une table sous la véranda.

— Asseyons-nous là, Mma. C'est un bon endroit pour bavarder.

Une fois installée, Mma Ramotswe prit une profonde inspiration.

— Il faut que je vous avoue quelque chose, Mma Makutsi, commença-t-elle. En fait, je crois que j'ai eu tort.

Un large sourire succéda au froncement de sourcils de Mma Makutsi.

— Au sujet de cette Mma Rosie ? Oui, Mma, je le pense aussi. Vous avez eu tort. Moi-même, il m'arrive de me tromper et je suis la première à le reconnaître, mais là, je me suis dit : « Mma Ramotswe a tort. » C'est ce que je me suis dit, Mma.

— Mais pas à propos de Mma Rosie, rectifia Mma Ramotswe. Ou plutôt, je me suis peut-être trompée aussi en ce qui la concerne, mais c'est surtout au sujet de Mma Susan que j'ai fait fausse route.

Ces paroles parurent désarçonner Mma Makutsi.

— Au sujet de Mma Susan ? Mais pourquoi vous seriez-vous trompée sur elle ?

Mma Ramotswe s'adossa à son siège.

— Bien sûr, j'ai peut-être tort de croire que j'ai eu tort. C'est également possible, Mma.

— Non, je crois que vous avez raison, dit Mma Makutsi. Vous avez raison de dire que vous avez eu tort.

Elles se regardèrent un moment, puis Mma Ramotswe se mit à rire.

— On ne peut jamais savoir, n'est-ce pas ? s'exclama-t-elle. On ne peut jamais savoir si on a raison de dire qu'on a tort…

— Non, c'est vrai, confirma Mma Makutsi. Mais on n'a jamais raison d'avoir tort…

Elle se tut, cherchant l'inspiration dans la contemplation du toit de la véranda.

— Et bien sûr, on a parfois tort d'avoir raison…

— Ou plutôt, coupa Mma Ramotswe, de croire qu'on a raison alors qu'on a tort.

— C'est ça, Mma ! C'est ce que je voulais dire.

Toutes deux réfléchirent encore quelques instants, puis Mma Ramotswe reprit la parole.

— Voyez-vous, Mma, l'idée m'est venue qu'en fait ce n'était peut-être pas le grand amour entre Mma Susan et Mma Rosie.

Elle guetta la réaction de Mma Makutsi. Souvent, celle-ci rejetait d'emblée ses hypothèses, mais ce ne fut pas le cas cette fois-ci.

— Ce n'était pas le grand amour, Mma ? Peut-être, en effet… Mais pourquoi ? Comment cette idée vous est-elle venue ?

— Eh bien, lorsque nous avons visité la maison de mon voisin, je me suis aperçue que Mma Susan ne s'y intéressait pas vraiment. C'est à peine si elle a regardé autour d'elle dans le salon ! En revanche, elle nous a entraînés au fond du jardin, où logeaient autrefois les domestiques, et là, elle a eu une attitude très différente.

— Comment ça, Mma ?

— Elle s'est crispée, elle est devenue tendue. Vous savez comment sont les gens quand ils se retrouvent dans un endroit qui…

Elle chercha comment définir au mieux l'impression qu'elle avait eue.

— Dans un endroit… qui leur est *douloureux*…

C'était bien le terme, le terme exact, et voilà que, soudain, tout s'éclairait. Oui, il y avait eu de la souffrance en cette lointaine époque et, sur le lieu où Susan avait vécu cette souffrance, les souvenirs étaient revenus avec force.

Mma Ramotswe guetta la réaction de sa collègue. Après tout, elle avançait cette théorie sans aucune preuve. Elle n'avait toutefois pas d'appréhension à avoir.

— Mais c'est exactement ça ! s'écria Mma Makutsi. C'est ce qui s'est passé, Mma : cette Rosie l'a fait beaucoup souffrir, alors elle est revenue ici pour…

— … pour régler ses comptes avec elle ? suggéra Mma Ramotswe.

— Oui, Mma, c'est ça ! Elle est venue au Botswana pour avoir une explication avec Rosie. Je dois vous avouer, Mma, que je ne me suis sentie à l'aise avec aucune de ces deux femmes. Je n'ai pas beaucoup aimé Mma Susan, parce qu'il m'a semblé qu'elle nous cachait quelque chose. Et je n'ai pas apprécié cette Mma Rosie parce que je sentais qu'elle non plus ne disait pas toute la vérité.

— Mais vous pensiez que ce n'était pas la vraie Mma Rosie, lui rappela Mma Ramotswe. Là, c'est différent, non ?

Mma Makutsi ne partageait pas cet avis.

— Non, cela revient au même, Mma. Ce qui compte, c'est qu'il y ait eu du mensonge dans l'air…

Les deux femmes demeurèrent songeuses, considérant chacune de leur côté les implications de ce qui venait d'être dit. Enfin, Mma Makutsi brisa le silence.

— Parfois, les gens qui s'occupent d'enfants se montrent cruels, Mma. Cela arrive…

— Oui, cela arrive. Et ça laisse de très profondes cicatrices, Mma. Très profondes.

Mma Makutsi hocha la tête.

— Moi, j'ai eu un instituteur de ce genre quand j'étais petite. Il était extrêmement sévère et il frappait les garçons avec un grand bâton. Jamais les filles, Mma, mais cela ne nous empêchait pas d'être terrorisées ! Nous nous disions qu'il pourrait très bien nous taper nous aussi un jour. Seulement, il n'en avait pas le temps, il était trop occupé avec les garçons…

Mma Ramotswe secoua la tête.

— On battait beaucoup trop les enfants autrefois… D'ailleurs, même si on ne les avait battus qu'un peu, ç'aurait déjà été trop. On ne devrait jamais frapper personne.

— Le problème, c'est que le monde est ce qu'il est, soupira Mma Makutsi. Il y a des gens qui en battent d'autres parce qu'ils sont convaincus que c'est la meilleure chose à faire.

C'était encore à son maître d'école qu'elle songeait.

— Vous savez, Mma Ramotswe, poursuivit-elle, même après m'être installée à Gaborone, j'ai continué à me rappeler la terreur que nous inspirait cet instituteur. Je le revoyais, avec son bâton… Et puis un jour, en retournant à Bobonong, je l'ai aperçu dans la rue, devant le magasin d'alimentation générale. À ce moment-là, j'ai eu très envie d'aller lui dire : « Alors, où est-il, votre grand bâton, espèce de brute ? » C'est le réflexe que j'ai eu, Mma. Et j'ai pensé que ce serait vraiment bon d'avoir un bâton pour pouvoir le rouer de coups, *lui* !

— Et êtes-vous allée lui parler, en fin de compte ?

Mma Makutsi hocha la tête.

— Oui, je suis allée vers lui et je lui ai dit que j'étais très heureuse de le rencontrer et que j'espérais qu'il se portait bien.

— Alors qu'au fond vous brûliez d'envie de lui faire payer sa cruauté ?

— Oui, Mma.

Mma Ramotswe sourit.

— Je pense que vous avez bien agi, Mma. Je pense qu'il vaut mieux éviter la violence, même avec des gens qui la mériteraient.

Mma Makutsi eut une expression chagrinée.

— N'empêche que parfois je continue à avoir envie de prendre un bâton et de retourner là-bas lui donner une bonne leçon.

— Seulement, vous savez que vous ne le ferez pas…

— En effet, je ne crois pas que je le ferai un jour.

Mma Makutsi poussa un soupir. Forte de ce souvenir, elle continua de s'interroger sur les motivations que pouvait avoir Susan.

— Je ne la comprends pas bien, Mma. C'est une chose pour moi d'aller à Bobonong si l'envie me prend soudain de me venger, mais faire tout ce voyage depuis le Canada… !

— Oh, le désir de vengeance n'est sans doute pas sa seule motivation, estima Mma Ramotswe. Je pense que Mma Susan est venue jusqu'ici parce qu'elle a plusieurs raisons d'être malheureuse. Elle est malheureuse parce que l'homme qu'elle aimait l'a quittée. Et sans doute est-elle triste aussi lorsqu'elle repense à son enfance en général, pour toutes sortes de motifs. Et comme elle n'a plus personne à blâmer là-bas, elle veut régler ses comptes avec les gens qui ont pu la faire souffrir ici…

— Et elle estime que tout ira mieux si elle retrouve la femme qui ne l'a pas bien traitée quand elle était petite ?

— Oui, je pense.

— Ça paraît bizarre, non ?

Mma Ramotswe partageait cet avis. Certaines personnes avaient d'étranges réactions.

— Seulement, il ne faut pas s'étonner du comportement d'autrui, Mma ! Les gens sont capables de toutes sortes de choses abracadabrantes !

— Et maintenant, allons-nous dire à cette dame que nous avons retrouvé la femme qu'elle cherche ? s'enquit Mma Makutsi. Organiser cette fameuse rencontre ?

Mma Ramotswe poussa un soupir.

— C'est la question la plus difficile, Mma. Et je ne suis pas encore sûre de la réponse.

— Moi non plus, Mma. Alors que faisons-nous ?

— Rien, répondit Mma Ramotswe. Pour le moment, nous ne faisons rien.

— Mais il faudra bien lui dire quelque chose !

— C'est vrai, mais nous devons bien réfléchir avant de lui parler. Et pour commencer, Mma Makutsi, nous pouvons ne rien lui dire – et aussi ne rien faire. Parfois, ne rien faire revient à faire quelque chose, si vous voyez ce que je veux dire.

— Non, Mma, je ne vois pas.

— Eh bien, si vous ne faites rien, quelqu'un d'autre éprouvera le besoin d'agir, de sorte qu'indirectement, par l'intermédiaire d'une tierce personne, vous aurez accompli quelque chose. Vous comprenez ?

Mma Makutsi réfléchit, avant de relever soudain la tête.

— Je suppose que cela s'applique aussi au thé, Mma ? lança-t-elle. Le thé ne se fait pas tout seul : il faut qu'une tierce personne s'en occupe.

— Parfaitement, Mma ! Et vous savez quoi ? J'ai des *vetkoeks* dans la fourgonnette !

— Alors, je vais mettre la bouilloire en marche pendant que vous irez les chercher. Cela fait un sacré bout de temps que je n'ai pas mangé un *vetkoek*, moi !

Mma Ramotswe ne répondit pas, tout en songeant que son silence avait valeur d'aveu. Il amenait l'inévitable conclusion que, très peu de temps auparavant, elle-même en avait consommé, et même plus d'un.

Cette conversation avait eu lieu le vendredi. Le samedi, Mma Ramotswe assista, en compagnie de Mr. J. L. B. Matekoni et de Motholeli, à un match de football que disputait l'école de Puso contre un établissement voisin. Ce fut une débâcle pour l'équipe de Puso, avec genoux écorchés et larmes, drame qui fut suivi d'une conversation d'homme à homme entre Mr. J. L. B. Matekoni et Puso sur la nécessité d'être bon perdant. Puis une crème glacée répara les dégâts psychologiques, un pansement adhésif les blessures physiques.

Ensuite, il fallut faire les courses et préparer le repas du soir. Aucune de ces activités ne laissa de place pour la réflexion, même si, une fois ou deux, Mma Ramotswe se prit à songer à Susan en se demandant s'il fallait vraiment suivre cet instinct très puissant qui la poussait à considérer que quelque chose manquait de logique dans cette affaire. Le dimanche, elle n'eut guère le temps de s'appesantir sur la question non plus : il y eut l'office du matin à la cathédrale anglicane, face à l'hôpital Princess Marina, et le petit déjeuner paroissial, que Mma Ramotswe dut préparer avec quelques autres femmes, dont c'était aussi le tour. Elle s'assoupit pendant le sermon, mais ne fut pas la seule dans ce cas : quand elle regarda autour d'elle – comme on le fait lorsqu'on se réveille d'un somme inopportun en public –, elle remarqua au moins trois autres fidèles dont la tête dodelinait. C'était la chaleur, bien sûr, et non ce que disait l'évêque. Celui-ci dissertait sur le pardon, thème sur lequel Mma Ramotswe avait son point de vue. Elle était pour et, lorsque l'évêque évoqua la nécessité de l'enseigner aux enfants – elle était tout à fait réveillée à ce moment-là –, elle eut la sensation qu'elle aurait très bien pu se lever pour exprimer haut et fort son approbation. Elle avait été témoin d'un tel comportement un jour qu'un prêtre invité avait parlé de la charité. Ce discours avait été ponctué par des cris – « Écoutez ! Écoutez ! » – lancés de plus en plus fort par un membre de la congrégation assis au dernier rang. Indifférent aux regards réprobateurs de ses voisins de banc, l'homme avait continué à exprimer son bruyant soutien au prêcheur jusqu'à la fin du sermon, où il avait conclu d'une voix forte : « Je n'aurais pas pu le formuler mieux que ça ! » Cette phrase avait déclenché des éclats de rire, et l'hilarité avait dissipé la tension.

Pour sa part, Mma Ramotswe se contenta de hocher la tête de temps en temps.

— L'autre jour, disait l'évêque, quelqu'un m'a demandé à quel moment l'on devait commencer à enseigner le pardon aux enfants. C'est une femme qui m'a posé cette question.

Mma Ramotswe regarda le plafond, très haut au-dessus des têtes dans la nouvelle cathédrale, et les ventilateurs électriques qui y étaient suspendus et brassaient l'air sans grande efficacité de leurs pales trop lentes.

— La question m'a surpris, poursuivit l'évêque, parce qu'il me semble que le pardon est l'une des toutes premières choses à transmettre. Le pardon est au cœur de la façon dont nous menons notre existence, ou dont nous devrions la mener. Dès lors, quand vous enseignez à vos enfants tout ce qu'ils doivent connaître sur le monde – par exemple, qu'il ne faut pas toucher le feu, qu'il est important de se laver les mains ou que l'on ne doit pas sortir pieds nus… Oui, ou même quand vous leur montrez la carte du globe, et l'emplacement de l'Afrique, et celui du Botswana, et que vous leur expliquez où coulent le Limpopo et l'Okavango et où s'étend le Kalahari – eh bien, quand vous leur enseignez toutes ces choses, vous devez aussi leur parler du pardon. Nous devons apprendre à nos enfants que, si quelqu'un nous fait du mal, s'il nous blesse, par exemple, nous ne devons pas riposter, mais au contraire nous préparer à lui pardonner. Nous devons leur expliquer que, si nous ne pardonnons pas, nous courons le risque d'être dévorés par la haine qui grandira en nous-mêmes, et que cette haine est semblable à de l'acide qui nous rongerait et nous rongerait encore. C'est pour cette raison que le pardon doit être enseigné dès le départ, au moment où l'on apprend toutes les choses importantes de la vie.

Oui, songea Mma Ramotswe. *Oui, tout cela est vrai. Tout cela est extrêmement vrai.*

— Et pourtant, continua l'évêque, qui parle de pardon de nos jours, en dehors des personnes qui fréquentent ce lieu, ou des lieux similaires à celui-ci ? Quel personnage politique, quelle personnalité publique entendons-nous proclamer qu'il importe de pardonner ? Le message que nous avons le plus de chances d'entendre, c'est celui du blâme : on nous dit que telle ou telle personne doit rendre des comptes pour les mauvaises actions qu'elle a commises. C'est un message de châtiment, c'est tout, un message de pur châtiment, parfois maquillé en intérêt pour les victimes, en souci de la sécurité publique ou en autres prétextes de ce genre. Mais si l'on ne pardonne pas, et si l'on est obsédé par l'idée qu'il est essentiel d'obtenir réparation ou qu'il faut punir celui qui nous a causé du tort, qu'obtient-on, au bout du compte ? On ne rend pas l'autre meilleur en le haïssant ni en le punissant. Ah non, cela ne se produit pas ! Quand on punit quelqu'un, c'est soi-même que l'on punit, voyez-vous. Et, en enfermant des gens, on ne fait qu'accroître la quantité de souffrance qu'il y a en ce monde. On peut croire qu'on la réduit, mais c'est tout le contraire : on ajoute au fardeau que génère la souffrance. Bien sûr, il arrive que l'on n'ait pas le choix : on est obligé de protéger les gens du mal. Mais on ne doit jamais oublier qu'il existe d'autres moyens de modifier la façon d'agir d'autrui.

« Mes frères et mes sœurs, n'ayez pas peur de professer le pardon ! N'ayez pas peur de répondre à ceux qui vous pressent d'obtenir réparation ou vengeance qu'il n'y a de place dans vos cœurs ni pour l'une ni pour l'autre. Ne soyez pas gênés d'affirmer que vous croyez en l'amour, que vous êtes convaincus que l'eau peut laver les péchés du monde et que vous êtes prêts à brandir ce message de pardon au centre de votre univers. Mes frères et mes sœurs, n'ayez pas peur de proclamer tout cela, même si les gens se moquent de vous, même s'ils disent que vous ne vivez pas avec votre temps, que vous êtes ridicules et que vous croyez en des choses auxquelles on ne peut plus croire. Ne craignez rien, parce que l'amour et le pardon sont plus forts que toutes ces paroles cyniques et moqueuses, et parce qu'il en sera toujours ainsi. Toujours.

Mma Ramotswe regarda autour d'elle. Plus personne ne dormait. Assis à son côté, un homme qu'elle ne connaissait pas sortit de sa poche un mouchoir blanc bien plié et le porta brièvement à ses yeux. Il était seul et elle songea : *Sa femme est morte.* Alors elle tendit la main et lui effleura la manche en un geste amical et très bref. Il se tourna vers elle, surpris, puis la gratitude adoucit son visage. Des paroles eussent été superflues et, de toute façon, l'évêque avait achevé son sermon et le chœur se levait.

Et puis le week-end s'acheva en un éclair et le lundi matin arriva. Il fallut se rendre à l'Agence N° 1 des Dames Détectives et traiter le courrier, envoyer les factures, bref, accomplir toutes ces tâches qui occupent généralement le premier jour de la semaine. À cause de sa voiture qui refusait de démarrer, Mma Makutsi arriva en retard. Quant à Charlie, il se plaignit d'un léger mal de dents. Dans l'ensemble toutefois, ce fut un matin comme les autres… à l'exception, bien sûr, du coup de téléphone auquel Mma Makutsi répondit peu après la deuxième pause thé. C'était Susan, et elle la passa directement à Mma Ramotswe.

La voix à l'autre bout du fil était affable.

— Vous avez dit que vous auriez des informations pour moi. Je suis libre à l'heure du déjeuner, pourrions-nous nous rencontrer ?

Mma Ramotswe hésita, puis songea que, de toute façon, on ne pouvait éviter d'accomplir ce qui devait être accompli. Elle lui donna donc rendez-vous à l'hôtel *Président*. Elle réserverait une table sous la véranda et serait là-bas à midi et demi.

— C'est parfait ! répondit Susan.

Mma Ramotswe se demanda si ce serait si parfait que cela.

— Mma Makutsi se joindra à nous, précisa-t-elle.

— Votre assistante ? s'étonna Susan.

Le téléphone était sur haut-parleur et, par réflexe, la détective posa la main dessus, mais trop tard : Mma Makutsi avait entendu.

— Ma codirectrice, rectifia Mma Ramotswe à la hâte.

— C'est la dame avec ces énormes lunettes ? insista Susan.

La question provoqua une nouvelle tentative désespérée de couper le haut-parleur… trop tard là encore.

Mma Ramotswe éclata d'un petit rire léger.

— Oui, c'est la grande mode, vous savez ! J'aimerais bien en avoir de pareilles, mais je ne suis pas sûre qu'elles m'iraient aussi bien qu'à elle !

Soucieuse d'éviter de nouveaux dégâts, elle coupa court à la conversation. De l'extrémité du bureau, Mma Makutsi lui lança un regard furieux.

— Je ne pense pas qu'elle ait voulu être impolie, Mma Makutsi, hasarda Mma Ramotswe.

Mma Makutsi baissa les yeux sur son bureau.

— Je vais oublier ce que je viens d'entendre, résolut-elle. Parfois, cela vaut mieux.

— C'est très sage de votre part, la félicita Mma Ramotswe. C'est une excellente politique.

— Mais pas toujours, reprit Mma Makutsi. Quelquefois, il est préférable de ne pas oublier.

Mma Ramotswe n'insista pas. Le rendez-vous avait été pris et il leur restait à peine deux heures avant de gagner l'hôtel *Président* pour ce qui promettait d'être une rencontre houleuse. Elle devait bien réfléchir à ce qu'elle dirait. C'était délicat. Si elle avait été sûre d'avoir correctement cerné Susan, tout se serait révélé plus simple, mais ses certitudes du vendredi précédent s'étaient envolées, remplacées par le doute. Et celui-ci posait problème, puisqu'un infime soupçon suffisait à faire vaciller, ne fût-ce que d'un millimètre, une opinion acquise et faisait s'écrouler tout l'édifice.

Sur le chemin de l'hôtel *Président*, aucune des deux détectives n'évoqua l'affaire. Ce fut seulement lorsqu'elles approchèrent de leur destination que Mma Makutsi exprima sa perplexité.

— Je ne sais que penser, Mma, déclara-t-elle. Je n'imagine pas que l'on puisse se donner tout ce mal pour venir demander des comptes au sujet d'une histoire survenue il y a des décennies. Pour moi, cela n'a aucun sens.

Mma Ramotswe poussa un soupir.

— Je trouve cela absurde moi aussi, Mma. Et cependant…

— Cependant, nous sentons, vous et moi, que quelque chose ne va pas dans cette affaire !

Mma Ramotswe estima qu'il s'agissait là d'une parfaite description de la situation. Quelque chose n'allait pas, mais quoi exactement ?

— Nous allons devoir manœuvrer avec délicatesse, conclut-elle, tout en repérant enfin une place sur le parking bondé de l'hôtel.

Elle s'y engagea. Cet espace, entre une fourgonnette de livraison et une vieille berline verte, était assez étroit et Mma Makutsi, qui se penchait par sa vitre pour regarder de son côté, fit remarquer qu'elle n'allait pas réussir à ouvrir sa portière.

Mma Ramotswe passa la marche arrière et repositionna la fourgonnette en allouant davantage d'espace du côté de la passagère.

— C'est mieux ! s'exclama celle-ci en descendant de voiture avant même que le moteur soit coupé.

Quand Mma Ramotswe voulut quitter le véhicule à son tour, elle s'immobilisa, la main sur la poignée.

— Je ne peux pas sortir, annonça-t-elle.

Mma Makutsi tint sa propre portière ouverte.

— Vous n'avez plus qu'à descendre de mon côté, Mma ! Venez par là !

Mma Ramotswe entreprit de se glisser sur le siège voisin, prête à négocier le passage du frein à main et du levier de vitesse, et dut s'arrêter en cours de route. Elle avait cru la manœuvre possible, mais l'espace se révélait plus étroit que prévu et elle comprit qu'elle risquait de rester bloquée.

— Inspirez, Mma ! lui conseilla Mma Makutsi. Quand on inspire, le corps s'affine.

Mma Ramotswe obéit et, avec un petit mouvement de hanches et une nouvelle poussée, elle parvint à s'extraire de la fourgonnette.

— Peut-être qu'une voiture plus large… suggéra Mma Makutsi.

Mma Ramotswe secoua la tête.

— La mienne est très bien, Mma. Ce sont les places de stationnement qui rétrécissent. Pourtant, on ne peut pas dire que le pays rétrécit, lui… Toujours est-il qu'on nous laisse de moins en moins de place pour nous garer.

— Vous avez raison. Bientôt, il n'y aura plus aucune possibilité de stationnement et nous tournerons et tournerons pendant des heures, pour finir par rentrer chez nous sans avoir trouvé à nous garer.

Alors que Mma Ramotswe rajustait sa jupe, elle eut tout à coup conscience d'une présence à côté d'elle. Elle releva la tête. C'était Susan, qui s'était approchée sans bruit.

— Vous avez un problème ? s'enquit la nouvelle venue.

Mma Makutsi, qui ne l'avait pas remarquée, se retourna au son de sa voix.

— Non, Mma. Nous avons eu du mal à nous garer, c'est tout.

Susan consulta sa montre.

— Vous êtes en avance, comme moi ! Croyez-vous qu'ils seront prêts pour nous recevoir ?

— Ils disposent toujours le buffet de bonne heure, expliqua Mma Makutsi. Bien sûr qu'ils seront prêts !

Les trois femmes se mirent en marche en direction de l'hôtel et Susan interrogea sans attendre :

— Alors, l'avez-vous trouvée ?

— Oui, acquiesça Mma Ramotswe. Je l'ai trouvée.

La joie s'afficha sur le visage de Susan.

— Quand puis-je la voir ? Cet après-midi, à un moment ou à un autre ?

Mma Ramotswe prit une inspiration.

— Pour quelle raison souhaitez-vous la rencontrer au juste, Mma ? s'enquit-elle.

Il fallut quelques instants à Susan pour répondre.

— Mais... je vous l'ai dit, Mma ! La raison, vous la connaissez !

— Vous voulez renouer avec votre passé, c'est ça ?

— Oui. Je vous l'ai expliqué dès le départ.

Mma Ramotswe cessa d'avancer. Elles se trouvaient encore sur le vaste parking, sur lequel aucune voiture ne circulait. Les deux autres femmes s'arrêtèrent à leur tour.

— Mais pourquoi y tenez-vous tant, Mma ? C'est cela que j'aimerais bien comprendre…

Elle sentit son interlocutrice s'irriter. Elle entendait sa respiration qui s'était accélérée.

— Avec tout le respect que je vous dois, Mma, cela ne concerne que moi…

À ces mots, la détective n'eut plus aucun doute.

— Vous voulez avoir une explication avec cette femme, Mma, parce qu'elle s'est montrée cruelle envers vous. Elle vous maltraitait, Mma ? C'est ça ?

Pour Mma Ramotswe, qui ne quittait pas son interlocutrice des yeux, l'effet de ces paroles fut manifeste.

— Si elle me maltraitait ? Mais qui vous a dit ça ? Est-ce que moi, je vous en ai parlé ?

— Non, pas du tout, répondit Mma Ramotswe en gardant son calme. Mais vous savez, mes clients ne me confient pas toujours toute la vérité.

Elle s'interrompit. Susan n'avait pas eu d'autre réaction. Elle se contentait de garder le silence et son souffle était court. Néanmoins, elle avait demandé : « Est-ce que moi, je vous en ai parlé ? » On ne réagissait pas ainsi pour nier des faits. *Je vous en ai parlé*… Il s'était donc bel et bien passé quelque chose.

Elle attendit.

— Je veux voir cette femme ! décréta Susan.

Mma Ramotswe hésita.

— Je suis sérieuse, Mma Ramotswe, insista la Canadienne d'un ton déjà moins assuré. Je tiens à la voir…

Mma Ramotswe entendit l'émotion percer dans sa voix. Elle prit une grande inspiration.

— Je ne suis pas convaincue que ce soit une bonne idée, Mma.

— Êtes-vous en train de me dire que vous n'allez pas me révéler où je peux la trouver ?

Mma Ramotswe ferma un instant les yeux. Elles se trouvaient toujours au beau milieu du parking, sous le soleil implacable qui faisait peser sur elles une chaleur brûlante.

— Exactement, Mma, répondit-elle. Il n'y a aucun intérêt à revenir sur de vieux problèmes. Il est temps d'oublier tout cela.

Mma Makutsi choisit cet instant pour tenter de les entraîner toutes les deux à l'ombre, mais ni l'une ni l'autre ne bougea d'un pouce.

— Un jour, elle m'a enfermée, murmura Susan d'une voix qui n'était plus qu'un souffle. Mes parents s'étaient absentés pour la journée et elle m'a enfermée à clé dans sa chambre, au fond du jardin, sous prétexte que je lui avais volé un morceau de gâteau qu'elle conservait pour une certaine occasion. Elle m'a laissée là un après-midi entier, toute seule. J'étais morte de peur, terrifiée.

— C'était cruel de sa part, commenta Mma Ramotswe.

— Je ne l'oublierai jamais.

— Je comprends.

Mma Ramotswe jeta un coup d'œil à Mma Makutsi, qui fronçait les sourcils, perdue dans ses pensées, et qui prit soudain la parole à mi-voix.

— Moi aussi, on m'a enfermée comme ça un jour, toute seule. À l'école, dans la classe, à Bobonong. Pour une bêtise que je n'avais pas faite, en plus…

Susan ne parut pas l'entendre. Elle considérait Mma Ramotswe.

— Alors, à votre avis, que devrais-je faire, Mma ? interrogea-t-elle. Vous prétendez que cela ne sert à rien de revenir sur de l'histoire ancienne… Mais qu'est-ce que vous voulez que je fasse d'autre ?

Elle lançait ces paroles comme un défi, avec une agressivité non déguisée.

— Pardonnez-lui, répondit Mma Ramotswe d'une voix douce.

Ces mots furent accueillis par une immense incrédulité.

— Quoi… ?

— Pardonnez-lui, répéta Mma Ramotswe. Voyez-vous, le pardon est la seule façon de résoudre ces choses-là. Ce sera le seul moyen d'oublier ce douloureux épisode de votre vie.

— Vous me dites… qu'il faudrait que je lui pardonne… ?

— Exactement, Mma. C'est exactement ce que j'ai dit.

On eut alors l'impression que quelque chose explosait à l'intérieur de Susan, qui se mit à hurler :

— Vous voulez que je pardonne cette… ce…

Elle n'alla pas plus loin et, comme mue par un élan incontrôlé, bouscula soudain Mma Ramotswe, quelque chose entre un vrai coup et une simple poussée, qui eut un effet inattendu : Mma Ramotswe manqua perdre l'équilibre. Elle serait tombée si Mma Makutsi ne s'était pas précipitée pour la retenir. Susan laissa échapper une exclamation affolée.

— Oh, Mma, qu'est-ce que… Est-ce que ça va ? bredouilla-t-elle.

Il fallut quelques instants à Mma Ramotswe pour reprendre ses esprits.

— Oui, Mma, ça va.

— Je… je suis désolée, Mma… Je ne voulais pas faire ça…

— Je sais, dit Mma Ramotswe. Mais c'est fini. N'y pensez plus.

Susan joignit les mains.

— Tout cela est tellement…

— Je sais, Mma, répéta Mma Ramotswe sans attendre la suite. Je sais ce que vous ressentez.

— C'est juste que…

Le silence se fit. La chaleur était opiniâtre, oppressante, insoutenable. Le temps lui-même semblait s'étirer en longueur, avec le chant des grillons qui en marquait le rythme, un rythme lent, à peine perceptible, actionnant les rouages d'une sorte de grande solution, telle une machinerie venue soudain à la rescousse et dont les pignons s'enclenchaient l'un après l'autre. Une digue venait de rompre, quelque part, dans un recoin bien protégé. Oui, la digue s'était rompue.

— Je sais que vous êtes malheureuse pour une autre raison, Mma, déclara Mma Ramotswe avec douceur. Nous pourrons en reparler plus tard, quand nous ne serons plus exposées à ce soleil.

— Je…

— Vous n'avez pas besoin de parler, Mma. Ne dites rien.

Elle regarda Susan, dont les yeux brillaient de larmes, et lui tendit la main.

— Si vous voulez, je pourrai transmettre un message à cette dame, dit-elle. Je pourrai aussi vous dire quoi écrire dans ce message. Mais peut-être trouverez-vous les mots vous-même…

Susan hocha la tête.

— Je les trouverai, souffla-t-elle.

Elles se dirigèrent vers l'ombre en se tenant par le bras, suivant les traces de Mma Makutsi, qui avait déjà battu en retraite et les attendait sous un acacia.

La cérémonie du couronnement de la Femme de l'année eut lieu deux jours plus tard, dans la salle de réception de l'*Hôtel du soleil*. Mma Ramotswe et Mma Makutsi étaient l'une comme l'autre d'humeur parfaite pour une célébration, puisque plusieurs affaires importantes et qu'elles avaient en cours depuis longtemps venaient d'être bouclées. On avait également résolu le problème Polopetsi, grâce à la vente douloureuse de la presque totalité de son troupeau. Mma Makutsi s'était plainte de ne récupérer que le montant de son investissement initial, mais Mma Ramotswe l'avait persuadée qu'elle pouvait s'estimer heureuse, car le dénouement aurait pu se révéler bien différent.

— Mr. Polopetsi a compris la leçon, affirma-t-elle. C'est une grande leçon qu'il a reçue là, Mma Makutsi !

L'affaire Susan s'était bien terminée elle aussi. Renonçant à rechercher Rosie, la Canadienne s'était concentrée sur les quelques camarades de classe de Thornhill que les détectives avaient localisées. L'une d'elles, qui se souvenait très bien de Susan, s'était mise en quatre pour l'accueillir comme il se devait. Lorsque Mma Ramotswe l'avait revue, Susan souriait, et cela, estima la détective, équivalait à un succès. Ainsi, on se souvenait du passé tout en l'oubliant, et dans les bonnes mesures. Cette affaire n'en restait pas moins l'une des plus insolites que Mma Ramotswe avait eu à traiter, même si elle avait le sentiment qu'elle illustrait à la perfection une série de vérités psychologiques et morales.

— Pardonner, avait-elle expliqué à Mr. J. L. B. Matekoni, est souvent la solution.

Distrait à ce moment-là par ses propres réflexions, son mari n'avait entendu que le dernier mot, qui l'avait tiré de ses pensées. Dans son métier de garagiste, la solution à un problème mécanique était souvent très simple, et il s'était empressé de la lui livrer.

— Changer l'huile ! avait-il assuré. Oui, Mma, la plupart du temps, c'est la solution, je le dis toujours…

Mma Ramotswe avait souri. Il était rare qu'une question mal entendue suscitât une réponse aussi appropriée. *Changer l'huile…* Oui, c'était ce qu'il fallait faire de temps en temps, qu'il s'agît d'une voiture ou d'un être humain. D'ailleurs, il existait entre les deux d'autres similarités à explorer. Par exemple, les moteurs, tout comme les gens, devaient être manipulés avec précaution. L'on pouvait établir tant d'analogies ! Un jour, peut-être, elle en dresserait la liste, qu'elle ajouterait en appendice de son livre préféré, les *Principes de l'investigation privée*, de Clovis Andersen, source de sagesse susceptible, assurément, d'être encore enrichie par une nouvelle dose de sagacité.

À l'entrée de l'*Hôtel du soleil*, un photographe attendait les invités. Le Tout-Gaborone était là – ou, du moins, l'ensemble des habitants de la capitale qui estimaient en faire partie. Étaient présents le maire, la ministre des Droits des femmes, ainsi que le président de la chambre de commerce de Gaborone, son vice-président et son secrétaire. Il y avait Mr. Quicktime Tsabong, le fameux commentateur sportif de Radio Botswana, le directeur de la concession automobile Mercedes-Benz et le président de la Compagnie des eaux. Il ne restait sans doute pas un seul notable qui n'eût fait l'effort d'assister à l'événement et qui ne se présentât sous son meilleur jour pour l'occasion.

Et puis, il y avait toutes les femmes qui figuraient au départ dans la présélection et, parmi elles, la dauphine, Violet Sephotho. La gagnante elle-même, Gloria Poeteng, n'avait pas encore été aperçue : elle ferait son entrée sur scène le moment venu, en grande pompe.

— Elle va être magnifique, assura une serveuse à Mma Ramotswe. Les gens ont beaucoup parlé de sa toilette.

Une réception précéda la cérémonie, puis les invités emplirent la salle de bal et s'installèrent. Soucieuses de ne rien perdre du spectacle, Mma Ramotswe et Mma Makutsi choisirent des sièges proches de la scène.

— Ce sera un grand moment quand on posera la couronne sur la tête de Gloria, chuchota Mma Makutsi. La Violet aura du mal à sourire, croyez-moi. Elle va essayer, mais elle ne pourra pas cacher ce qui se passera au fond d'elle-même…

— On ne sait pas, répondit Mma Ramotswe. Et puis, ne prenons pas trop de plaisir à sa défaite, Mma.

Mma Makutsi garda le silence, mais il était clair qu'elle ne comptait pas se priver de savourer l'événement.

Le maire monta sur scène sous des applaudissements prolongés. Son discours, qui dura vingt-cinq minutes, énuméra toutes les actions qu'il avait menées pour faire avancer la cause des femmes.

— Et cette tâche est sans fin, conclut-il, pour la bonne raison qu'il y a de plus en plus de femmes…

Vint ensuite l'allocution de la ministre des Droits des femmes, quarante minutes illustrées par une avalanche de chiffres.

— C'est une soirée très instructive, glissa Mma Ramotswe à Mma Makutsi. On nous donne beaucoup de choses à ingurgiter avant de nous autoriser à passer à table !

Elles avaient vu – et humé – le dîner, déjà disposé sous forme de buffet sur de longues tables, qui occupaient tout un côté de la salle. Il valait la peine d'attendre, même si la faim qui les torturait rendait difficile toute concentration sur ces statistiques dont la ministre semblait déterminée à commenter les moindres détails.

Enfin, celle-ci conclut son discours :

— Pour une femme, il n'existe qu'une seule façon d'avancer : en mettant un pied devant l'autre !

Mma Ramotswe lança un sourire à Mma Makutsi.

— J'appellerais ça une lapalissade, Mma, chuchota-t-elle.

— Encore faut-il avoir deux pieds, répliqua Mma Makutsi sur le même ton. Toutes les femmes n'ont pas cette chance. À Bobonong, il y en avait une à qui il ne restait qu'une jambe.

Mma Ramotswe lui fit signe de se taire. Le président de la chambre de commerce montait sur le podium, prêt à proclamer le résultat de l'élection.

Ses paroles furent simples et directes.

— Mesdames et messieurs, j'ai le grand regret de devoir vous informer que certaines irrégularités décelées dans le déroulement du scrutin ont obligé la chambre de commerce à modifier sa décision.

— Elle a triché ! souffla Mma Makutsi, au comble de l'excitation. Violet Sephotho a triché, et ils s'en sont rendu compte ! Elle n'est plus la dauphine ! Oh, Mma, c'est tellement bon… Quelle chance que nous soyons venues !

Le président consulta sa feuille.

— En conséquence, nous n'avons qu'un seul nom à citer ce soir, et ce sera celui de la Femme de l'année : Violet Sephotho !

Sous le crépitement des applaudissements, la gagnante monta sur l'estrade. Le président lui céda la place en lui tendant un rouleau et une enveloppe. De nombreux cris d'enthousiasme jaillirent du fond de la salle tandis que toute l'assistance continuait d'applaudir. Des flashes fusèrent, éclairs éclatants d'une lumière synonyme de triomphe et de gloire. Mma Makutsi ne disait rien. Elle était figée sur place – transformée peut-être en statue de sel, telle la femme de Loth.

La cérémonie terminée, la foule se leva pour rejoindre le buffet. Au milieu du brouhaha des conversations qui emplissaient la salle, Mma Makutsi et Mma Ramotswe gardaient le silence.

— Je n'ai aucun appétit, souffla Mma Makutsi au bout de quelques minutes. Je ne peux rien avaler. Pas ce soir. Ni même demain ni pendant plusieurs jours, je crois.

— Allons, Mma Makutsi ! la raisonna Mma Ramotswe. Vous avez déjà vécu pire moment que celui-ci, tout de même !

— Je ne vois pas ce que j'aurais pu vivre de pire que ce qui vient de se passer, Mma, rétorqua Mma Makutsi. Mon cœur est brisé, brisé en mille morceaux !

Mma Ramotswe s'approcha du buffet et remplit une assiette qu'elle lui tendit, mais Mma Makutsi se contenta de jouer distraitement avec la nourriture sans la porter à ses lèvres. Au bout de vingt minutes durant lesquelles toutes deux demeurèrent assises dans un morne isolement, Mma Ramotswe estima qu'il était temps de partir.

— Nous nous faufilerons dehors sans nous faire remarquer, dit-elle. Tous ces gens sont trop occupés à s'admirer les uns les autres, de toute façon.

Elles gagnèrent la sortie et ce fut en parvenant dans le grand hall de l'hôtel qu'elles tombèrent nez à nez avec Violet Sephotho, son rouleau sous le bras et arborant le ruban de la Femme de l'année.

La stupéfaction s'afficha sur son visage lorsqu'elle les reconnut.

— Ma parole ! Si je m'attendais à vous voir ici, toutes les deux ! s'exclama-t-elle. En tout cas, c'est très gentil à vous d'être venues partager ma soirée ! Merci beaucoup !

Mma Makutsi déglutit avec difficulté, tandis que Mma Ramotswe inclinait poliment la tête.

— C'est un jour très important pour vous, Violet ! Félicitations ! Je suis très heureuse pour vous.

Elle décocha un discret coup de coude à Mma Makutsi, qui releva lentement les yeux.

— Oui, dit-elle, je suis heureuse moi aussi, Violet.

S'il y avait de l'ironie dans ces mots, Violet ne la décela pas.

— Merci beaucoup ! J'espère que vous avez bien profité du buffet.

Mma Ramotswe lui tendit la main et Violet la serra. Mma Makutsi hésita un instant, puis fit de même.

Elles quittèrent l'hôtel. Une fois sur le parking, au-dessous du ciel haut et brillant d'étoiles, elles prirent le temps de respirer l'air frais de la nuit.

— Vous avez agi comme il se devait, affirma Mma Ramotswe. Il n'y a personne au monde, personne, Mma, à qui vous pouvez refuser une poignée de main.

— Même le diable ? marmonna Mma Makutsi.

Mma Ramotswe réfléchit un moment avant de donner sa réponse.

— Voyez-vous, Mma, autrefois, je croyais au diable. Mais plus maintenant. Il n'y a donc pas lieu de se demander s'il faut serrer une main qui n'existe pas.

Mma Makutsi parut attendre une explication supplémentaire.

— Vous comprenez, reprit Mma Ramotswe, le diable n'est pas un individu en lui-même. Il réside en chacun de nous. Il est là, à l'intérieur des gens… C'est une partie de ce que nous sommes.

— Je ne sais pas, Mma…

— Eh bien moi, si, je sais ! assura Mma Ramotswe.

Mma Makutsi secoua la tête, incrédule. Toutefois, ce n'était pas les paroles de Mma Ramotswe qui la rendaient dubitative. Elle était encore sous le choc de ce qui venait de se produire. Comment se pouvait-il que le Botswana, ce pays qui, plus que tout autre au monde, prêtait une attention particulière à ne faire que ce qui était bien et bon, avait-il pu choisir comme Femme de l'année une personne aussi égocentrique que Violet Sephotho ? Les gens ne se rendaient-ils pas compte ? Comment pouvaient-ils se montrer aussi incapables d'évaluer le caractère des autres, au point de ne pas déceler chez Violet la personne qu'elle était vraiment ?

Elle partagea ses questionnements avec Mma Ramotswe, qui l'écouta avec attention, puis répondit d'une voix calme et grave :

— Mma Makutsi, il existe beaucoup de choses injustes en ce monde. Il suffit de regarder autour de soi pour s'en rendre compte.

— Mais quand même, Mma, tout le monde devrait savoir quelle sorte de femme est Violet Sephotho !

— J'ai bien peur que non, soupira Mma Ramotswe. Ou peut-être que les gens le savent et que cela ne leur pose pas de problème. Il est même possible qu'ils admirent ses qualités.

— Ses qualités ? L'égoïsme ? La méchanceté ? C'est de cela que vous parlez, Mma ?

Mma Ramotswe réfléchit encore.

— Ils ne voient peut-être pas les choses comme vous. Ils peuvent penser qu'une personne qui se fait remarquer partout où elle va…

— C'est sûr qu'elle ne passe pas inaperçue !

— Ou qui n'a aucune profondeur…

— C'est vrai aussi ! Elle a autant de profondeur que le bord du réservoir d'eau du barrage de Gaborone à la fin d'une période de sécheresse. Voilà la profondeur qu'elle a, Mma !

— Et donc, les gens ont voté pour elle parce qu'ils pensent qu'une Femme de l'année, ce doit être cela : un requin, Mma, un loup, bref, une personne résolue à réussir coûte que coûte.

Mma Makutsi secoua de nouveau la tête.

— Comment est-ce possible, Mma ? Comment les gens peuvent-ils se tromper à ce point ?

Mma Ramotswe sourit.

— Heureusement, personne ne prêtera grande attention à ce titre. Je ne pense pas que les gens se souviendront de Violet très longtemps.

— Oh ! je ne suis pas aussi confiante que vous, marmonna Mma Makutsi. Ça ne m'étonnerait pas qu'elle fasse peindre les mots « Femme de l'année » sur sa voiture !

Mma Ramotswe se mit à rire.

— Eh bien, qu'elle le fasse, Mma ! Imaginez comme nous nous amuserons, tous, chaque fois que nous verrons cette voiture passer !

Mma Makutsi parut outrée, mais au bout d'un moment, son visage se fendit d'un sourire.

— C’est vrai que ce serait amusant, vous avez raison, Mma Ramotswe ! Violet Sephotho élue Femme de l’année sûrement grâce aux gens qu’elle a soudoyés pour qu’ils votent pour elle… Et tous ces hauts personnages qu’elle a réussi à tromper et qui sont persuadés qu’elle mérite le titre ! Il y a un côté comique à la chose, n’est-ce pas ?

— En effet ! approuva Mma Ramotswe. Et, voyez-vous, même s’il n’y a qu’un tout petit côté comique à une chose – très, très léger dans ce cas-ci –, supporter cette chose devient plus facile, vous ne croyez pas, Mma ?

Mma Makutsi le reconnut, et son humeur s’améliora bientôt.

Elles retournèrent à la fourgonnette, bien petite et bien vieille comparée aux élégantes voitures officielles garées ce soir-là sur le parking de l’hôtel. Cependant Mma Ramotswe n’eût accepté aucun de ces véhicules – pas un seul – en échange de sa petite fourgonnette blanche. Pas un seul.

Le lendemain, elle rendit visite à Mma Potokwane à la ferme des orphelins. Elle avait beaucoup de choses à raconter à son amie, qui appréciait d’être tenue informée de ce qui se passait à l’agence. Elle lui donnerait d’abord des nouvelles de Mr. Polopetsi : Mma Potokwane ignorait comment l’affaire s’était arrangée et elle serait ravie de savoir que tout s’était bien terminé, d’autant qu’avec un problème aussi troublant on aurait pu assister à un dénouement très dramatique. Elle lui raconterait ensuite le remarquable coup de théâtre survenu à la remise du titre de Femme de l’année. Mma Potokwane serait furieuse d’apprendre que Violet avait remporté ce dernier, mais elle était robuste et surmonterait le choc. Enfin,

Mma Ramotswe lui parlerait de Susan. Elle prendrait plaisir à lui détailler toutes les péripéties et à lui annoncer que l'histoire s'était conclue d'une façon clairement satisfaisante. La colère et sa cousine germaine, la vengeance, n'étaient arrivées qu'en seconde position, loin derrière le pardon et la prise de conscience que l'on ne combat pas la tristesse en se tournant vers le passé, mais qu'il existe d'autres moyens, plus productifs, de la surmonter.

— C'est une découverte que les gens finissent par faire, en général, observa Mma Potokwane. Ils ont juste besoin qu'on leur en donne l'impulsion.

Elles allèrent ensuite retrouver l'une des assistantes maternelles, qui les reçut avec chaleur et les emmena dans une petite chambre de sa maison. C'était l'heure de la sieste pour les plus jeunes et là, sur le lit du bas, couchés tête-bêche, dormaient le frère et la sœur que Mma Ramotswe avait rencontrés lors de sa visite précédente. Avec eux sur le lit, confortablement enroulé sur lui-même – contre tous les règlements officiels –, sommeillait le chien de Fanwell. Il se réveilla lorsque les trois femmes approchèrent et émit un grognement sourd, protecteur.

— Il s'occupe d'eux, affirma l'assistante maternelle. Il les aime beaucoup.

Mma Ramotswe se détourna. Elle préférait que l'on ne vît pas ses larmes.

— C'est bon d'avoir quelqu'un qui veille sur vous, dit Mma Potokwane. C'est très bon.

Elle regarda sa montre.

— Et quelqu'un qui vous prépare du thé aussi…

— Oui, ça aussi, c'est très bon, articula Mma Ramotswe en parvenant tout juste à maîtriser sa voix.

Elles marchèrent en silence vers le bureau de Mma Potokwane. Au-dessus d'elles, le ciel du Botswana était vide, mais au loin, dans un petit coin derrière le vent, derrière les montagnes, un fragment violacé, nuage de pluie bienfaisante, promettait cette eau régénératrice dont la terre desséchée avait si soif… Juste un point dans le ciel, mais qui faisait son chemin tel un ange étalant ses ailes, porteur de miséricorde.

Du même auteur
aux Éditions 10/18

LA FEMME QUI ÉPOUSA UN LION, n° 3877

« Les chroniques d'Édimbourg »

44 SCOTLAND STREET, n° 4137
ÉDIMBOURG EXPRESS, n° 4235
L'AMOUR EN KILT, n° 4352
LE MONDE SELON BERTIE, n° 4761
L'INSOUTENABLE LÉGÈRETÉ DES SCONES, n° 4741
DE L'IMPORTANCE D'AVOIR SEPT ANS, n° 4900
LE BLUES DE BERTIE, n° 4709

« Les enquêtes de Mma Ramotswe »

MMA RAMOTSWE DÉTECTIVE, n° 3573
LES LARMES DE LA GIRAFE, n° 3574
VAGUE À L'ÂME AU BOTSWANA, n° 3637
LA VIE COMME ELLE VA, n° 3688
LES MOTS PERDUS DU KALAHARI, n° 3718
EN CHARMANTE COMPAGNIE, n° 3820
1 COBRA, 2 SOULIERS ET BEAUCOUP D'ENNUIS, n° 3875
LE BON MARI DE ZEBRA DRIVE, n° 4097
MIRACLE À SPEEDY MOTORS, n° 4226
VÉRITÉ ET FEUILLES DE THÉ, n° 4297
UN SAFARI TOUT CONFORT, n° 4445
LE MARIAGE AVAIT LIEU UN SAMEDI, n° 4536
L'ÉCOLE DE DÉTECTIVES PRIVÉS DU LIMPOPO, n° 4665
L'INSTITUT DE BEAUTÉ DES RECTIFICATIONS MINEURES, n° 4823
LE CAFÉ DE LUXE POUR BEAUX MESSIEURS n° 5011
LES VACANCES DE MMA RAMOTSWE, n° 5108
▶ PRECIOUS ET GRACE, n° 5234

« Les enquêtes d'Isabel Dalhousie »

LE CLUB DES PHILOSOPHES AMATEURS, n° 3931
AMIS, AMANTS, CHOCOLAT, n° 4062
UNE QUESTION D'ATTITUDE, n° 4159
LE BON USAGE DES COMPLIMENTS, n° 4271
LA DOUCE TRANQUILLITÉ DES SAMEDIS, n° 4401
L'IMPORTANCE D'ÊTRE RECONNAISSANT, n° 4489
LES CHARMANTS TRAVERS DE NOS SEMBLABLES, n° 4600

MIXTE
Papier issu de
sources responsables
FSC® C003309

10/18, une marque d'Univers Poche,
est un éditeur qui s'engage pour
la préservation de son environnement
et qui utilise du papier fabriqué à partir
de bois provenant de forêts gérées
de manière responsable.

Imprimé en France par CPI

N° d'impression : 3023873
Dépôt légal : septembre 2017
X07120/01